비상학, 부활하는 새

다시 태어나는 말

—이청준 소설읽기

비상학, 부활하는 새

다시 태어나는 말

–이청준 소설읽기

이윤옥 평론집

문이당

책머리에

새와 나무 이야기가 둘 있다.

이청준이 쓴 「새와 나무」와 내 안에 저절로 깃든 '나무와 새'가 그것이다.

나는 어떤 혼례식장에서 이청준을 처음 보았다. 정확히 말하면, 혼례식장이 아니라 혼례식장 밖의 큰 나무 아래 홀로 서 있는 그를 보았다. 혼례식장은 한 대학교의 예스럽고 아담한 강당이었다. 하객들은 식장을 메우고도 남을 정도였다. 그래서였을까. 그렇다 해도 그는 왜 밖에 나와 큰 나무 아래 혼자 서 있었을까.

많은 문인들이 보였고, 그보다 더 많은 보통 사람들이 있었다. 식장의 들뜬 공기는 따뜻했지만 숨이 막혔다. 나는 가만히 한숨을 쉬며 밖으로 나왔다. 대낮의 햇살에 눈이 부셔 고개를 돌렸다.

저기, 큰 나무 아래 그가 서 있었다. 그의 머리카락들은 사진보다 훨씬 환했다. 나는 단번에 그가 누군지 알아보았다.

분명 이청준이 큰 나무 아래 서 있었다. 그런데 시간이 지날수록 그림이 변했다. 나는 내가 본 것을 믿을 수 없게 되었다. 나는 이청준이 아니라 그저 큰 나무를 보았던 것 같다. 아니다. 어느 쪽이 이청준이고 어느 쪽이 큰 나무인지 모르겠다. 내 기억 속의 그는 그렇게 서서 점점 큰 나무가 되었다. 그의 작품에서 존재의 상징인 나무, 그는 스스로 우뚝 선 큰 나무가 되었다.

큰 나무인 이청준이 이인성의 「종소리와 판소리 사이」에서 새가 되었다. 새 중에서도 학이 되어 날았다. 새는 이청준에 따르면 관계의 상징이다. 하지만 꼭 그런 것만은 아니다. 이청준의 새의 정점에 있는 비상학은 단순한 관계의 상징에 머무르지 않는다.

이인성의 글은 이청준과 함께 떠난 남도 여행기였다. 그 여행기를 읽던 중 어느 한 부분에서 내 머리에 그림이 떠올랐다. 정말 순간의 일이었다. 그렇게 떠오른 그림 속에서 소리가 들리고 학이 날았다. 비상학이 이청준이었고 이청준이 비상학이었다.

이청준을 제외한 일행은 소리꾼들의 소리를 알아듣기에 서툴렀다. 소리꾼들이 하는 소리에서 점점 흥이 죽어 갈 때 그가 일어나 춤을 추었다. 소리꾼들 뒤에서 '꺼떡꺼떡' 춤을 추었다. '꺼떡꺼떡, 천천히, 어릿광대처럼.' 그러자 소리가 살아나고 그는 학이 되어 날았다.

이인성의 글에서 이청준은 그저 어릿광대처럼 춤을 추었다고 묘사되었을 뿐이다. 냉정하게 따져 볼 때 그 부분은 읽기를 멈출 정도로 감동적이지 않다. 그런데도 나는 더 이상 글을 읽을 수 없었다. 비상한 감동이 가슴을 메웠다. 황무지에서 새를 날게 하는 소리와 소리로 부활하는 새가 거기에 있었다.

이렇게 나무와 새의 이야기가 내 안에 저절로 깃들었다.

나는 뛰어난 작가는 중심에 핵을 지니고 있다고 생각한다. 이청준은 우리 시대뿐 아니라 한국 문학을 통사적으로 훑을 때 가장 뛰어난 작가에 속한다. 거기에 누가 의문을 제기하겠는가. 그런 작가를 향한 내 사랑은 10대 후반에 「별을 보여드립니다」로 시작되어 20년 넘게 지속되고 있다. 나는 발표된 그의 작품을 거의 모두 읽었다. 읽을수록 사랑의 열기와 깊이는 점점 더해 갈 뿐이다.

나는 몇 년 전부터 그의 작품에 내재하는 하나의 불변 핵을 추출하고 싶다는 욕망에 사로잡혔다. 처음의 욕구는 아주 작았다. 그의 작품의 매혹적인 무엇, 그것이 알고 싶었다. 도대체 무엇이 나를 이토록 오랜 세월 사로잡는걸까? 그의 작품의 핵, 이청준은 그것을 "작가의 깊이 들어 있는 한마디 말"이라고 했다. 그에 따르면 그 한마디는 작품마다 주제가 달리 보여도 일관되게 밑바탕에 깔려 있는 것이다. 나를 매혹하는 것은 그것이며 그의 독자가 이해해야 하는 것도 바로 그 한마디 말이다. 그것은 무엇일까? 나는 차근차근 작품을 다시 읽어 나갔다. 이번에는 모든 작품을 대상으로 하지 않았다. 더 매혹적인 작품들, 더 불편했던 작품들을 다시 읽었다. 무엇인가 잡힐 듯했지만 아직 분명하지 않았다. 이청준은 새 작품을 계속 발표했다. 나는 옛 작품들과 새 작품들을 함께 읽었다. 버거운 일이었다. 그의 작품들의 질과 양을 생각해 보라. 내 머릿속은 온통 뒤죽박죽이었다. 예를 들어 볼까.

「병신과 머저리」를 읽었을 때 그 글에 대한 1년 전, 2년 전, 혹은 그 몇 년 전의 독서 행위 과정과 내용이 고스란히 떠올랐다. 그것은 특정한 작가의 한 텍스트에 대한 특정한 독자의 무수한 해석의 겹침이었다. 겹겹의 해석을 통해 굴절된 텍스트에는 무엇인가 있는데, 그것이 무엇인지 분명하지 않았다. 하지만 실망할 일은 아니었다. 함께 읽은 「가해자의 얼굴」이 도움을 주었다. 그런 식으로 「매잡이」의 해석에 『인문주의자 무소작 씨의 종생기』가 도움을 주었고, '남도 사람' 연작의 해석에 「날개의 집」이 도움을 주었다. 나는 곧 옛것과 새것을 병행하는 버거운 독서의 장점을 깨달았다. 그것은 이청준의 불변 핵을 추출하는 데 가장 이상적인 방법인 것 같다.

나에게는 이청준의 수많은 독자들이 만든 피라미드의 정점에 서고 싶은 소망이 있다. 이것은 결코 작거나 하찮은 소망이 아니다. 그 소망을 이루기 위해서는 이청준만큼 삶을 치열하게 응시해야 할 테니까. '치열'이라는 단어가 그에게 적확한지 모르겠다. 이 시대에 작가가 다른 직업 없이 글 쓰는 한 길만 고집하기란 매우 어렵다. 그런데 그에게는 글쓰기가 생활의 안정보다 더 절박한 요구인 것 같다.

이청준에게 글쓰기는 존재론적인 문제에 닿아 있다. 글쓰기가 위협당할 때 그의 존재는 위태롭다. 그에게는 글쓰기가 다른 어떤 삶의 요구보다 선행한다. 우리 시대 작가의 전범이라 할 수 있는 이청준에게 작가란 무엇이며, 글을 쓴다는 것은 무엇일까? 이것이 이청준이 제시하는 본원적인 질문이다. 그는 소설을 쓰면서 끊임없이 '글을 쓴다는 것은 무엇인가'를 천착한다. 내가 이청준의 작품들을 읽으면서 추출하고 싶은 핵이 바로 이 질문에 대한 답일 것이다. 그 답을 얻는 과정은 쉽지 않다. 먼저 고른 수준을 보여 주는 그의 많은 작품들 중 더 매혹적인 작품들, 더 불편한 작품들을 한 편씩 꼼꼼히 읽고 분석한 다음 다시 종합, 해석해야 하기 때문이다. 그것은 시간과 노력이 많이 드는 변증법적인 독서 과정일 것이다. 단지 시간과 노력만 많이 들여 해결이 난다면 10년, 20년, 아니 평생이 걸린들 무슨 문제랴. 문제는 아둔하기 짝이 없는 내 머리와 신뢰할 수 없는 내 문학 텍스트 해석 능력이다. 하지만 나는 해보기로 한다. 내 정신의 여정에 함께하는 작가에게 글을 쓴다는 것이 무엇인지 몹시 궁금하기 때문이다. 그 답을 얻지 못하더라도 거기에 가까이 갈 수 있다면, 나 또한 내 존재의 문제에 대한 어떤 출구를 볼 수도 있을 것이다.

2005년 5월

이 윤 옥

차례 / 비상학, 부활하는 새, 다시 태어나는 말

제3장 자기 실종의 황홀한 욕망

제4장 자기 실종의 황홀한 욕망에서 신화적 부활로

일러두기———

• 이 책은 모두 4장으로 구성되었다. 1장에서는 '글을 쓴다는 것은 무엇인가'라는 질문을 중심으로 이청준의 문학 세계 전체를 다루었다. 2장에서는 이청준의 작품을 몇 군으로 나누어 그 전반에 걸친 공통된 흐름을 살펴보았다. 그래서 알 수 있었던 것은 다음과 같다. 이청준의 인물들은 끊임없이 자기 실종의 욕망에 시달리는데, 그것은 현실 속에서 자기 본모습을 잃고 사는 아픔 때문이다. 그 아픔은 아픔앓기 3단계를 거쳐 예술을 통한 구원의 세계로 나아간다. 3장과 4장에서는 2장에서 살펴본 이청준 문학의 전반적인 흐름을 구체적인 작품 분석을 통해 제시했다.

• 이 책은 이청준의 작품이라는 특정한 텍스트를 중심으로 작가와 독자의 공명을 보여 주고자 한다. 독자의 입장에서 보면 그것은 한 마디로 행복한 책읽기라 할 수 있다. 행복한 책읽기에서 가장 중요한 것은 감동이다. 그래서 이 책에 실린 작품 분석의 실례들은 단순한 질문에서 시작하는 경우가 많다. 예컨대, 「병신과 머저리」의 분석은 '오관모는 살아 있을까?'에서, 「매잡이」는 '이 작품은 왜 이렇게 복잡한가?'에서 출발한다.

• 이 책은 연구서나 비평서가 목적이 아니어서 특정 이론의 적용, 학설, 학자들의 인용을 최대한 배제했다. 그렇지만 예외가 둘 있다. 「시간의 문」은, 동서고금을 막론하고 위대한 소설가에게 나타나는 특징이 이청준에게도 나타나는가를 보기 위해 마르트 로베르의 정신분석적 문학 이론을 적용해 분석했다. 『인문주의자 무소작 씨의 종생기』는 텍스트를 통한 행복한 책읽기뿐 아니라 이방 체험담이 전래 이야기가 되어 가는 특이한 과정을 보여 주기 때문에 각주와 예문을 활용해서 연구 논문식의 글쓰기를 했다.

• 이청준의 작품들은 『이청준 문학 전집』(열림원)을 텍스트로 삼았다. 이 전집의 텍스트를 인용한 경우 본문에 원전 표기를 생략하였으며 인용한 단편들 끝에 수록된 작품집의 쪽수만 밝혔다. 단, 중간에 다른 작품을 인용한 경우 책제목만 밝혔다. 『이청준 문학 전집』에 없는 작품들은 따로 원전을 표기했다.

제1장
이청준의 문학 세계

그림 | 김선두 / 해변의 육자백이1

글을 쓴다는 것은 무엇인가

왜 소설을 쓰는가, 소설을 쓴다는 행위는 무엇인가? 모든 소설가들이 한 번쯤 부딪히는 이 질문들에 이청준만큼 집요하게 매달린 소설가도 드물다. 다각적인 시선으로 세상을 그리는 그의 작품들을 일관된 하나의 도식으로 해석하기는 불가능하다. 하지만 이청준의 작품을 전, 후기로 구분해서 보는 평자들의 견해는 대체로 일치한다. 그는 억압의 메커니즘을 끈질기게 추적하는 전기 문학을 바탕으로 점진적으로 억압으로부터 해방될 수 있는 가능성을 탐구한다. 이것을 달리 표현하면 그는 말이 억압되는 현실의 발견에서 그 억압을 해소할 수 있는 세계, 말이 회복된 세계로 나아간다.

작가들은 누구나 이런저런 이유로 글을 쓴다. 글을 쓰고 싶다는 막연하고 단순한 욕구도 그 이유 중 하나다. 그냥 쓰고 싶어서 글을 쓰던 어떤 작가가, 자신에게 쓰고 싶은 욕망이 처음 나타나게 된 원인을 진지하게 찾은 끝에 만나는 것은 아마 지배 욕망일 것이다. 자아가 세상과 통하는 통로인 말(글)은 그 자체가 이미 세상에 대한 지배 행위의 한 표출이기 때문이다. 그런 점에서 언어의 기능은 무엇보다 발화자가 세계에 대해 가하는 힘의 행사에 있다고 할 수 있다.

김현에 의하면, 소설 속에는 소설가의 욕망, 주인공들의 욕망, 독자의 욕망, 이렇게 세 종류의 욕망이 존재한다. 그중 "소설가의 욕망은 세계를 변형시키려는 욕망이다. 자기 욕망의 소리에 따라 세계를 자기식으로 변모시키려고 소설가는 애를 쓴다". 주인공들의 욕망 역시 "소설가의 욕망에 따라, 혹은 그 욕망에 반대하여 자신의 욕망을 드러내고 자신의 욕망에 따라 세계를 변형하려 한다. 독자들도 소설 속의 인물들은 무슨 욕망에 시달리고 있는가를 무의식적으로 느끼고, 나아가 소설가의 욕망까지를 느낀다". (김현 편, 『쟝르의 이론』, 문학과 지성사, 1987, 196~197쪽). 이처럼 세 욕망의 근원이라고 할 수 있는 소설가의 욕망은 바로 세계를 자기식으로 변형시키려는 지배 욕망이다.

1. 개인과 공동체의 구원을 위한 글쓰기

이청준에게 글을 쓴다는 것은 무엇이며, 그가 생각하는 작가란 누구인가? 작가 자신이 끈질기게 매달렸던 이 질문에 가능한 답을 찾아보자. 연작 소설 '언어사회학 서설'의 한 편인 「지배와 해방」에는 그의 예술론의 기초가 담겨 있다. 거기에 따르면, 작가는 현실에서 이상향을 지향하며 자기 자신의 구원을 위해서 글을 쓴다. 하지만 작가의 이런 자기 구원의 글쓰기는 예술을 통해 만인의 구원으로 확산되어야 한다. 이청준이 보기에 소설은 현실과 개인의 대결에서 늘 패배하는 사람들이 쓰게 된다. 소설은 현실적인 지배력을 갖거나 복수를 감행하기보다 갇힌 방에서, 내부에서 자기를 패배시킨 사회에 복수하고 이념적으로 지배하려는 노력이라 할 수 있다. 그래서 작가가 현실 사회를 지배하는 방법은 일반적인 지배 방식과 다르다. 먼저 그는 '자유'를 사회에 대한 복수의 수단으로 삼는다. 자기 구원의 문제와 관련시켜 볼 때, 개인이 자신의 내부에서 패배당하는 이유는 질서나 규범에 의해서 자기 확대가 저지당하는 것이다. 그러니 작가가 현실을 지배하려는 의지나 목적은 늘 자유와 상관될 수밖에 없다. 지배 수단이 자유일 때 그것은 지배가 아니라 해방이다. 또 하나, 작가가 현실 지배에서 추구하는 자유나 복수는 현실적인 것이 아니라 이념적인 것이다. 그 지배나 복수가 현실적으로 이루어진다면 작가는 그 자리에 남아 있을 수 없다. 그는 자유가 규제받고 있는 다른 곳을 향해 그 현장을 떠나게 된다. 이처럼 이청준이 생각하는 작가는 어쩔 수 없이 이상주의자다. 작가는 자신을 위해 글을 쓰며, 그런 글쓰기를 통해 자기 복수심에서 해방된다. 작가는 복수를 행하면서 복수 자체에서 해방되는 것이다. 그래서 작가에게 지배는 해방의 길이다. 이청준이 글쓰기를 통해 보여 주는 참된 작가의 삶은 글쓰기를 통해 자기 구원과 더불어 마침내 만인의 구원에 이르는 과정이라 할 수 있다. 그에게서 개인과 공동체의 구원을 위한 글쓰기는 서로 분리되어 있지 않다. 이청준이 생각하는 예술은 먼저 개인이 자기 삶의 진실을 찾아 자기 구원을 이룬 뒤, 더 나아가 보편적 진실을 추구하여 만인의 구원을 지향하는 것이다. 이청준의 글쓰기를 따라가다 보면 자기 구원의 글쓰기는 필연적으로 공동체의 구원을 위한 글쓰기로 확대되어, 예술에 의한 구원이라는 이청준 소설의 불변하는 핵을 형성한다.

현실에서 이상향을 지향하는 작가의 욕구는 현실은 살 만하지 않다는 진술의 다른 표현이다. 그것은 끔찍한 현실에서 벗어나거나 적어도 그 현실을 견디며 살 수 있기를 소망하는 구원에 대한 욕구이기도 하다. 그런 이상향에 대한 열망이 개인에게는 주로 자기 실종의 욕망으로 나타나고, 공동체에게는 밖으로부터 주어지는 구세주가 아니라 자생적인 구세주에 대한 소망으로 나타난다.

폭력 등에 의해 훼손된 현실의 문제가 개인의 시각에서 다뤄질 때, 작품의 무게는 예술에 의한 구원보다 자기 실종의 욕망 쪽에 실리게 된다. 문제가 한 개인이기 때문이다. 자기 실종의 욕구는 현실이 살 만하지 않다는 증언인 동시에 더 나은 세상에 대한 갈망의 표현이기도 하다. 예컨대, 「시간의 문」을 보자. 그 소설에서 전쟁 중인 월남을 통해 재현되는 현실은 바로 1980년 광주를 나타낸다. 광주에 가해진 폭력은 그 규모나 강도가 상상을 초월하여 거기에 직접 참여하지 않았던 사람들에게도 원죄 의식을 심어 놓았을 정도다. 주인공 유종열은 끔찍한 폭력 이전의 상태를 꿈꾸며 현실에서 등을 돌리고 나간다. 유종열처럼 현실에서 나가는 사람들이 그저 사라지기만을 원하지는 않을 것이다. 그들은 구원을 꿈꾼다. 그들은 살 만한 세상, 이상향, 유토피아에서 부활하고 싶어 한다. 이런 개인들을 다룬 작품에서 그들이 자기를 실종시켜 도달하고자 하는 현실 속의 이상향은 주로 바다 한가운데, 섬으로 나타난다. 제주도와 이어도 이야기(「이어도」), 울릉도와 홀섬 이야기(「섬」)가 그렇고, 두 작품과 결말이 유사한 「바닷가 사람들」, 「석화촌」도 그렇다. 이들 작품에서 구원은 결국 죽음에 이르는 현실에서의 완전한 실종과 더불어 현실에서의 부활로까지 이어진다. 「석화촌」에서 바다로 사라진 별녜와 거무는 죽어서 하나가 되어 섬으로 돌아온다. 그들은 네 팔로 두 몸뚱이가 하나로 꼭 엉킨 채 마을 앞 바닷가로 돌아온다. 「석화촌」에서 이상향은 죽어야 갈 수 있는 곳이지만, 바로 이곳이다.

부재 속의 실재, 실재 속의 부재인 섬으로 형상화된 자기 실종의 욕망은 죽음의 욕망인 동시에 실종을 통한 부활의 욕망, 구원의 욕망이며, 그래서 황홀한 욕망이다. 소설집 『이어도』의 표지글처럼, 섬은, 그 섬이 거기 있다는 믿음을 통해서만 인식된다. 살아 있는 사람들은 그 섬의 실재를 믿지만 갈 수 없고, 그렇기 때문에 그 섬은 그들을 살아가게 한다. 섬은 그들이 삶을 견딜 수 있게 하는 힘이다. 「황홀한 실종」과 「시간의 문」은 황홀한 자기 실종의 욕망이 지닌 진정한 실체와 그 지향점을 보여 준다. 「시간의 문」에서도 주인공 유종열은 현실에서 자기 소재를 지우고 바다 한가운데로 가는데, 자기 실종을 통한 완전한 구원의 실현은 『인문주의자 무소작 씨의 종생기』에서 이루어진다.

이 세상에서 나가기는 몹시 어렵다. 이청준의 인물들은 결코 손쉽게 이 세상에서 나가기로 결정하지 않는다. 그들은 가능한 한 모든 노력을 동원해 이 세상에 몸담으려고 애쓴다. 그러다가 그 힘들고 대가 없는 노력 끝에 그들은 이 세상에서 나간다. 하지만 자기 실종이 아무리 어렵게 결행되었다 해도 이 세상으로의 복귀가 따르지 않는다면 헛되다. 실종은 성공적인 귀환에 의해 비로소 가치를 부여받는다. 언제나 당신들의 천국인 현실은 살 만한 가치가 없다. 순결한 영혼이 살기에는 너무 타락한 세상에 대해 이청준이 제시하는 답은 예술가가 자신이 수행하는 예술 속으로 들어가는 상징적인 죽음이다. 그 죽음의 의미는 살 만한 가치가 없는 세상을 살 만한 곳으로 바꾸겠다는 의지다. 그것은 현실에서 늘 패배하더라도 이상향을 지향하겠다는 의지로 세상을 다시 창조하겠다는 창조주의 욕구에 맞닿아 있다. 그것은 이야기꾼이 이야기만 남기고 이야기 속으로 사라지는 것, 이야기를 사는 것이다. 또한 그것은 소리꾼이 소리가 되고, 사진 예술가가 사진 속으로 사라지는 것이다. 무소작은 자신이 수행하는 예술 속으로 들어가 그 예술로 부활한다. 우리는 무소작을 통해 이청준이 추구하는 궁극적인 자기 구원이 무엇인지 짐작할 수 있다. 자기 삶이 실린 예술을 통한 자기 구원이 그것인데 그 완벽한 이미지가 바로 소리로서 소리가 되는 비상학이라 할 수 있다. 소리는 빈 들판에 물이 차오르게 하고 황무지에서 학을 다시 날게 한다.

살 만하지 않은 현실에 대한 자각이 개인의 차원에서 공동체의 차원으로 넘어갈 때 이청준의 문학 세계는 변한다. 이제 삶의 문제가 개인이 아니라 공동체의 시각에서 다뤄지기 때문이다. 현실이 아무리 끔찍한들 공동체 전체가 실종될 수는 없는 일 아닌가. 「시간의 문」에서 세상과 유리된 주인공의 내부에 무섭게 부풀어 올랐던 자기 실종의 욕망은 『춤추는 사제』나 『신화를 삼킨 섬』에서는 찾아보기 어렵다. 개인의 실종 욕망도 결국 현실 속의 이상향으로 귀결되었지만, 공동체에 무엇보다 중요한 것은 현실 속의 이상향 구현이며 그것을 통한 오늘의 삶의 구원이다. 이청준에게서 개인이 지향하는 이상향이 섬으로 형상화된 세계라면, 공동체의 구원을 다룬 작품들에 나타난 이상향은 언젠가 이 땅에 부활할 자생적인 구세주가 이끄는 세상이다. 공동체의 구성원들은 자기 실종의 욕망이 아니라 그 구세주에 대한 꿈을 간직함으로써 오늘을 산다. 사람들에게 중요한 것은 내일이 아니라 오늘이며 오늘을 구원할 수 있는 자생적인 힘이다. 밖이나 위로부터 주어지는 일방적인 구원의 약속, 권위적인 힘이 오늘을 담보로 내세우는 내일의 행복은 가짜다. 사람들에게는 국가, 종교, 아버지, 그 이름이 무엇이든 권력에 의한 수직적 지배가 아니라 신(神)조차 그들의 처지로 내려와 모두 동등하게 하나가 되어 함께 일구어 나가는 오늘의 행복이 필요하다. 현실은 분명 폭력적 이데올로기의 옥토로 변질되었지만, 그래도 사람들을 살게 하는 것은 아기장수에 대한 기다림으로 대변되는 자생적 구세주에 대한 꿈이다. 이청준이 이야기의 세계를 통해 펼쳐 보이는 자생적 구세주의 꿈은 예술에 의한 구원의 또 다른 모습이라 할 수 있다.

2. 말의 타락과 말의 부활

어떤 작가의 세계관이 비극적이냐 아니냐 하는 것을 판단하기 위해서는 무엇보다 그 작가의 현실에 대한 태도를 살펴보아야 한다. 그가 현실을 있는 그대로 받아들일 수 없다면 그의 세계관은 비극적일 수밖에 없다. 하지만 작가가 현실을 견디기 힘든 것, 받아들일 수 없는 것으로 인식하면서도 그 현실 속에서 행복에의 약속, 이상향에 대한 지향, 구원에의 의지를 포기할 수 없을 때 그의 세계관은 현실적이 된다. 그런 점에서 이청준의 세계관은 비극적이지만 현실적이다. 그의 세계가 현실의 밖으로 나가 보려는 노력에도 불구하고 다시 현실로 귀환하지 않을 수 없는 사람들의 세계라는 점에서 그렇다.

이청준의 비극적 현실주의는, 삶에 과연 의미가 있는가, 삶에 어떠한 의미가 있는가를 탐색하는 탐색의 정신주의이다. 그의 세계관은 그러므로,

1) 이곳에는 삶의 의미가 없다

2) 삶의 의미는 다른 곳에 있다

3) 그러나 놀라워라, 다른 곳이 바로 이곳이다

라는 구조를 갖고 있다. 이곳 외에는 의미가 있을 수 없다라는 게 그의 정신주의-현실주의의 실제적 전언이다. (김현, 『분석과 해석』, 문학과 지성사, 1988, 159쪽)

개인이든 공동체든 살과 피, 즉 육체를 지닌 인간은 현실에서 실제로 실종될 수 없다. 모든 구원은 현실에 몸담은 채 이루어져야 한다. 소설은 구원을 지향하는데, 문제는 그 구원이 반드시 현실 세계 안에서 또는 현실 세계와의 상관관계 아래서 이루어져야 하고 이루어질 수밖에 없다는 데 있다. 더구나 작가는 현실에서 이상향을 지향할 때 오직 말(글)로 승부할 수밖에 없다. 그러니 문제는 '말' 자체의 순결성이다. 타락한 현실 속에서 말도 훼손되었다면? 구원은 무엇보다 순결한 말의 탄생을 전제로 한다. 그러기 위해서 먼저 말은 어떻게 훼손되었는가를 보아야 하고, 다음으로 순결한 말은 어떻게 탄생하는가를 보아야 한다. 전자는 폭력과 억압으로 훼손된 현실의 문제와 직결되며, 이 문제와 관련해 이청준의 글을 당시의 정치, 사회 상황 안에서 읽는 시도가 필요하다. 말은 소설가가 현실과의 맞대결을 피하거나 현실과 타협할 때 타락한다. 소매치기를 빌려 소설가와 소설에 대해서 말하는 '소매치기, 글쟁이, 다시 소매치기' 연작에는 말의 타락에서 유발되는 소설가와 소설의 타락이 무엇인지 잘 나타나 있다. 그 글에 따르면 소설가와 소설은 그 존재 가치가 부인되는 곳에서 사실상 존재하며 투철한 대결 의식 속에 스스로 그것을 증명해야 한다. 그 부인된 존재에서 사실상의 존재를 증명해 가는 도정에서 관용, 외면, 불의에 대한 눈감음, 속임수와 폭력 등으로 인해 현실과의 당당한 대결을 포기할 때 소설가와 소설의 전락이 시작된다. 그것은 현실과 타협하여 소설가가 감당해야 할 도전과 대결로밖에 얻을 수 없는 우리 삶의 진실 자체를 거부하는 것이다.

소설가는 세상과의 대결이 끝나고 나면 언제나 노동과 창조의 기쁨만을 누리면서 유유히 자리를 비켜설 수 있는 도피를 추구하는 숙명적 이상주의자이다. 그런 소설가가 현실에서 부인된 존재이기를 그치고 현실에 편입될 때, 소설이라는 게 원래 사람 살아가는 세상일 가운데에서 제법 진실스러운 것만을 골라 이야기하는 거라는 정의를 포기할 때, 말은 훼손된다.

순결한 말은 다시 태어나는 말, 부활하는 말이다. 이청준의 많은 작품들은 훼손된 말이 순결한 말로 부활하는 여정을 담고 있다. 그중에서도 우리는 성격이 전혀 다르게 보이는 두 연작 소설 '언어사회학 서설'과 '남도 사람'이 동일한 하나의 작품으로 맺어지는 데 주목할 필요가 있다. 더구나 그 작품의 제목은 「다시 태어나는 말」이 아닌가.

훼손된 현실의 문제는 그 현실을 외면할 때 극복이 불가능하고 소설가와 소설의 전락을 야기했다. 그런 만큼 순결한 말의 탄생을 위한 여정은 현실에 대한 정면 응시를 출발점으로 해야 한다. 현실에 대한 정면 응시는 무엇보다 개인의 진실 찾기를 통해 개인의 구원을 모색하는 '자서전 쓰기'로 이어진다. 자서전 쓰기의 중심인 개인의 진실 찾기는 작품 속에서 굴레나 가면을 벗고 자기의 맨얼굴, 본얼굴을 찾는 문제로 모아진다. 「병신과 머저리」, 「자서전들 쓰십시다」 등 이청준의 많은 글들은 진실한 자서전 쓰기가 얼마나 어려운지를 보여 준다. 예컨대,「병신과 머저리」에서의 본얼굴 찾기는 자신이 피해자가 아니라 가해자임을 수락하는 과정과 같다. 특히 이 작품에서 가해자의 얼굴 찾기라는 진실 찾기의 문제는 더 나아가 소설을 쓸 수 있음과 없음의 문제로 이어져 만인의 진실 찾기로 확산된다.

「병신과 머저리」에서 보듯 자서전이 이야기 예술인 소설로 확장될 때 개인의 진실 찾기는 예술을 통한 만인의 진실 찾기로 이어진다. 이청준이 「병신과 머저리」, '언어사회학 서설' 연작, '남도 사람' 연작, 「매잡이」, 『인문주의자 무소작 씨의 종생기』 등에서 즐겨 다루는 소설과 소설가에 대한 문제와 이 시대 장인의 문제는 모두 이 범주에서 이해할 수 있다.

삶의 실체가 담긴 제대로 된 자서전은 진실한 말을 통해서만 쓸 수 있다. 말을 통해 사실에 이를 수 없을 때 말은 빈껍데기에 불과하다. 실체가 없이 떠도는 말 중 대표적인 것이 소문이다. 제대로 된 자서전은 삶의 실체를 담는데, 삶의 실체는 삶에 대한 진실한 아픔앓기를 통해 완성된다. 이청준의 작품 속에서 아픔앓기는 모두 세 단계로 형성된다. 그 첫 단계가 '자신의 본모습과 근본을 잃고 사는 아픔앓기'이며, 둘째 단계가 '그 아픔을 삶 속에 포용하고 삭이기'이고, 마지막 단계가 '함께 아파하기, 대신 아파하기'이다. 삶에 대한 아픔앓기의 세 단계는 소문처럼 빈껍데기로 타락한 말이 순결성을 회복하는 과정과 일치한다. 연작 소설 '언어사회학 서설'은 타락한 말이 순결한 말로 재탄생하는 과정, 말이 부활에 이르는 과정인데, 그것이 '남도 사람' 연작에서는 소리를 통해 학이 다시 나는 과정으로 나타난다. 이것이 바로 예술을 통해 구원에 이르는 과정으로, 그 끝에 『인문주의자 무소작 씨의 종생기』가 있고 『신화를 삼킨 섬』이 있다.

3. 이야기의 의미 : 자서전과 소설, 역사와 신화

작가를 이상주의자로 정의한 이청준의 또 다른 진술에 따르면, 작가란 글쓰기를 통해 끊임없이 자신을 씻기는 사람이다. 「자신을 씻겨 온 소설질」에 보면 그의 부단한 글쓰기-씻김굿은 자기 자신의 삶을 씻기고 사회를 씻기는 데 그치지 않고 마침내 우리 삶의 비의와 본질에 대한 성찰에까지 이른다. 다시 말해, 이청준의 40여 년에 걸친 길고 치열한 씻김의 글쓰기, 그 중심에 자서전과 역사와 신화가 있다.

개인의 차원에서 사실의 확인과 기록, 그에 따른 반성이 자서전이라면 공동체의 차원에서 사실의 확인과 기록, 그에 따른 반성은 역사라 할 수 있다. 제대로 된 자서전은 개인적 사실을 드러냄으로써 비극을 완성시키며, 소설은 그것을 극복하고 자기 구원에 이르기 위해 자서전을 이야기화하는 것이다. 개인의 차원에서 자서전이 소설이라는 이야기의 시작으로 극복되고 자기 구원에 이른다면, 공동체의 차원에서는 역사로 인해 사실이 드러나고 비극이 완성된 뒤, 신화(전설, 민담 등)라는 이야기의 시작으로 그것이 극복되고 구원에 이르게 된다. 이때 구원이란 앞에서도 보았듯이 개인이나 공동체를 막론하고 오늘의 삶의 구원을 의미한다. 개인이나 공동체는 사실의 비극 너머에서 시작되는 이야기와 더불어 오늘의 삶을 살아갈 수 있게 된다. 오늘의 삶을 구원하는 이야기의 세계는 무엇보다 드러난 사실에서 사실성을 제거함으로써 시작된다. 역사적 사실이 전설이나 설화, 신화로 변형되기 위해서는 그 사실에서 역사성을 제거하는 것이 가장 중요하다. 개인사나 집단의 역사에서 사실은 시공의 제한을 받는 일회적이고 특수한 것이다. 그런 사실에서 사실성을 제거하면 자기 완결성을 지닌 폐쇄적인 사실이 늘 새롭게 재창조가 가능한 보편적이고 열린 이야기가 된다. 이렇게 민중의 소망을 담아 역사를 창조적으로 변형시킨 이야기는 드러난 사실 이후를 감당한다. 이청준이 지향하는 예술에 의한 구원은 다른 것이 아니다. 자서전을 소설로, 역사를 신화로 이행시킴으로써 개인과 공동체가 모두 지금, 이 자리에서 오늘의 삶을 살아갈 수 있게 하는 것이다.

소설과 신화는 자서전과 역사에서, 드러난 사실의 문제적 요인들, 비극성을 외면하지 않고 직시하여 본모습을 안 뒤, 그것을 온몸으로 살아 내는 아픔앓기의 세 단계를 거쳐 극복하고 재창조해 낸 세계를 담고 있다. 소설과 신화의 세계는 있는 그대로의 세계가 아니다. 거기에는 꿈과 소망과 이상향의 원이 담겨 있다. 현실을 있는 그대로 그려 낸다는 사실주의적 소설에도 이상향의 원이 담겨 있기는 마찬가지다. 우리는 사실주의적 소설을 읽음으로써 현실 자체에 대한 반성과 변화 의지를 갖게 된다. 소설과 신화라고 했지만 그것은 모두 사실을 넘어 꿈과 소망을 구현한 이야기의 세계에 속한다. "현실이나 꿈은 삶이지 이야기가 아니다. 이야기는 현실과 꿈 사이에 있다". (앞의 책, 194쪽) 「이어도」와 『신화를 삼킨 섬』에서 제주도 사람들로 하여금 현실을 살 수 있게 만드는 이어도와 아기장수는 모두 현실과 꿈 사이, 이야기의 세계에 있다. 이어도에 대한 믿음은 아기장수에 대한 믿음이기도 하다. 현실 속의 이상향에 대한 믿음은 언젠가 올 자생적인 구세주에 대한 믿음과 같다. 그렇기 때문에 "이어도가 없이는 이 섬에선 삶을 계속할 수가 없다"라는 진술은 『신화를 삼킨 섬』에서 단어만 바뀐 채 반복되고, 앞에서 말한 섬의 속성, 섬이 존재한다는 믿음이 현실을 살아가게 하는 힘이라는 점은 『신화를 삼킨 섬』에도 그대로 적용된다. 이청준은 『신화를 삼킨 섬』을 다음처럼 끝맺는다. 사람들은 "언제부턴지 그 아기장수와 용마가 다시 태어나기를 기다리기 시작했다. 그 이야기 속의 꿈과 기다림이 없이는 아무래도 세상을 살아갈 수가 없었기 때문이다". 우리도 마찬가지다. 이청준의 소설이 있어서, 이야기가 있어서, 우리는 꿈을 꾸며 현실을 살아갈 수 있다.

제2장

비상학, 부활하는 새, 다시 태어나는 말

그림 ׀ 김선두 / 해변의 육자배기 2(부분)

얼굴과 가면

이청준의 작품 속에서 자기 실종의 욕망은 여러 단계로 나타난다. 자기 실종의 욕망은 현실에서 자신의 모습을 완전히 지운 뒤 새롭게 부활하는 데까지 이르러야 하기 때문이다. 그 단계는 모두 넷으로 나뉜다. 먼저 진짜 얼굴과 가짜 얼굴이 공존하는 가면 쓰기의 단계, 다음으로 진짜 얼굴이 사라지는 광기의 단계, 세 번째로 자신의 존재 자체를 지워 버리는 죽음의 단계, 마지막으로 새로운 존재로 탄생하는 부활의 단계가 그것이다. 광기의 단계는 내가 나 자신에게서 실종되는 단계며, 죽음의 단계는 내가 나와 타인들 모두에게서 실종되는 단계다. 이청준의 작품에서 이 두 단계는 가면 쓰기나 부활의 단계에 비해 상대적으로 적다. 그가 가장 힘들게 파고드는 것은 현실에서 자신을 실종시키게 만드는 끔찍한 상황, 그 상황과의 싸움을 보여 주는 가면 쓰기의 단계다. 이청준의 인물들은 가면 쓰기를 통한 현실과의 싸움이 견디기 어려울 만큼 극한에 이를 때 미치거나 사라진다. 광기나 죽음은 오랜 시련의 과정을 필요로 하지 않는다. 그것은 어떻게든 삶을 유지하려는 긴장의 끈을 놓치는 순간에 찾아온다. 하지만 미치거나 사라진 그들이 다시 돌아오는 길은 멀고 험난하다. 그래서 이청준은 가면 쓰기와 더불어 부활의 단계를 여러 작품을 통해 천착하고 있다. 부활은 자기 실종을 거쳐 얻은 궁극적인 구원이기 때문이다.

1. 가면 쓰기

가면은 자기 실종의 욕망을 표현하는 가장 초보적인 단계라 할 수 있다. 우리가 자신의 맨얼굴을 가리고 싶을 때나 이 세상에서 숨고 싶을 때 가장 손쉽게 할 수 있는 것이 가면 쓰기다. 하지만 가면 쓰기가 자기 실종의 가장 초보적인 단계인 이유가 단지 그 방법의 손쉬움에만 있는 것은 아니다. 가면은 가면일 뿐이다. 가짜 얼굴 밑에는 진짜 얼굴이 있다. 가면은 진짜 얼굴을 잠시 가릴 뿐 진짜 얼굴이 사라진 것은 아니다. 손쉽게 쓴 가면을 벗기만 하면 진면이 드러난다. 가면 쓰기는 진짜 얼굴과 가짜 얼굴이 둘 다 훼손되지 않은 채 공존하는 상태라 할 수 있다. 하나가 드러날 때, 하나는 숨는다. 무엇이 숨든지, 또 아무리 가면에 익숙해진다 해도 진짜 얼굴이 사라지지는 않는다. 그러니까 어느 얼굴이 진짜인지 알 수 없다는 진술은 거짓이다. 가면을 쓰고 편안함과 행복감을 얻는다 해도 그것은 모두 가짜다. 우리는 거짓 행복과 위안을 얻을수록 가면을 사랑하고 진짜 얼굴을 잊으려 하겠지만 진실은 외면한다고 사라지지 않는다. 우리는 그것이 가해자의 얼굴이든, 굴레를 쓴 소의 얼굴이든 우리 자신의 진짜 얼굴을 찾은 뒤에야 완전한 실종을 통한 그것으로부터의 해방을 꿈꿀 수 있다.

이청준에게 맨얼굴, 진짜 얼굴은 무엇보다 굴레를 쓴 얼굴이다. 굴레를 쓴 얼굴은 아픔을 간직한 상처받은 얼굴이다. 그 아픔의 원인이 태생의 한계이거나 자신의 부끄러운 과거, 또는 그 무엇이든지 그것을 외면해서는 안 된다.

「가면의 꿈」, 「예언자」, 「가학성 훈련」, 「병신과 머저리」의 주인공들은 일종의 가면을 쓰고 산다. 이들처럼 맨얼굴을 잃고 사는 것은 본모습을 잃고 사는 것이다. 가면은 울 수 없다. 가면의 눈물은 안으로만 흐른다. 눈물은 자신을 정면으로 응시함으로써 얻을 수 있는 부끄러움과 참회와 관련을 맺는다. 그들이 맨얼굴을 찾았을 때 눈물이 있을 테고, 아픔을 정면으로 응시할 때 새로 태어나기, 구원, 부활도 가능하다.

「가면의 꿈」은 제목처럼 얼굴과 가면에 관한 글이다. 주인공 명식은 사회적으로 힘 있는 자리에 있는 사람인데도 아내가 보는 그의 맨얼굴은 전혀 그렇지 못하다. "그의 표정은 날개 꺾인 새처럼 늘 힘이 없었고 죄지은 아이처럼 의기소침"하다. 죄지은 아이 같은 상태로 견뎌야 하는 맨얼굴의 일상은 그것을 가리고 나서야 휴식이 가능할 지경이다. 그래서 명식은 가면을 쓴다. 가면은 자신이 아닌 다른 인격이 되게 해준다. 진짜 얼굴을 가리는 가면을 쓰는 순간 명식은 다른 사람이 되며, 비로소 휴식을 얻을 수 있다. 이렇게 맨얼굴에 대한 불편함은 자기 실종의 욕구에 맞닿아 있다. 그런데 명식이 가면 뒤에서 얻은 휴식이 진정한 휴식일까. 가면 뒤에 숨는 것은 결국 제 얼굴을 지니지 못하고 사는 것이다. 제 얼굴이 아닌 가면의 휴식은 글자 그대로 가짜 얼굴의 가짜 휴식이다. 그렇기 때문에 명식이 자신의 가면에 익숙해질수록 가면이 주는 휴식도 위협받는다. 그 과정은 명식의 아내인 지연이 남편의 맨얼굴과 가면을 점차 구별하지 못하는 것으로 표현된다. 처음에 지연은 남편의 맨얼굴에서 심한 피곤기를 느끼고, 가면에서 휴식과 위안을 보았기 때문에 남편의 가면을 사랑한다. 심지어 그녀는 남편의 맨얼굴을 가리고 있는 피곤기로 인해서 맨얼굴에서 "어떤 불편스러운 가면"을 느낄 지경이다.

> 날마다 겹쳐 쌓인 피로감 같은 것이 이젠 변장하지 않은 명식의 맨얼굴을 완전히 뒤덮어 버려, 그것을 묘하게 뻔뻔스럽고 그리고 어떤 스스럼이나 망설임 같은 것도 엿볼 수 없는 당당한 것으로 만들어 가고 있었다. 지연은 그런 때의 명식에게서 오히려 더 짙은 가면기를 느꼈다. 명식은 새로운 가면을 만들고 있었다. 대신 자신의 진짜 가면과는 거의 스스럼이 없을 만큼 친숙해져 가고 있었다. (196쪽)

맨얼굴과 가면이 뒤섞인 상태를 묘사한 이 대목은 시사하는 바가 크다. 지연이 느끼는 짙은 가면기의 원인은 바로 뻔뻔스러움이다. 어떤 스스럼이나 망설임도 없는 상태, 한마디로 부끄러움을 느끼지 못하는 상태, 자기반성이라고는 찾아볼 수 없는 상태가 바로 가면의 속성이다. 그것은 사람들이 가면에서 취하는 가장 큰 미덕이기도 하다. 가면의 세계를 지배하는 것은 지금 이 사회에 넘쳐나는 익명들, 그들을 지배하는 질서와 같을 것이다. 자신을 숨길 수 있을 때, 남는 것은 욕망의 질서뿐일 테니까.

명식의 얼굴과 가면은 얼굴이 된 가면과 가면이 된 얼굴로 변한다. 그에게 남는 것은 온통 얼굴뿐이거나 온통 가면뿐이다. 얼굴과 가면은 둘이 사이좋게 공존해야 하나의 인격에서 다른 인격으로의 이동이 가능해지고 자기 실종의 욕구도 충족시킬 수 있다. 얼굴과 가면이 혼동될 때 가면은 가면으로서의 기능을 상실한다. 당연히 가면을 쓰고서도 불안할 수밖에 없고 휴식과 위안도 없게 된다.

> 사무실에서 돌아와 대문으로 들어설 때마다 역력히 읽을 수 있었던 그 옛날의 측은스러운 피곤기와 황량스러움이 이번에는 거꾸로 그의 가면 뒤의 휴식 끝에서 발견되곤 하였다. (196쪽)

얼굴과 가면의 역학이 변함에 따라 가짜 휴식조차 불가능하게 된다. 명식은 가면을 쓰고 어둠 속을 헤매며 얻던 휴식을 포기한다. 이제 그에게 남은 해결책은 하나뿐이다. 자신의 본모습을 외면하지 않고 정면으로 응시해야 한다. 그렇게 했을 때 그에게는 맨얼굴을 가리고 얻었던 가짜 위안이 아니라 진정한 휴식이 찾아올 것이다.

가면을 쓰고 어둠 속을 헤매는 것이 진실을 외면하는 것이라면, 진실을 외면하지 않고 바라보기, 다시 말해 맨얼굴로 대낮의 해를 견뎌내는 데는 용기가 필요할 것이다.

> — 이렇게 불을 끄고 앉아 있으니 밤이 좋군. 대낮은 얼굴이 너무 따가워…… 누구나 결국은 그렇게 되는 거지만, 사실 사람들이 얼굴 가득히 그 엄청난 대낮의 햇빛을 스스럼없이 견디어 낼 수 있도록 잘 단련이 되어 있는 건 다행한 일이지.
>
> — 하지만 그건 다행스럽다고만은 할 수가 없다면…… 그런 식으로

사람들은 제각기 자신의 가면을 튼튼하게 단련시켜 가고 있거든. 눈물을 흘릴 수가 없어……. (199쪽)

가면을 쓰면 편하다. 맨얼굴로 해를 견디기는 너무 어렵다. 그래서 우리는 심지어 대낮에도 가면을 쓴다. 이제 우리에게 맨얼굴은 여간해서 찾아보기 어렵다. 어느 것이 진짜 얼굴인지 잊은 지 오래다. 얼굴이 가면이고 가면이 얼굴이다. 그래서 우리가 얻은 것이 가짜 위안과 휴식이라면, 우리가 잃은 것은 무엇일까. 우리가 잃은 것은 눈물을 흘릴 수 없다는 사실이다. 당연하다. 가면은 울지 못한다. 실체를 외면한 우리에게는 부끄러움도 없고 자기반성의 길조차 없다. 따라서 진정한 거듭남도 없다.

명식은 죽기 직전, 가면을 쓰고 언제까지나 그렇듯 온 얼굴로 그 달빛을 하얗게 견디고 있었다. 가면을 쓰고 떨어져 죽은 그를 보며 지연은 달빛이 쏟아져 내리는 하늘로 치솟아 오르려다 거꾸로 추락한 것이 아닐까 생각한다. 다시 태어나는 새의 비상은 자기 본모습인 굴레를 쓴 소를 견딘 뒤에야 가능하다. 가면으로 달빛을 견딜 것이 아니라 맨얼굴로 해를 견딜 때 추락이 아닌 비상이 있을 것이다.

「예언자」도 얼굴과 가면에 대한 글이다. 「예언자」에서 얼굴과 가면의 역학은 「가면의 꿈」에서보다 한층 복잡해진다. 가면을 쓴 사람이 한 사람에서 여러 사람으로 늘기 때문만은 아니다. 가면이 지배하는 세계가 좀 더 견고해지기 때문이다. 이제 가면은 「가면의 꿈」에서 명식이 아무 때나 자유롭게 쓰고 벗을 수 있었던 도구 상태를 벗어난다. 「예언자」에서 가면은 그것만의 공간과 시간을 가진 하나의 세계를 지배한다. 그 세계에서 사람들은 자유롭게 가면을 쓰고 벗을 수 없다. 그 세계에서는 가면이 바로 그들의 맨얼굴이기 때문이다. 그 세계가 바로 밤 열 시 이후의 살롱 '여왕봉'이다. 가면의 세계 '여왕봉'은 여왕이 지배하는 어둠의 세계다.

그렇다면 예언자는 누구며, 예언은 무엇인가. 예언자와 예언은 얼굴과 가면과 어떤 관계가 있을까. 예언자는 한때 소설을 몇 편 썼던 소설가 나우현을 지칭하는데, 그는 '여왕봉'의 손님 중 하나다. 그러니까 예언자는 예언자이기 이전에 소설가다. 소설가 나우현이 소설 쓰기를 그만둔 것은 허구로 생각했던 소설 속의 이야기가 매번 사실로 실현되었기 때문이다. 그는 소설로 이미 예언을 하고 있었던 셈이다. 예언자가 소설가이듯이 소설가는 예언자이고, 예언은 소설이며 소설은 예언이다. 예언자와 소설가는 아직 도래하지 않은 허구의 옷을 빌려 진실을 말하는 자다. 그들은 예언과 소설로 진실을 말하는데, 그것이 여기서는 숨어 지배하는 폭력의 정체를 밝혀 말하는 것이다.

소설가 나우현은 소설 쓰기를 그만둔 뒤 예언을 일삼는다. 그런 나우현이 이번에는 소설 쓰기를 그만두었듯이 예언하기를 그만둔다. 그가 예언을 하지 않는 이유는 소설가 나우현이 소설 쓰기를 그만둔 이유와 같을 것이다. 이 작품에서 소설과 예언은 같은 것이기 때문이다. 소설가 나우현은 소설로 된 예언인 이야기가 사실로 실현되는 것을 견디지 못하고 소설 쓰기를 멈췄다. 마찬가지로 예언자 나우현은 예언이 사실로 실현될 것을 견디지 못해서 예언하기를 그만두었을 것이다. 하지만 그의 예언들은 그동안 줄곧 실현되었고 그의 예언도 그침 없이 계속되지 않았던가.

> 그가 갈 거라고 하면 가리라는 사람이 가고, 그가 올 거라고 하면 오리라는 사람이 영락없이 나타났다. 언제 어디서 어떤 사고가 있으리라고 하면 그때 그곳에서 그가 말한 사고가 으레 일어났고, 누구에게 어떻게 좋은 일이 있으리라고 말하면 그 사람에게 어김없이 경사가 찾아왔다. (208쪽)

다시 한 번 예언이 사실의 증언임을 알겠다. 지금까지 나우현은 자신의 예언이 실현됨에 개의치 않았고 예언하기를 멈추지도 않았다. 그것은 지금까지 그의 예언이 실현되어도 그다지 큰 문제가 없었기 때문일 것이다. 나우현은 어떤 한 가지 문제에 집착하지 않고 시정사에서부터 자연계 변화와 인간들의 만남과 헤어짐, 질병과 죽음에 이르기까지 고루 망라하여 예언을 했다. 그런 그의 예언의 특징은 사실을 증언할 수 있을 뿐, 그 사실을 바꿀 힘도 권리도 없다는 점이다. 불길한 예언일 경우 그것을 막을 부적도 없다. 사람들은 그의 예언을 온몸으로 살아 내야 할 뿐이다. 그런 만큼 그의 예언이 누군가의, 혹은 한 세계의 엄청난 파국을 부를 만큼 무서운 것이라면 그 누군가가, 혹은 그 세계의 구성원들이, 혹은 나우현 자신이 예언하기를 멈추게 할 것이다. 물론 이 경우에도 사실의 증언을 막았다고 사실 자체가 사라지지는 않지만 사실의 은폐는 가능할 것이다.

나우현은 소설 쓰기를 자발적으로 그만두었지만 소설 쓰기와 같은 예언하기는 그렇지 못하다. 예언은 그의 생활의 핵심이었다. 그런 나우현이 문득 예언을 그쳐 버린 것은 소설 쓰기와 달리 '여왕봉'에 새로 온 홍 마담이 고안해 낸 규칙 때문이었다. 예언하기를 중단시킨 홍 마담의 규칙은 사실을 증언하지 못하도록 강요하는 것이다.

그 규칙은 모두 세 항목으로 이루어진다.

① 밤 열 시 이후, 여왕봉에서는 맨얼굴로 손님을 맞을 수 없다.
② 손님도 가면을 써야 한다.
③ 아무도 홀에서는 가면을 쓰고 벗을 수 없다.

첫째와 둘째 항목은 밤 열 시 이후, 여왕봉으로 구체화되는 새로운 시공에서 맨얼굴 없애기라는, 홍 마담의 규칙의 핵심을 담고 있다. 셋째 항목은 가면과 맨얼굴, 두 얼굴의 공존 불가를 담고 있다. 그렇기 때문에 종업원과 손님은 상대방의 맨얼굴이 가면으로, 가면이 맨얼굴로 바뀌는 것을 보아서는 안 된다. 다시 한 번 요약하자면 홍 마담의 규칙은 시간과 공간의 제한, 맨얼굴 없애기, 두 얼굴의 공존 불가를 담고 있다. 이 규칙은 사람들을 현실과 다른 차원에서 다른 인간이 되게 한다. 그것이 나우현으로 하여금 예언을 중지하게 만든다. 그러니 그가 다시 예언을 하려면 무엇보다 맨얼굴을 다시 찾아야 한다. 다른 차원이 아닌 현실로 돌아와야 한다. 그는 인간사와 자연사를 고루 망라하여 예언하던 사람이다. 그는 현실과 다른 시공의 다른 인간들(사실 그들이 인간들일까?)에 대해서 할 말이 없다. 맨얼굴이 사라진 그들의 본모습을 알 수 없거나 외면해야 하기 때문이다. 사람이 사라진 자리에 가면만 난무하기 때문이다.

— 딴은 그렇겠다. 한쪽이 안면 몰수를 하고 나섰다면 다른 한쪽도 얼굴을 가려 주어야겠지. 사람과 가면이 어떻게 한자리에 얼굴을 마주하겠냐.

— 그러지 않아도 이놈의 얼굴이 거추장스러울 때가 많더니 그것 참 묘안이다. 자, 그럼 이제부터 우린 지금까지의 우리가 아닌 게다. 지금까지의 사람들이 아니란 말이다. 도깨비끼리 술을 먹고 도깨비끼리 노는 거다. (221쪽)

여왕봉의 손님들은 아무도 가면을 불편해하지 않는다. 가면을 불편해하는 사람은 예언자 나우현뿐이다. 손님들의 대화에서 알 수 있듯이 가면 쓰기는 특정한 개인을 벗어나 다른 사람, 더 나아가 사람도 아닌 도깨비 따위가 되는 것이다. 그것은 바로 익명화이다. 현실이 아닌 사이버 공간에서 실명이 아니라 마음대로 선택한 ID로 행동하기. 우리는 모두 그것의 무한한 자유, 편안함, 방종, 무책임에 대해서 잘 안다.

— 탈을 쓰고 한 짓은 아무도 나중에 허물을 잡겠다 이런 뜻 아니야. 탈을 쓰고 한 짓은 사람이 아니라 이 탈도깨비가 한 거니까 말이야. (222쪽)

진실을 증언해야 할 나우현에게 가면은 가짜 얼굴이다. 가면의 무한한 자유는 맨얼굴을 외면하고 얻은 거짓 자유다. 하지만 손님들은 가면의 달콤한 세계를 거부하지 못한다. 거부하기는커녕 그들은 가면의 질서를 스스로 만들어 나간다. 그래서 밤 열 시 이후 여왕봉의 손님들은 단골들 일색이다. 고정된 자기 가면을 정해 갖는 가면의 질서 덕분에 여왕봉의 열 시 이후는 완전히 이제 그 가면들의 잔치였다. 자기 가면을 가진 사람들은 모두 본얼굴을 생각할 필요가 없었다. 자기 가면을 가지지 못한 사람은 이번에도 역시 나우현뿐이었다. 여왕봉은 이제 밤 열 시를 경계로 완전히 가면의 세계와 맨얼굴의 세계로 나뉜다. 가면의 세계는 자유롭고 즐겁다. 하지만 그 세계는 본얼굴을 생각할 필요가 없는 세계, 본모습을 잃고 사는 세계다. 「예언자」는 「가면의 꿈」보다 한 걸음 더 나아가, 가면의 세계가 자기를 실종시켜 가고자 하는, 자유로 충만한 이상향을 닮았음을 보여 준다. 하지만 「예언자」의 그곳에서 우리는 자기 자신이 아닌 다른 인격이 되어 오로지 욕망만을 거리낌 없이 충족시키는 자유를 누리며 행복하다. 그렇기 때문에 그 이상향은 가짜다. 본모습을 잃고 얻은 구원은 거짓 구원이다. 진실을 외면한 채 어떤 대가도 치르지 않고 고통 없이 이상향에 갈 수는 없다. 그렇게 갈 수 있는 이상향이 있다면 그것은 마약으로 얻은 환각의 세계와 같을 것이다. 그렇기 때문에 나우현은 가면을 우리들 인간의 본능적 욕구의 발산을 규범화시켜 주는 풍속적 방편으로 규정한다. 가면은 어떤 추악스러운 본능적 욕구의 발산도 그것을 덮어씀으로 하여 하나의 당당한 풍속으로 용납받을 수 있게 하는 음흉한 지혜다.

> 홀에서는 엄격히 가면끼리의 거래였다. 가면으로 서로를 알아보고 가면으로 자신의 모든 걸 대신시켰다. 가면을 신뢰하면 신뢰할수록 계집들은 그 가면으로 깊이 가려진 얼굴 이외의 모든 것을 자유롭게 해방시켰다. (234쪽)

가면을 쓰면 모든 것이 해방되는데 유일하게 억압되는 것이 가려진 얼굴, 맨얼굴, 본모습이다. 가면 쓰기는 결국, 후에 본얼굴을 찾기 위한 자서전 쓰기에서 거짓 자서전 쓰기로 이어진다. 자서전 대필

등의 거짓 자서전 쓰기 역시 가짜 얼굴 만들기에 다름 아니다.

가면을 쓰고 얻은 위안이 가짜임을 보여 주는 또 하나의 예가 있다. 「예언자」와 「가면의 꿈」에는 정확하게 일치하는 한 장면이 있다. 가면을 쓴 채 달을 쳐다보는 인물(명식, 문방구상 장 씨의 어머니)을 숨어서 지켜보던 인물(명식의 아내, 장 씨)이, 가면이 울고 있다고 생각하는 장면이다. 울 수 있는 것은 맨얼굴뿐이다. 가면의 눈물은 가면을 뚫고 깊숙이 묻어 둔 맨얼굴이 솟아나는 순간에 가능하다. 명식과 장 씨의 어머니가 가면을 통해 진정한 자유를 누렸다면 그들은 울지 않았을 것이다. 가면의 자유는 가면의 자유일 뿐 맨얼굴의 자유는 아니다.

가면을 쓰고 얻은 위안은 가짜다. 진정한 구원은 어떻게 얻어질까. 무엇보다 맨얼굴을 찾아야 한다. 그래서 우리는 나우현에게 주목한다. 진실을 증언하는 나우현은 가면을 불편해한 유일한 사람이며, 자기 가면을 만들어 가지는 가면의 질서를 어긴 유일한 사람이기도 하다. 정해진 자기 가면이 없는 그는 열 시 이후 여왕봉에서 얼굴이 없는 단 한 사람이다. 그에게 있는 얼굴은 오직 맨얼굴뿐이다. 그러니까 결국 예언자 나우현이 가면 아래 감춰진 본얼굴을 그의 예언으로 해방시킬 것이다.

나우현은 자기 가면에 애착이 없다. 그는 자기 가면을 정해 가지고 있지 못했다. 더 나아가 그는 그것을 싫어하는 것이 분명했다. 그리고 왠지 긴장을 하고 있는 게 분명했다. 긴장을 한다는 것은 무엇인지 경계를 하거나 심상치 않은 사건을 기다리는 따위, 일상의 편안함을 벗어난 상태를 뜻한다. 나우현이 평소대로 예언을 일삼았다면, 또는 그에게 예언으로 증언해야 할 사실이 없다면 긴장을 할 리가 없다. 그는 예언을 참고 있기 때문에 긴장한다. 사실을 사실대로 말하지 못하는 나우현의 침묵은 보다 더 심각한 예언의 징조였다. 나우현이 참고 있는 예언, 그것이 담고 있는 치명적인 사실은 그와 더불어 여왕봉의 또 다른 사람, 홍 마담을 불안하게 만든다. 그녀는 누군가가 그녀를 배반할 것 같은 불길한 예감의 원인이 나우현에게 있다고 확신한다. 그가 예언을 하지 않고 있다는 소리를 듣는 순간 어떤 본능적인 직감으로 알 수 있었던 것이다. 우리는 나우현이 참고 있는 예언과 마담의 예감을, 연결해서 해석할 수밖에 없다.

그(나우현)는 늘 무엇인가를 초조하게 기다리는 사람처럼 표정이 불안했다.

뭔가 예언을 참고 있음이 분명했다.

그것이 그를 못 견디게 불안하고 고통스럽게 하고 있는 것 같았다. (228쪽)

어느 날 그녀(홍 마담)는 밑도 끝도 없이 문득 한 가지 불길스러운 예감이 들었다. 그녀의 수완과 여왕봉의 새로운 질서에 대하여 누군가가 그녀를 배반하고 나설 것 같은 이상스러운 느낌, 그녀를 방해하고 술집의 분위기를 파괴하려 들 것 같은 상서롭지 못한 예감이었다. (235쪽)

— 그렇다면 그는 자신의 예언을 참고 있는지도 모를 일이지. 참고 있는 만큼이나 별나고 재수가 없는 어떤 결정적인 예언을……. (237쪽)

모두 행복한 가면의 세계에서 두 사람만 불안하다. 자기 가면이 없는 나우현과 가면의 세계를 지배하는 홍 마담이 그들이다. 홍 마담은 불안을 떨치기 위해 가면의 규칙을 어긴 여급의 가면을 벗긴다. 마담이 벗긴 것은 가면임에도 불구하고 여급과 술손들은 얼굴을 빼앗겼다고 생각한다. "선생님 얼굴을 벗겨 드릴까 봐요." 홍 마담은 본얼굴이 사라진 세계, 가면이 자기 얼굴이 된 세계를 여왕이 되어 지배한다. 누군가 그 왕국을 훼방하고 나설 것 같은 꺼림칙한 배신에의 예감만 없다면, 그녀의 지배는 완벽한 것 같다. 홍 마담의 불안을 통해서 우리는 한 가지 결론을 내릴 수 있다. 나우현이 참고 있는 예언은 여왕봉의 새로운 질서를 파괴할 것이라는 점이다. 그것은 결국 실제의 얼굴과 가면의 그것을 혼동하는 것은 절대 금기임에도 불구하고, 그 금기를 깨서 새 질서의 핵심인 맨얼굴 없애기를 파괴하는 것, 다시 말해 맨얼굴 돌려주기가 될 것이다. 그래서 나우현은 예언을 참고 긴장하며, 홍 마담은 당연히 불길한 예감에 휩싸인다.

나우현이 참고 있던 예언을 하는 순간 금기는 깨질 것이다. 금기를 깬 사람은 마땅히 죽어야 한다. 나우현의 예언은 필연적으로 죽음(여기서는 살인)을 예고한다. 그렇기 때문에 '홍 마담은 살인을 한다'는 그의 예언에서, 살인의 대상은 나우현 자신이다. 홍 마담은 살인을 할 수밖에 없다. 살인은 지배력의 완성이기 때문이다. 지배는 그 지배에 불복하고 금기를 깬 사람을 죽임으로써만 완성될 수 있다. 가장 완벽한 지배의 방식에 죽음 이상의 방법은 없다. 물론 여기에서 지배는 폭력적 지배를 뜻한다. 그 지배는 인간을 짐승으로 만들 정도로 무섭고 끔찍하다. 그 예가 바로 우덕주다. 지배에 불복하며 금기를 깨는 나우현의 대척점에 있는 우덕주는 홍 마담에의 충직스러운 복종심과 참을성을 미덕으로 가진 사람으로, 복종의 끝에 결국 짐승이 되고 만다. 그는 여왕봉에서 처음으로 사람의 가면이 아니라 짐승의 가면을 쓴다. 그는 가면의 세계에서 사람이 아니라 곰이다. 그를 그렇게 만든 사람은 여왕봉의 지배자인 홍 마담이다. 그녀는 우덕주에게 곰의 탈을 씌워 줌으로써 그를 진짜 곰으로 만들고, 그는 즐겁게 스스로 곰이 되어 간다. 쇠사슬에 매인 짐승이 된 우덕주를 홍 마담은 회초리로 다스린다. 나우현은 그런 홍 마담이 꿈꾸는 지배의 세계가 어떤 것인지 정확히 알고 있다.

「저 여자가 여왕벌이 되는 건 여왕벌과 일벌의 관계처럼 우리가 바로 저 여자의 종벌이 된다는 거 아니오. 저 여잔 왕이 되어서 우리를 그녀의 종벌로 만들고 싶어 하는 거요.」(246쪽)

가면을 벗어 던지고 옛날의 여왕봉 풍속으로 되돌아갈 생각은 더더구나 엄두조차 내볼 수가 없는 일이었다. 언젠가 그 여급에게 행해 보인 것처럼 그래 봐야 마담의 가차없는 책벌만 뒤따르게 마련이었겠지만, 술손들 가운덴 그 가면의 착용 풍속에 맞서 나서려는 사람이 아무도 없었다. 그녀의 압도적인 군림 앞에 누구도 감히 그녀의 질서를 넘보고 나서는 자가 없었다. (251쪽)

나우현은 종벌이 되기를 거절한다. 그는 가면을 벗는 쪽을 선택한다. 그것은 폭력적 지배의 수용을 거절하는 것이다. 그 끝에는 죽음이 있을 것이다. 하지만 그것만이 폭력적 지배에서 해방되는 길이다. 그는 죽음을 무릅쓰고 진실을 말한다. 문제는 그의 예언에는 사태를 예방할 처방이 없다는 것이다. 그 처방이 있다면 그는 예언자가 아니라 신일 것이다. 이 점이 바로 예언, 글을 쓰는 작가, 진실을 말하는 사람의 한계다. 그렇다면 그는 어떻게 구원받을 것인가. 이것이 바로 진실을 말한 다음에 제기되는 핵심 문제다.

이 세상은 폭력적인 지배의 세계다. 대부분의 사람들은 자동화된 익명의 삶을 살면서 그 폭력적 지배의 세계를 인식하지 못한다. 이런 사실을 말하는 자가 예언자, 작가다. 그는 현실이 살 만하지 못할 정도로 훼손되었음을 말하면서 살 만한 세상, 이상향을 지향한다. 이청준은 「예언자」에서 폭력적 지배의 세계와 가짜 이상향, 거짓 구원에 대해서 이야기한다. 진정한 구원은 가면이 아니라 본얼굴을 찾으면서 시작된다. 그 얼굴을 찾기 위해 나우현이 죽는다. 그는 순교자이기도 하다. 죽음을 무릅쓰고, 숨어 지배하는 폭력의 정체를 밝히기 때문이다. 나우현에게 예언은 반드시 실현되어야 한다. 실현되지 않은 예언은 거짓말이다. 예언의 실현 없이 맨얼굴 찾기, 진실을 말하기, 폭력적인 지배에서의 해방은 불가능하다. 마찬가지로 홍 마담에게도 예언은 실현되어야 한다. 거듭 말하지만 그것만이 살인도 가능한 곳, 거기서는 그럴 수 있는 끔찍한 세계에 대한 폭력적 지배의 완성이기 때문이다. 나우현과 홍 마담, 두 사람은 공범이다. 하지만 한 가지 중요한 차이가 있다. 폭력으로 지배하는 자와 달리 예언(말)으로 지배하는 자는 자신의 지배를 완성시키기 위해 죽이는 대신 죽는다.

> 예언을 말하는 사람의 외로움이 어떤 것인가를 다시 배우고 있는 것 같았다. 그의 예언을 믿어 주는 사람이 없었기 때문이었다. 그의 예언을 실현해 줄 사람이 없었기 때문이었다.

하지만 그쯤은 오히려 다행일 수도 있었다. 우현이 비로소 깨달은 바로는, 진실을 알고도 그 진실을 말하지 못하는 불행한 예언자도 많을 것 같았다. 거기 비하면 나우현은 자신의 그 마지막 예언까지 끝을 내었고, 스스로 그것을 증명해 보일 수도 있는 처지였다. 그리고 그런 뜻에서 그는 그리 운이 나쁘기만 한 예언자는 아닌 셈이었다. (284쪽)

폭력의 지배와 말의 지배의 차이는 그 완성을 위해 한쪽은 살인자가 되고 한쪽은 피살자가 되는 데서 분명히 드러난다. 우리는 여기서 이청준의 「지배와 해방」을 생각하게 된다. 그 글에 따르면 소설가는 자유로 지배하기 때문에 그의 지배는 곧 해방이다. 나우현의, 예언의 완성에 의한 예언의 지배 역시 폭력적 지배에서의 해방을 가져온다.

그런데 살인으로 폭력적 지배의 완성을 과시하는 세계, '여왕봉'은 대체 어디란 말인가. 그곳은 예언이 스스로 진실을 말하지 않는 대신, 그것의 완성으로 진실을 만나게 해야 할 정도로 예언자를 몰고 가는 세계다. 뿐만 아니라 예언자가 자신을 죽임으로써 진실을 말할 수 있어서 아직 행복하다고 말할 정도의 세계다. 「예언자」가 쓰여진 시기를 고려할 때, 우리는 진실을 알고도 진실을 말하지 못하는 불행한 예언자(소설가)들이 많은 끔찍한 세계가 어디인지 짐작할 수 있다. 당연한 말이지만 이청준의 글들은 존재의 형이상학뿐 아니라 정치, 사회학적인 문맥에서도 읽어야 한다.

나우현은 결국 가면을 벗은 얼굴로 예언을 완성함으로써 진실을 만난다. 그런데도 작가는 예언이 아직 완성되지 않았다고 말한다.

무엇보다도 그 예언의 완성은 예언자 자신의 일은 아니기 때문이었다. 어떤 예언의 마지막 완성자는 그 예언을 말한 예언자가 아니라, 그의 예언을 살고 그 증거를 만나게 될 사람들 자신의 몫이 되어야 하였다. 그리고 그런 의미에서 그의 예언도 다만 예언 자체의 행위로 끝날 뿐 그것을 스스로 완성해 낼 수는 없었다. 그 예언은 여왕봉의 술손들에게서 마지막 완성을 기다리게 해야 했다. (285쪽)

예언자 나우현은 가면을 벗음으로써 자신의 맨얼굴을 찾고 폭력적 지배에서 해방된다. 그는 자신을 바쳐 예언을 실현한다. 하지만 잃어버린 본모습을 찾고 구원을 얻는 것이 자기 하나에 그쳐서는 안 된다. 소설가는 자기 구원을 위해서 쓰지만 그의 소설 쓰기는 궁극적으로 모든 사람의 구원을 향해 나아가야 한다. 결국 소설의 완성은 독자들의 몫이다. 소설가는 자유로 지배하고, 지배함으로써 해방시킨다. 이청준의 소설 세계는 장차 본모습을 잃고 사는 아픔을 묘사하는데 그치지 않고 함께 아파하고 대신 아파하는 차원으로 확장된다.

「가학성 훈련」은 맨얼굴에 대한 글이다. 「가학성 훈련」은 제목 그대로 딸을 가해자가 되도록 훈련하는 아버지에 대한 글이다. 어째서 가해자의 길을 가르치는 글이 맨얼굴에 대한 글일까? 가면 뒤에 있어서 잊혀졌던 본얼굴이 가해자 훈련을 통해 드러나기 때문이다. 의식 깊숙이 숨겨진 본모습은 외면한다고 사라지는 것이 아니다. 그것은 가면을 벗을 계기만 주어지면 언제든 의식의 표면으로 솟아오른다. 자기 실종의 첫 단계에서는 이렇듯 맨얼굴이 가면으로 통칭되는 가려짐, 망각의 뒤에서 여전히 살아 숨쉬며 호시탐탐 눈물을 흘릴 기회를 노린다. 「가학성 훈련」은 맨얼굴에 대해서만 말하는 것이 아니라 주인공의 아버지를 통해 본모습을 되찾은 뒤 나아가야 할 방향도 암시한다. 뒷날 성숙한 가해자 의식으로 확대되어 「가해자의 얼굴」에 분명히 드러나는 이 방향은 피해자 의식이 다시 가해자를 낳는 악순환의 고리를 끊기 위해 우리 모두 피해자 의식을 버리고 가해자임을 수락하는 과정이기도 하다. 피해자 스스로가 가해자임을 인정하게 되는 의식의 전도는 자신의 아픔을 온몸으로 살고 삭여서 타인의 아픔까지 끌어안는 과정에서 얻어진다. 그 눈물겨운 행로는 '남도 사람' 연작 등에서도 볼 수 있다.

「가학성 훈련」에서 가면 뒤에 숨었다 드러난 본모습은 한마디로 괴상한 모습, 기묘한 얼굴이다.

그러나 그는 문득 콧잔등 근처가 가려운 듯 얼굴을 묘하게 쫑긋거렸다. (75쪽)

머리칼을 끄들리며 과자를 우물거리고 있을 선희 년의 얼굴이 괴상한 모습으로 떠올랐다. 현수는 문득 그 선희 년의 얼굴에서 오랫동안 자신 속에 간직되어 온 어떤 기묘한 얼굴을 보고 있는 듯했다. (중략) 그는 안방에서 들려오는 소리에 불현듯 옛날 아버지의 음성이 들려왔고, 그러자 가슴부터 뜨거워지기 시작한 것이었다. 선희 년의 얼굴이 그 괴상한 모습으로 떠오른 것도 거의 같은 순간이었다. (78쪽)

현수는 다시 콧잔등이 쫑깃거려졌다. 이번에는 그 콧잔등으로 손까지 가져갔다. 그것은 현수의 근래의 버릇이었다. 아니 좀 더 정확히 말하면 선희 년의 머리칼을 잘라 버린 날 아버지의 목소리를 들은 바로 그 무렵부터 시작된 버릇이었다. (86쪽)

아버지의 음성에서 떠오른 기묘한 얼굴은 주인공 현수의 콧잔등에 가려움증을 유발한다. 그 얼굴에 대한 독자들의 궁금증은 현수 자신의 고백이 아니더라도 곧 풀린다. 백정이었으며 송아지 코를 잘 뚫어 매기로 소문났던 현수 아버지의 일화로부터 유추할 수 있는 기묘한 얼굴은 바로 굴레를 쓴 소의 얼굴이다. 문제는 이 얼굴이 어떤 한 사람의 얼굴이 아니라 우리 모두의 본얼굴이라는 점이다. 현수의 아버지, 현수, 현수의 딸 선희의 얼굴이 모두 굴레를 쓴 소의 얼굴이다.

①「이려, 이려…….」

그는 땀을 뻘뻘 흘리며 매질을 계속했고, 썰매에 실린 조무래기들은 공짜 썰매질에 더없이 신바람들이 났다. 그러다가 송아지가 웬만큼 무게를 견뎌 내는가 싶으면 아버지는 매질을 잠시 멈추고 놈에게 여물을 한 차례 먹였다. (87쪽)

②「이려이려…… 오옳지! 그래 거길 잡고 요렇게 잡아당기면서…… 이려이려…… 그래그래 오옳지…… 이려…….」(78쪽)

③ 유리창을 열어제치고는 정신없이 마구 현수를 몰아댔다.

「좀 더 속력을 내! 좀 더.」(89~90쪽)

위의 세 예문은 각각 아버지가 소를 모는 장면(①), 주인집 사내가 자기 딸을 등에 태운 현수의 딸 선희를 모는 장면(②), 사장이 차를 타고 운전사인 현수를 몰아대는 장면(③)이다. 아버지가 여물로 소를 달래듯이, 주인집 사내는 과자로 선희를 유인한다. ②, ③은 굴레를 쓴 소와 그 소를 모는 사람을 나타내는 ①의 변형일 뿐이다. 그래서 현수는 스카이웨일 왔다 갔다 하라는 사장의 명령에 선희 년의 그 괴상망측한 모습을 떠올리고 아버지의 "이려이려!" 하는 음성을 듣는다. 순간 그는 자신이 숨을 헐떡거리며 다시 그 무게를 견딜 때까지 공터의 먼지 속을 왔다 갔다 하는 굴레 쓴 송아지임을 깨닫는다. 그러나 "현수는 모처럼 자신의 굴레를 의식한 순간에 그 굴레의 윤리를 거역"한다. 그는 잊고 살았던 얼굴, 모처럼 의식의 표면으로 떠오른 굴레를 쓴 소의 얼굴을 거부한다. 그는 그 무게를 견딜 때까지 스카이웨이를 왔다 갔다 하기를 거부한다.

「이쯤에서 그만 돌아가시지요.」(91쪽)

굴레를 거부하는 소, 뒤가 간 소, 본얼굴을 외면한 현수는 이제 영원히 굴레를 벗을 수 없다. 굴레는 그 굴레 쓴 삶의 무게를 다 견디고 났을 때 비로소 벗을 수 있다. 굴레를 거부할 때, 굴레는 벗겨지는 것이 아니라 헐거워질 뿐이다. 헐거워진 굴레는 현수의 콧잔등을 내내 쓰리고 아프게 할 것이다. 굴레를 거부할 때 남는 것은 귀찮고, 간지럽고, 쓰라린, 이 모든 것을 한데 합친 형언할 수 없는 아픔, 진짜 굴레를 끌리는 아픔이다. 우리가 굴레를 사랑해야 하는 이유가 여기에 있다. 가학성 훈련은 굴레를 사랑하려는 노력이며 궁극적으로 굴레를 벗어던지려는 노력이다. 그래서 우리는 굴레를 사랑하고 결국 벗어던진 현수의 아버지에게 주목할 수밖에 없다.

현수의 아버지는 앞의 예문 ①②③에서 주인 사내와 사장과 함께 소를 모는 가해자에 속한다. 그렇지만 백정이었던 그는 굴레를 쓴 소이기도 하다. 그는 피해자인 동시에 가해자다. 그가 가해자의 위치에서 씌워 준 수많은 굴레들은 동시에 그의 굴레이기도 하다. 그것은 그가 자신의 굴레를 누구보다도 사랑했기 때문에 가능한 일이다. 굴레를 거부하지 않고 온몸으로 살아 내려는 노력은 굴레에 대한 사랑에 다름 아니다. 그것은 피해자가 피해자 의식에서 벗어나 가해자 의식을 갖고 가해자임을 수락하는 과정과 동일하다.

> 아, 아버지는 그런 식으로 정말 짐승들을 사랑하고 있었다! 뿐만이 아니었다. 그는 그때 불현듯 지금까지 아버지가 송아지들에게 씌워온 그 수많은 굴레들이 사실은 바로 아버지 자신의 굴레였다는 느낌이 확연해진 것이었다. (94쪽)

굴레를 벗기 위해 굴레를 사랑하려는 노력은 굴레의 삶을 거부하지 않고 살아 내는 것이며, 자기 본얼굴을 외면하지 않고 응시하는 것이다. 쇠짐승이란 어쨌든 굴레를 씌워 놔야 제 얼굴을 지니게 되는 법이다. 그래서 멀쩡한 쇠코를 나무 막대기로 꿰뚫어 피를 흘리게 하거나 무서운 매질로 송아지를 몰아대는 따위의 가학성이 그 어린 짐승을 정말 아끼는 짓이다. 자신의 굴레를 다부지게 쓰고, 제 얼굴을 잃지 않고 살아온 아버지, 자신이 씌워 준 수많은 굴레를 자신의 굴레로 쓰고 살아온 아버지는 결국 그 굴레를 벗을 수 있었다. 굴레는 자신의 아픔을 앓은 뒤, 타인의 아픔을 같이 앓고, 대신 앓은 뒤에야 벗을 수 있다. 모두 가해자가 되는 것, 가학성 훈련이야말로 굴레를 벗는 길이다.

우리는 굴레(상처, 아픔, 한)를 거부하거나 외면할 수 없다. 그럴 경우 굴레를 벗고 땅(소)에서 하늘(새)로 날아오르는 것은 불가능하다. 구원은 아픔을 앓고 난 후에야 가능하며, 자신의 삶을 온전히 수용하고 살아 냈을 때 비로소 비상도 가능하다.

2. 광기와 죽음, 그리고 부활

자기 실종의 욕망 두 번째 단계는 미치는 것이다. 미친다는 것은 현실의 자신을 지워 버리고 다른 사람이 되는 것이다. 그렇기 때문에 광기는 단순히 맨얼굴 위에 가면을 쓰는 것과는 차원이 다르다. 미치는 것은 가면으로 진짜 얼굴을 잠깐 가리는 데 그치지 않고 진짜 자신을 송두리째 없애는 것이다. 사실 그렇다 해도 나는 오직 나에게서만 실종된다. 세상 모든 사람들에게 나는 여전히 남는다.

미친 사람이 주인공들인 「황홀한 실종」, 「조만득 씨」, 「겨울 광장」이 실린 『소문의 벽』 겉표지와 속표지에는 이렇게 쓰여 있다.

> 진실과 허위가 뒤바꾼 현실을 광기로써 넘어선다.
> 억압의 역사에 길들여진 영혼들,
> 성찰의 빛으로 울리는 자유의 종소리를 듣는다.

광기는 안팎이 전도된 현실을 벗어나 자유를 찾고자 하는 영혼의 몸부림이라고 할 수 있다. 이청준의 인물에게서 그것은 시종일관 자기 실종의 욕구로 나타난다. 실종의 욕구는 현실(광장)로부터 벗어난 안전한 밀실에 대한 욕구이며, 밀실에서 다시 태어나려는 욕구다.

그 욕구가 「황홀한 실종」의 윤일섭에게 문을 중심으로 안과 밖을 나눈 뒤, 자꾸 안으로 들어가 자신을 실종시키게 만든다. 윤일섭의 자기 실종의 욕구는 손영목 박사가 지적하듯이 가학성 유희 욕망과 사람 기피증 같은 2, 3차 병증들을 유발한 근본적인 1차 병인이다. 따라서 그의 안팎 개념의 도착증처럼 가학성 유희 욕망과 사람 기피증도 자유를 찾으려는 노력이라 할 수 있다. 야구공과 어린 시절 등하교 때 일화는 그의 자기 실종의 욕구가 얼마나 뿌리 깊고 절실한 것인지를 보여 준다. 그가 생각하는 진정한 자유는 단순히 밀실 속에 숨어드는 정도로 얻어지지 않는다. 시간의 벽을 뚫고 정지시켜 버린 야구공의 일화는 그가 추구하는 진정한 자유가 현실에서의 영원한 부재, 현상의 부재 속에 있음을 말한다.

> 시간이 정지해 버린 세상 사람들의 시선 속에선 그게 물론 영원한 부재일 수밖에 없겠지만, 진정한 자유라는 건 차라리 그런 현상의 부재 속에 숨겨져 있는 게 아니겠습니까? (211쪽)

세상 사람들을 시간의 벽 속에 가두어 두고 자신만 시간의 벽을 넘어 사는 것, 이처럼 윤일섭이 꿈꾸는 자기 실종은 궁극적으로 시간의 문을 나서겠다는 것이다.

> 하지만 그건 물론 그 산골짜기의 안개 속으로 사라져 간 제가 아니었어요. 전 그때 어머니 곁에서 다른 아이로 태어난 거란 말입니다. 골짜기로 들어간 저는 영원히 그 안개 속으로 모습이 사라져 들어가 버린 거구요. (213쪽)

시간의 문을 나서려는 자기 실종의 욕구는 밀실을 거쳐 다시 태어나려는 욕구다. 그것은 탄생 이후의 시간을 무화시키고 어머니의 태 속으로 다시 들어가려는 몸짓이다. 하지만 죽지 않는 한 현실에서 그것은 가능하지 않다. 살아 있는 우리는 현실에 몸담을 수밖에 없다. 광기는 가면 쓰기나 마찬가지로 현실을 외면하고 사실의 직시를 거부할 때 가능하다. 광기의 문제는 결국 광기에서 깨어나 만날 현실의 문제로 귀착된다.

미친 사람을 영원한 자기 실종의 상태로 방기하는 것은 죄악이다. 손영묵 박사는 윤일섭이 자신의 실종을 달콤하게 즐기고 있도록 내버려 둘 수 없다. 윤일섭의 동료가 박사를 질타하듯이 한 인간을 옛날에 벌써 잃어버린 풍속 가운데로 다시 되밀어 넣는다는 것이 아무 의미가 없는 것은 아니다. 거꾸로 윤일섭이 그의 오랜 실종에서 비로소 다시 정직한 모습을 드러내기 시작한 것은 큰 의미가 있다. 그는 그것을 찾고 싶지 않아도 잃어버린 자신을 다시 찾아내야 한다. 자신의 가면을 벗고 본모습을 찾아야 한다. 광기도 가면에 다름 아니다. 그는 사실을 직시해야만 한다. 사실을 외면할 때 진실과 허위는 뒤바뀐다. 그런 세계는 사실이 규명될 필요도 없었고, 그 사실이라는 것이 중요시되어야 할 필요도 없는 어떤 새로운 세계다. 그런 세계는 그 속에서 느끼는 자유 또한 전도된 자유, 가짜 자유인 끔찍한 세계다. 사실이란 시대의 이해와 풍속에 따른 현상적인 의미가 달라질 수 있을 뿐, 사실 자체의 진실이 변할 수는 없는 것이다. 광기에 안주하면 사실 자체의 진실을 거부하게 된다. 광기는 가면처럼 욕망의 해방구 역할을 하겠지만, 광기 속의 자유는 진정한 자유가 아니다. 우리는 본얼굴이 아무리 끔찍해도 그것을 감당해야만 한다.

「하지만 그 사실과 우리 사이의 옳은 관계를 보기 위해서는 우선 사실 자체의 고유의 진실성부터 규명되어야 하지 않을까요? 왜냐하면 어떠한 사실에 있어서도 그 사실 자체의 고유한 사실성을 주장할 권리가 인정되어야 하고, 그것은 또 그 사실을 발생시킨 당대 인간들의 어떤 보편적인 진실이 개입되어 있을 테니 말입니다. 어떤 사실에 있어서의 진실성의 성립이란 바로 그러한 당대 인간들 자신의 진실성에 의거해 있을 것이 아니겠습니까?」(226~227쪽)

진실과 허위가 뒤바뀐 현실을 넘어서려는 몸짓은 눈물겹지만 또 다른 도착 상태인 광기로는 그 현실을 넘어설 수 없다. 그렇기 때문에 위 예문, 광인 윤일섭을 치료하는 손영묵 박사의 믿음은 「조만득 씨」에서 광인 조만득 씨를 치료하는 민창호 박사의 믿음이기도 하다. 그는 그(조만득 씨)가 돌아가야 할 현실의 무게가 아무리 크고 힘든 것이라 하더라도 그의 병을 그냥 내버려 둘 수는 없다고 생각한다. 미친 것은 가짜의 삶이고 가짜의 행복이기 때문이다. 현실의 그것이 아무리 무겁고 고통스러운 것이더라도 거기서밖에는 삶의 진실이 찾아질 수 없기 때문이다. 민 박사는 삶을 권리보다 어쩔 수 없이 짊어지고 살아 내야 할 어떤 숙명적인 부채로 느낀다. 부채이기 때문에 누구나 자신의 현실과 정직하게 맞서는 도리밖에 다른 길이 없다. 우리가 짊어지고 살아 내야 할 진짜의 짐이란 우리의 현실 바로 그거가 아니겠는가.

민 박사는 결국 미침 속에서의 삶은 삶이 아니며, 제정신 속에서의 깨어 있는 삶만이 진짜 삶이라 말하고 있었다. 그리고 그것은 권리로서가 아니라 의무로 살아 내야 할 부채이기 때문에 사람은 누구나 자신의 삶 속에서 한순간이나마 그 자신의 정직한 현실의 짐을 짊어지게 해줘야 한다는 것이었다. (373쪽)

하지만 진짜 삶을 사는 것은 얼마나 가혹한가. 그것은 윤일섭을 황홀한 실종에서 귀환시키고, 조만득 씨에게서 웃음을 빼앗는다. 우리는 때로 광기에서 영영 헤어나지 못하는 「겨울 광장」의 완행댁으로 남고 싶다. 원망과 좌절의 기억들에서 자신을 실종시키는 완행댁은 우리들의 꿈이기도 하다. 우리들도 매일매일 광장을 떠나는 딸의 실종을 통해 자신의 실종을 감행하는 완행댁이 되고 싶다. 광장 사람들 자신들도 언제부턴가는 늘 완행댁처럼, 완행댁의 꿈을 빌려 자신들도 자주 광장을 떠나가고 싶다. 그래서 그들은 완행댁 한 사람에게만은 감당해야 할 현실의 무게를 면제해 준다. 어차피 남은 우리들은 본모습을 찾아 살아 내야 하기 때문이다.

윤일섭과 조만득 씨, 완행댁은 미쳐 있을 때 행복할 수 있다. 하지만 광기를 통해 자신이 아닌 타인이 되어 이상향으로 간다 해도 그것은 가짜 행복, 가짜 구원이다. 우리는 조만득 씨를 치료하는 민 박사의 말을 잊을 수 없다. 세상에 몸담고 있는 한 삶의 진실이 아무리 가혹해도 외면할 수 없다. 현실적 공간을 인위적으로 나눌 뿐인 인위적인 문 안쪽에 들어가 본들 구원은 없다. 그래서 결국 이청준의 인물은 이 세상에서 나가기로 작정한다. 바로 시간의 문을 나서는 것이다.

이 세상(현실)에서 완전히 사라지는 자기 실종의 세 번째 단계는 죽음이다. 앞서 말했듯이 우리는 미치지 않는 한 살아서 시간의 문을 나설 수 없다. 광기에 기대어 자기 실종을 감행했던 조만득 씨가 현실로 귀환한 뒤 깨달은 점이 바로 이것이다. 그는 조금도 부서지지 않고 건재한 현실에 절망했을 것이다. 현실은 외면하고 달아난다고 해도 사라지지 않는다. 그가 할 수 있는 일은 이제 자신과 더불어 현실 자체를 실종시키는 것이다. 죽음은 자신과 현실을 모두 실종시켜 결코 돌아올 수 없게 한다. 조만득 씨는 마지막에 그 일을 감행한다. 비록 조만득 씨가 사라지기는 했지만 「조만득 씨」는 죽음에 대한 글이 아니라 광기에 대한 글이다. 사실 시간의 문을 나서기가 그렇게 쉽지는 않다. 쉽기는커녕 우리들에게는 거의 불가능해 보일 지경이다. 「시간의 문」은 그 고난의 과정을 보여 주며, 시간의 문을 나서는 것이 궁극적으로 지향하는 바가 무엇인지를 암시한다.

완전한 실종 뒤에 남는 것은 무엇일까. 시간의 문을 나섬으로써 끔찍한 현실을 실종시킨 사람들은 그들이 원하던 이상향으로 가서 자유를 누리고 있을까? 설사 그렇다 해도 여전히 현실에 몸담고 있는 우리에게 그것이 무슨 의미가 있는가? 구원은 온몸으로 현실을 살아낸 뒤 가능하다고 했다. 사라진 사람들은 현실로 돌아와야 한다.

자기 실종의 네 번째 단계는 다시 태어나기다. 「시간의 문」의 유종열처럼 이 세상에서 나간 사람들은 어디로 갔을까. 그들이 그렇게 나가 버리는 것으로 끝난다면 우리는 이청준을 읽을 필요가 없다. 우리가 이청준을 읽는 이유는, 살 만하지 않은 세상은 나가 버리면 그뿐이라는 불모의 세계관이 그의 전언일 수 없다는 믿음 때문이다. 그는 자기 구원을 위해 쓴다고 했다. 자기 실종은 자기 구원을 향한 지난한 몸짓이다. 이청준의 글쓰기를 통한 자기 구원의 완성은, 나우현의 예언의 완성이 '여왕봉' 손님들 몫이듯 독자들의 몫이다.

사람들은 이상향에서 다시 태어나기 위해 이 세상에서 나간다. 그러니까 그들이 죽어서 가는 그곳이 바로 이상향일 것이다. 이청준의 작품에서 죽은 그들, 시간의 문을 나선 사람들은 '섬'으로 간다. 「바닷가 사람들」, 「석화촌」, 「섬」, 「이어도」 등, 섬을 그린 소설들은 이청준이 지향하는 이상향과 자기 구원의 문제를 말한다.

「바닷가 사람들」에는 장차 섬을 다룬 작품들에 반복되어 나타날 요소들이 들어 있다. 먼저, 바다 너머는 금지의 영역이다. 수평선은 넘어갈 수 없는 선이다. 수평선을 넘어간 사람들은 돌아오지 않는다. 당연히 그곳의 이야기를 가져오는 사람은 아무도 없다. 다음에, 금지된 그곳, 다가갈수록 언제나 저만큼씩 달아나는 곳, 아버지와 형을 잃어버린 아이가 가고 싶어 하는 곳, 섬에 붙박인 삶을 사는 사람들이 꿈꾸는 곳, 그곳은 이상향이다. 끝으로, 산 사람에게 금지된 이상향은 죽어야 갈 수 있는 죽음의 영지다. 그러나 그 죽음의 영지가 사람을 살아 있게 하는 힘이다.

「바닷가 사람들」은 무엇보다 섬을 그린 소설의 백미인 「이어도」의 밑텍스트 역할을 한다. 「이어도」에서도 바다 너머는 금지의 영역이다. 그 금지의 영역에 제주도 사람들의 이상향인 이어도가 있다. 하지만 수평선을 넘어간 사람들은 돌아오지 않아서, 그곳의 이야기를 가져오는 사람은 아무도 없었다. 두 작품 모두에서 아버지는 수평선을 넘었다가 돌아온 유일한 사람이다. 그러나 그는 바다가 아니라 육지로 걸어서 돌아오며, 다시 수평선을 넘어 사라진다. 그는 극적으로 사라지기 위해 돌아오는 것 같다. 아버지가 수평선 너머로 사라져 버리자 어머니는 울음소리 같은 노래만 웅얼거린다. 어머니는 끝없는 웅얼거림 속에서 아버지를 만나는 듯하다. 아버지가 어머니의 이상향을 구현하는 것일까. 어머니의 울음소리-노래로 인해 아버지는 부재하지만 실재한다.

섬을 다룬 작품들에서 이상향은 바다 너머로 사라진 사람들이 가는 곳이다. 「바닷가 사람들」에서는, 사라진 달이와 아버지가 돌아오지 않아서 그곳이 어디인지 알 수 없다. 하지만 「석화촌」에서 바다로 사라진 사람들은 다시 섬으로 돌아온다. 별네와 거무는 죽어서 하나가 되어 섬으로 돌아온다. 그들은 네 팔로 두 몸뚱이가 하나로 꼭 엉킨 채 마을 앞 바닷가로 돌아온다. 「석화촌」에서 이상향은 바로 이곳이지만 여전히 죽어야 갈 수 있는 곳이다. 이 작품 또한 「이어도」의 또 다른 밑텍스트다. 「이어도」는 「바닷가 사람들」과 「석화촌」을 합한 작품이다. 「이어도」에서도 이어도를 찾아간 천남석 기자는 죽어서 제주도로 돌아온다. 이상향은 죽음의 영지이지만 바로 이곳이다. 그곳은 현실에 부재하지만 실재하고, 부재해야만 실재하는 곳이다. 소설집 『이어도』의 표지글처럼 섬은, 그 섬이 거기 있다는 믿음을 통해서만 인식된다. 살아 있는 사람들은 그 섬의 실재를 믿지만 갈 수 없고, 그렇기 때문에 그 섬은 그들을 살아가게 한다. 섬은 그들이 삶을 견딜 수 있게 하는 힘이다.

「섬」은, 현실 속에 분명히 실재하지만 현실과 차원을 달리해 존재하는 이상향인 섬의 속성을 잘 보여 준다. 「섬」의 홀섬/울릉도는 「이어도」의 이어도/제주도와 같다. 「섬」의 '나'는 「이어도」의 천남석 기자와 달리 홀섬에 살아서 갔다가 살아서 돌아온다. 하지만 '나'는 홀섬에 영원히 살러 가지 않았다. '나'는 현실 속에서 잠깐 이상향을 보았다가 다시 현실로 돌아온다.

홀섬은 '나'에게 언제나 환상이었다. 홀섬의 실재를 찍은 사진과 달리 환상 속의 그 섬은 "맑은 날에도 늘 흐리고 파도에 덮인 섬"이었다. 그것은 섬이 죽음의 영지이기 때문이다.

> 섬이 마침내 나에게 참 정체를 드러내 온 것이다. 섬은 한마디로 죽음의 영지였다. (151쪽)

섬은 차안(此岸)이 아니라 피안(彼岸)에 존재한다. 그래서 '나'는 실재하는 홀섬을 찾아 나선 항해에서 바다 너머의 어떤 다른 차원의 세계로나 들어선 느낌을 갖는다. 일출의 상식이 일몰로 뒤바뀌어 버린 곳, 그곳에 섬이 있다. 그 섬은 역전의 경계선을 넘어 존재한다. 내가, 섬이 바다 위로 나타나면서부터 다른 차원의 세상에 들어선 느낌을 더욱 강하게 받는 것은 당연하다. 차안이 아닌 피안에 실제로 드러난 그 섬은 '나'의 환상 속의 모습과 다르다. 그 섬의 "환상 속의 모습과 다른 실제의 모습"은 "흐리고 파도에 덮인" 죽음의 영지가 아니다.

> 평소의 환상과 동떨어진 섬의 모습, 햇빛 속에 짙푸른 바다의 모습들이 내게는 차라리 다른 세상의 그것처럼 생경스럽게 느껴질 지경이었다. 눈부신 햇빛과 짙푸른 바다들은 고즈넉하고 선명한 섬의 모습과 함께 또 하나의 환상과도 같은 것이었다. 시공을 거꾸로 해온 그곳에서라야 비로소 생명을 얻어 움직이는 다른 차원의 풍광…… 섬은 거기 그렇게 분명한 자태로 실재하고 있었다. (155쪽)

섬은 시공이 뒤집힌 피안에서 비로소 햇빛 찬란한 이상향의 모습을 드러낸다. 그렇기 때문에 섬을 떠날 때는 섬의 모든 것을 다시 섬에게 돌려줘야 한다. 섬은 실재하지만 부재한다. 아무도 그곳의 이야기를 가져올 수 없다. 시공이 거꾸로 선 일몰이 지나가면 우리는 마침내 섬을 벗어나 현실의 바다로 들어선다. 그곳에서 섬은 다시 죽음의 영지가 된다.

> 그것이 멀어지면 멀어져 갈수록 내 가슴속에서도 섬의 모든 것이 함께 지워져 가고 있었다. 그리고 그것이 지워져 간 자리로 한동안 숨어 있던 그 섬의 암울스런 환상이 되살아나고 있었다. 그 물 잠자리에서의 어두운 환상, 달콤하고도 두려운 그 죽음의 그림자가 깃든 섬의 모습. 가슴속에 마지막까지 지워지지 않고 남아 있던 섬의 정경들마저 끝내는 그 환상의 장막 속으로 서서히 모습이 녹아 들어가고 있었다. 갈매기 떼는 이제 수많은 영혼들의 슬픈 비상처럼 환상의 섬 위를 희미하게 맴돌고 있었다. 거기 따라 나의 가슴속 상념은 갈수록 환상 쪽을 뒤쫓고 있었다. 얼마나 많은 영혼들이 저렇듯 새가 되어 섬으로 건너왔던가. (158쪽)

섬은 두렵지만 달콤한 죽음의 영지다. 섬이 달콤한 것은 햇빛 찬란한 피안의 모습이 있기 때문이다. 섬의 실체는 단순한 죽음의 영지로 그치지 않는다. 우리는 섬을 꿈꾸지 않고는 살 수 없다. 섬은 끊임없이 우리에게 오고 우리 또한 섬을 부른다. 제주도의 삶을 견디게 하는 것이 이어도의 꿈이듯이 섬은 현실의 우리를 살게 하는 힘이며, 우리 삶의 총체다. 섬의 실체는 강 형의 사진과 '나'의 환상,

섬 경비대의 삶, 우리들의 좌절과 희망, 죽음의 공포를 모두 포함한 총체적 인식 가운데 존재한다. 그래서 섬의 실체는 자꾸 커가고 우리는 결코 섬을 떠날 수 없다.

> 배가 결코 거꾸로 온 것은 아니었다. 자정이 넘어선 시각으로 보아 배는 울릉도로 돌아온 것이 분명했다. 한데 울릉도는 어디로 간 곳이 없고 그 자리에 대신 명부의 그림자처럼 홀섬이 들어앉아 있었다. 수평선의 어둠 속으로 사라져 들어간 섬이 그새 그 어둠 속으로 배를 앞질러 쫓아와 거기에 우리를 기다리고 있는 것이었다. (166쪽)

홀섬이 울릉도고 울릉도가 홀섬이다. 이어도가 제주도고 제주도가 이어도다. 명부의 그림자 같은 홀섬에서 영원히 살려면 죽어야 한다. 그러나 환상 속에 잠깐 엿본 햇빛 찬란한 홀섬은 얼마나 황홀한가. 그곳은 우리가 진실과 허위가 뒤바뀐 끔찍한 현실을 외면하지 않고 살아 내면 갈 수 있다고 믿는 곳이다. 다시 한 번 섬은, 섬이 그곳에 있다는 믿음에 의해서만 인식된다. 그 섬에 대한 믿음 때문에 우리가 품은 자기 실종의 욕망은 그토록 황홀하다.

비상학, 부활하는 새, 다시 태어나는 말

나는 남도 소리도 삶의 한 양식으로 이해하고 있습니다. 무슨 얘기냐 하면, 흔히 남도 소리의 핵심을 한이라는 것으로 이해하고 있는데, 한이라는 것이 삶의 과정에서 맺힌 어떤 매듭, 옹이 같은 것으로 얘기될 수 있다면, 그 맺힌 매듭, 옹이를 삶으로써 풀어 나가는 한 양식, 그것을 저는 소리로 이해하고 있거든요. 그렇게 본다면, 소리 자체가 삶의 또 다른 양상이란 말이에요. 그래서 말이 소리로 넘어간다는 것은 말이 우리 삶을 떠나서 의미를 잃고 말 자체의 질서 속으로 응축되어 버린다는 것이 아니라, 오히려 그 삶과 더 깊이 연결지어지는 세계로 들어가는 것이 아닌가, 이렇게 이해를 하고 있습니다. '언어사회학 서설'의 주인공이 도회의 삶에 끼어들지 못하고 방황하듯, '남도 사람'의 주인공도 시골의 삶에 융합하지 못하고 떠돎이 계속되는 것은 그가 원래 그 시골의 삶에서 쫓겨난 사람이며, 그래서 그 삶의 깊이에 도달하지 못한 까닭으로, 그것으로 다시 돌아가려는 노력의 과정이 계속되고 있는 셈이지요. (「작가와의 대화」, 『신동아』, 1981. 10)

나는 이청준의 글을 시차를 두고 보통 두세 번 이상 읽는다. 어떤 글은 10여 년에 걸쳐 스무 번쯤 읽었다. 그의 글을 통시적으로 읽다 보면 혼란에 빠지게 된다. 내가 지나온 것은 언뜻 보기에 다양한 경향을 지닌 작품들의 숲인 것 같다. 하지만 그 숲 한가운데로 방향성을 지닌 두 길이 나 있다. 많은 품종의 나무들이 제각기 두 길 중 어느 한 길가에 서 있다. 이청준은 그 두 길에 '존재적 삶'과 '관계적 삶'이라는 명패를 붙이며, '나무'와 '새'를 각각의 삶의 표상으로 삼는다. 작가의 말에 따르면 '남도 사람' 연작은 존재적 삶을 다루고, '언어사회학 서설' 연작은 관계적 삶을 다룬다. '언어사회학 서설'의 중심은 언어, 즉 말이다. 이청준의 작품에서 사회적 계약인 말은 새와 더불어 관계적 삶의 또 다른 표상이다. 이상한 것은 두 연작의 결편이 「다시 태어나는 말」이라는 점이다. 뚜렷이 다른 방향으로 뻗은 듯한 두 길이 갑자기 하나로 합쳐진다. 나에게 하나의 의문이 솟는다.

두 연작을 마무리하는 「다시 태어나는 말」, 그것은 무엇인가?

다시 태어나는 것은 부활을 뜻하며, 부활은 이미 태어났다가 죽었음을 전제로 한다. 두 연작의 끝이 '부활하는 말'이라면 당연히 두 연작은 말이 부활에 이르는 과정을 보여 줄 것이다. 말을 다룬 '언어사회학 서설'에는 그 과정이 비교적 잘 나타나 있다. 문제는 존재적 삶을 다룬 '남도 사람' 연작에서 그것을 찾는 일이다. 이 문제에 대한 접근은 '말'과 더불어, 작가가 존재와 관계의 표상으로 상정한 '나무'와 '새'를 중심으로 이루어질 것이다.

이청준의 작품에서 말과 함께 관계적 삶의 표상인 새는 존재적 삶을 다룬 '남도 사람' 연작에서 '언어사회학 서설'의 말의 역할을 담당한다. 마찬가지로 '언어사회학 서설'에서 말은 종종 새의 이미지를 갖는다. 사실 '언어사회학 서설'의 주인공이 말이듯이 '남도 사람'의 주인공은 말의 변형인 소리다. 결국 말과 새와 소리는 같은 의미망에 속한다. 조심할 것은 작가가 '남도 사람'에서 존재적 삶을 다루었다고 해서 그 중심이 존재적 삶의 표상인 나무는 아니라는 점이다. 그랬다면 '남도 사람'의 결편이 「다시 태어나는 말」일 수 없다.

말이 새로 치환된 '남도 사람'에서, '다시 태어나는 말'은 '다시 태어나는 새', '부활하는 새'가 된다. 나는 '남도 사람'에서 '언어사회학 서설'의 말과 같은 것, 즉 새가 부활하는 과정을 따라감으로써 다시 태어나는 말이 지닌 참의미를 알고자 한다. 그 첫걸음으로 '남도 사람' 연작뿐 아니라 이청준의 여러 작품들에 나타나는 무수한 새들을 살펴보겠다. 앞서 인용한 작가의 말은 내 목표를 이루는 데 중요한 토대를 제공한다. 그것을 정리하면 다음과 같다.

① 남도 소리의 핵심은 한이다.
② 한은 삶의 과정에서 맺힌 매듭, 옹이다.
③ 소리는 한을 삶으로써 푸는 한 양식이다. 그러므로 소리는 삶의 한 양식이다.
④ '언어사회학 서설'의 주인공은 도회의 삶에 끼이지 못하고 떠돈다. '남도 사람'의 주인공도 시골의 삶에 끼이지 못하고 떠돈다.
⑤ 그의 떠돎은 본래의 삶으로 돌아가려는 노력의 과정이다.

그 과정의 끝에서 말이 다시 태어나고, 새가 부활한다.

1. 새의 변주

이청준의 소설 속에는 정말 새가 많다. 그 무수한 새는 빗새나 학, 산새, 매뿐 아니라 연(鳶), 프로펠러기, 줄광대, 소, 소리 등 여러 형태로 나타난다. 그에게 날개는 새의 동의어다. 예컨대, 그는 「잔인한 도시」에서 새를 사는 것을 날개를 산다고 말한다. 날개를 중심으로 '새'는 날개를 접은 새와 날개를 편 새, 크게 두 종류로 나눌 수 있다. 날개를 접은 새는 나무에 깃들인 새고 날개를 편 새는 비상하는 새다. 두 종류의 새는 서로 대립하는 무엇을 가진 듯하다. 작품을 통해서 판단하건대, 비상은 이 세상에서 나가기, 육신을 벗어던지기, 초월성, 영혼성을 나타낸다.

① 그러더니 이윽고 학이 된 그의 어머니는 커다랗고 흰 날개를 활짝 펴며 스스로 공중으로 날아 올라갔다. 그리고 지붕 위를 서서히 한 바퀴 맴돌고 나서는 높푸른 하늘로 멀리멀리 하얗게 날아가 버렸다. (「학」, 『따뜻한 강』, 우석, 1986, 24쪽)

② — 푸드득…….

영혼의 비상처럼 어디선지 문득 빗속을 날아오르는 산새의 날개짓 소리가 환청처럼 적막을 가르고 사라진다. (「마지막 선물」, 같은 책, 39쪽)

③ 갈매기 떼는 이제 수많은 영혼들의 슬픈 비상처럼 환상의 섬 위를 희미하게 맴돌고 있었다. 거기 따라 나의 가슴속 상념은 갈수록 환상 쪽을 뒤쫓고 있었다. 얼마나 많은 영혼들이 저렇듯 새가 되어 섬으로 건너왔던가. (「섬」, 같은 책, 158쪽)

날개를 편 새가 초월성, 영혼성을 뜻한다면 날개를 접은 새는 '육체성'을 나타낼 것이다. 이청준에게서 영혼에 대비되는 육체는 무엇보다 '고통'(아픔)을 느끼기 위한 전제 조건이다. 인간은 육체를 얻어 태어나는 순간부터 고통을 겪기 시작한다. 또한 육체를 얻어 태어나는 탄생은 탯줄을 자르는 고향의 상실을 뜻하며 아픔앓기의 시작이기도 하다. 아픔앓기는 날개를 편 새로는 불가능하다. 날개가 새의 동의어라면 날개를 접은 새, 날 수 없는 새, 날기를 포기한 새, 날기를 유보한 새는 모두 완전한 새가 아니며, 그 새들만이 아픔을 앓을 수 있다. 날개를 접은 불완전한 새의 극점에 있는 것이 추락한 새, 불구의 새다. 그래서 불구의 새는 새가 부활에 이르는 과정의 첫 단계에 해당한다. 불구의 새는 어떤 과정을 거쳐 날개를 펴고 비상하는 새가 될 것이다. 우리는 그 과정이 결코 쉽지 않으리라는 것을 알고 있다. 달리 말해서 이청준의 새는 아무 고통 없이 처음부터 비상할 수는 없다. 아픔 없는 구원은 없다. 육체의 고통 없는 영혼의 해방은 없다. 비상은 추락을 거친 뒤에야 가능하다. 새는 지상에서의 삶을 살아야 하늘의 자유를 얻을 수 있다. 지상의 삶은 사회 속의 삶으로 관계적인 삶이다. 그렇기 때문에 이청준의 새 중에서 '날개를 접은 새', 불구의 새만 관계적 삶을 표상한다. 그 삶을 다 살았을 때 새는 비로소 비상한다.

아기장수

이청준의 소설에서 날개를 상실했거나 있어도 쓸 수 없는 상태인 불구의 새는 다양한 형태로 나타난다. 새들은 추락이나 인위적인 거세로 인해 날개를 상실한다. 「잔인한 도시」에서 새들은 사람에 의해 날개가 잘린다. 날개는 날기 위해 존재한다. 날개를 잘려 불구가 된

새들은 추락하거나 나무에 깃들일 수 있을 뿐 비상할 수 없다. 이와 똑같은 경우가 전래되는 '아기장수 설화' 속의 아기장수에 해당된다. 이청준이 쓴 「아기장수의 꿈」 속에서도 아기장수는 겨드랑이에 날개를 달고 태어난다. 비범한 인물을 뜻하는 날개는 그가 장차 땅을 박차고 화려하게 비상할 것을 예고한다. 하지만 아기장수의 날개는 부모에 의해 잘린다. 불구의 새가 된 아기장수는 이후 지상의 삶을 살 수밖에 없다. 그 삶은 날개를 부활시켜 다시 날기 위한 아픔앓기의 과정이다. 그래서 아기장수의 행적은 우리에게 불구의 새가 부활에 이르는 과정을 짐작하게 해준다.

아기장수 설화에서 집을 잃고 떠도는 새의 삶은 무덤으로 형상화된다. 아기장수는 집을 떠나 부활하기 위해 무덤 속으로 들어간다. 그것은 적절하다. 설화인 만큼 무덤이라는 상징적 공간으로 처리된, 고향을 상실하고 떠도는 삶은 부활을 위한 담금질의 과정이기 때문이다. 마치 소리가 비상학으로 부활하기 위해 소릿재 무덤에 묻히는 것과 같다. 대상이 아기장수나 소리가 아니라 일반인이라면 무덤은 떠도는 삶을 사는 과정으로 바뀔 것이다. 도대체 삶이라는 무덤을 거친 부활은 어떤 것일까. 삶을 그저 살기만 하면 누구나 다 부활할 수 있을까. 부활은 구원이다. 황무지에서 학을 다시 날게 하는 것이 바로 구원이다. 작가의 말에 따르면 예술이 그것을 가능케 한다. 그러니까 이청준의 작품 속에 형상화된 소리, 그림, 글쓰기, 사진 등의 예술은 구원에 이르려는 아픔앓기이며 삶의 한 양식이다. 지금은 이쯤 해두자.

소

불구의 새 중에서 추락한 새가 존재 전이를 일으킨 것이 소다. 소는 농경 사회에 기초한 우리 민족에게 가장 큰 육체적 고통과 그것에 대한 인내를 나타내는 대표적 상징이라 할 수 있다. 그래서 소는 아픔을 통한 구원이라는 이청준의 명제에 매우 적합하다. 소는 날개 잃은 새이며 그의 작품에 등장하는 모든 육체적 아픔의 원형이다. 소는 굴레, 멍에, 고삐, 그로 인한 자유 상실, 삶의 고통, 고통의 인내라는 단어들과 밀접한 관련을 맺고 있다. 그래서 '소'는 인간의 얼굴을 할 수밖에 없다. 소에게서 날개를 잃고 추락한 천사를 본다면 지나칠까.

고향의 삶, 탯줄에서 잘려 나오기 이전의 삶을 사는, 상처받기 이전의 새는 비상하려고 나무에 오른다. 하지만 아픔을 앓지 않은 승천은 있을 수 없다. 나무는 그 새를 거부하여 떨어뜨린다. 이때 나무는 새가 비상하기 위한 쉼터가 아니다. 새는 추락해서 아픔을 앓아야 비상할 수 있다. 추락한 새는 더 이상 새가 아니라 소가 된다. 소는 땅에 붙박여 삶의 멍에를 지고 고삐에 끌려 사는 짐승이다. 소는 온몸으로 세상살이를 모두 겪은 뒤에야 날아오를 수 있다. 그때 소는 다시 새가 될 것이다. 이 과정에서 소는 새가 되어 날기 위해 다시 나무에 오르게 된다. 아픔을 앓은 뒤 나무에 깃들인 새는 예전의 새가 아니며 나무 또한 예전의 나무가 아니다. 이제 나무는 새의 쉼터, 비상을 위한 휴식처가 된다. 그런데 소가 거치는 세상살이는 무엇일까. 작가는 살아가는 것이 한을 쌓는 것이라고 한다. 한은 삶의 과정에서 맺힌 매듭, 옹이다. 새는 맺힌 한이 다 풀어졌을 때 비상할 것이다. 나는 뒤에서 이 모든 것을 『서편제』의 소년과 소녀, 평생을 소리를 찾아 헤맨 오라비와 그 누이에게서 확인할 것이다.

빗새

「새와 나무」, 「빗새 이야기」, 「동백나무」 등에 나타나는 빗새는 날개를 잃지 않은 불구의 새다. 빗새는 날개는 있지만 쓰지 못하는 상태, 쓸 수 없는 상태에 있다. 새는 비가 오거나 어둠이 내리면 날기를 중지하고 둥지에 깃들여야 한다. 그런데도 빗새는 비가 오는 날 깃들일 둥지가 없어 떠돈다. 빗새는 날개가 온통 젖어 정작 해가 나고 날아야 할 때 날지 못한다. '비의 새', 빗새의 날개는 애초부터 날기 위한 것이 아니라 젖기 위해 있는 것 같다. 빗새는 하늘을 향해 비상하는 새가 아니라 정처를 잃고 떠도는 새이기 때문이다. 빗새는 소와 마찬가지로 우리들의 세상살이가 지닌 아픔을 보여 준다.

비가 새의 비상을 막는다면 거꾸로 '해'는 비상하는 새와 밀접한 관계를 맺는다. 「잔인한 도시」에서 새는 날개가 잘리지 않았어도 '해'가 없어 날지 못했을 것이다. 전짓불 같은 인공의 빛은 새의 비상을 원초적으로 불가능하게 만든다. 가짜 해가 밝히는 세상은 또 다른 어둠에 불과하다. 빛이 없을 때 새는 날개를 접을 수밖에 없거나 빗새처럼 날개를 펴더라도 비상할 수 없다. 「장 화백의 새」는 새에게 해가 무엇인지 분명히 보여 준다.

양화가 장익순은 태양이 없는 세상의 인간 같았다. 그에게서는 언제나 구적구적하고 음습한 장마철의 분위기 같은 것이 느껴졌다. 하지만 그에게는 유명한 웃음이 있다. 장 화백의 웃음은 장마철의 구름 사이를 뚫고 흘러나오는 한 줄기 맑은 햇빛이었다. 그 웃음의 샘은 그가 그리는 작은 그림마다 화면 한쪽에서 빛나고 있는 태양과 그의 태양빛 속을 행복하게 날고 있는 그 수수께끼의 새에게 있다. 어느 날 한 학생이 장 화백의 구름장 사이를 뚫고 나오는 햇살 같은 웃음을 그리려 했다. 그러나 장 화백은 그 학생이 자신을 그린 여러 장의 캐리커처를 모두 거부한다. "이건 내가 아니야." 마침내 그가 직접 자기의 머리 위에 조그만 새를 한 마리 그려 넣었다.

「새가 있어야지, 새가. 장익순이한텐 새가 있어야……」(「장 화백의 새」, 『마음 비우기』, 이가서, 2005, 15쪽)

장익순은 머리 위의 새로 인해 그 자신이 된다. 새는 태양 없는 세상의 인간인 장익순으로 하여금 빛나는 웃음을 웃게 한다. 새는 그의 자유로운 영혼과 같다. 새는 줄곧 비가 내리는 지상의 삶을 넘어선 그곳에 있다. 아니, 있어야 한다. 그래서 새를 한참 바라보던 장익순은 자기의 새 위에 다시 빛나는 해를 그린다.

「장익순이한테 새가 있으면 새 위에는 해가 있어야지!」(같은 책, 15쪽)

해가 없는 곳의 새는 불구의 새다. 불구의 새는 날 수 없다. 날 수 없는 새는 부활할 수도 없다.

소리와 말

'남도 사람' 연작에서 소리는 어둠이 내려 둥지에 깃들인 새로 처음 나타난다. 소로 묘사된 소년이 포함된 이 인상적인 장면은 작품을 달리하며 반복된다. 네 쪽에 걸친 그 장면을 요약하면 다음과 같다.

① 소년은 언덕밭 무덤가에 고삐가 매인 짐승꼴로 지내고 있다.

② 어느 날 노랫가락 소리가 들린다. 소리는 모습이 없다.

③ 햇덩이가 떨어지고 어두워지자 진종일 녹음 속에 숨어 있던 소리가 산을 내려온다.

④ 산을 내려온 소리가 소년의 어미를 덮친다.

⑤ 그날 이후 소리는 소년의 집 문간방에 둥지를 틀고 산다.

⑥ 소리는 날이 밝으면 둥지를 나가 뒷산 녹음 속으로 들어간다.

⑦ 소년의 머리 위에는 소리를 들을 때마다 불타오르는 뜨거운 여름 햇덩이가 하나 있다.

⑧ 소년에게는 그 햇덩이가 소리의 진짜 얼굴이다. 그것은 괴롭고 고통스러운 얼굴이다.

①은 소의 모습을 한 소년을 보여 준다. ②와 ③의 소리는 숲 속에서 종일 노래하던 새로 어둠이 내리자 둥지를 찾아든다. ④에서 소리는 소리의 씨를 뿌린다. 그것은 장차 소년의 누이로 태어날 것이다. ⑤의 소리는 둥지에 깃들인 새다. ⑥에서 소리-새는 해가 뜨면 숲으로 날아간다. ⑦과 ⑧의 뜨거운 햇덩이는 고삐에 매인 소(소년)에게는 보이지 않는 소리-새의 진짜 얼굴이다.

고삐에 매인 소가 바라보아야 하는 머리 위의 이글거리는 햇덩이, 그것은 한(恨)의 원형이다. 그래서 소년은 햇덩이만 떠올리면 괴롭고 고통스럽다. 「날개의 집」에서 나무에서 추락한 세민(소)이 나는 새를 보며 느끼는 신열기도 햇덩이의 변형이다. 하지만 햇덩이는 소가 새로 부활할 때 비상의 조건이 된다. 그때 부활하는 새-소리는 빛살처럼 피어오를 것이다.

'언어사회학 서설'에서 말은 고삐를 벗어 버린 소, 그렇지만 비상하는 새가 아니라 떠도는 새의 모습을 보여 준다. 그래서 지욱은 이제 고삐를 벗어 버린 말들의 유령을 부릴 수가 없게 되어 있었다. 그것을 지욱은 말들의 슬픈 해방이라고 부른다. 고향(둥지)을 잃어버린 말들은 자유롭지만 깃들일 둥지가 없기 때문이다.

그러나 말들은 이제 정처가 없었다. 말들은 이곳저곳 떠돌아다니며 그들이 깃들일 곳을 찾았다. 어떤 말들은 전화기 속으로 숨어 들어와 은밀히 둥지를 틀려고 했고, 어떤 말들은 뻔뻔스럽게 통화를 가로채고 나서며 다른 말의 소굴을 약탈하려 들기도 했다. 그러나 말들은 아직은 대개 애원을 하고 있었다. 깃들일 곳을 찾아 하염없이 떠돌면서 애원하고 있었다. (30쪽)

깃들일 둥지가 없어 떠도는 말은 떠도는 새, 빗새와 같다. 그 말을 지욱은 거듭 유령이라고 표현한다. 유령은 육체를 떠난 영혼이 비상하지 못하고 떠도는 것 아니겠는가.

2. 새와 나무

이청준은 「새와 나무」 작가 노트에서, 나무와 새에 관한 꿈은 존재적 언어 질서와 관계적 언어 질서가 조화롭게 통합된 총체적 언어 질서라고 말한다. 그에 따르면, 나무는 새의 자유와 사랑과 새로운 비상의 터전이다. 나무와 새가 하나 되는 꿈은 존재적인 삶의 표상인 나무에, 관계적인 삶의 표상인 새가 스스로 날아와 깃들인 그런 꿈이다. 그래서 새가 깃들이지 않는 나무, 깃들일 나무가 없는 새는 생각할 수 없다. 관계적인 새의 삶에 나무가 필요함은 물론이고 존재적인 나무의 삶도 새와 더불어 완성될 수 있다.

이청준의 새는 작가 자신이 여러 번 새와 나무의 긴밀한 관계를 언급하는 것처럼 나무와 분리시켜 생각하기 어렵다. 하지만 그의 작품에서 새와 나무의 관계는 단순하지 않다. 나무는 새를 품지만 그 자체로 자족적인 존재이기도 하다. 새와 나무 중에서 중요한 것은 나무가 아니라 새의 삶이며 그 새의 궁극적인 구원이다. 새는 이청준의 작품을 해석할 때 중심이 되는 단어다. 우리는 새가 작품 속에서 나무와 맺는 여러 관계를 통해 작가가 추구하는 자기 구원에 이르는 다음과 같은 과정을 알 수 있다.

> 나무에 깃들이는(오르는) 새→나무에서 추락하는 새→다시 나무에 깃들이는 새→비상하는 새

관계적 삶의 상징인 새는 거의 예외 없이 위의 과정을 거쳐 구원에 이른다. 나무는 새의 자유와 사랑과 새로운 비상의 터전이지만 영원한 안식처는 아니다(다음 장에서 언급하겠지만 '자유'와 '사랑'은 '용서'의 전제 조건이며 '새로운 비상'은 부활을 의미한다. 새의 자유와 사랑과 새로운 비상이란 용서를 통한 새의 부활을 말하며, 나무는 그 터전이다). 그래서 '남도 사람'에서 재회한 오누이는 오누이임을 알면서도 모르는 척 다시 헤어진다. 그들은 서로가 서로의 나무다. 그들이 비상하려면 나무에 다시 깃들여야 하지만 그 나무에 영원히 머물 수는 없다. 나무는 새에게 아픔을 주기 위해, 육체성을 부여하기 위

해, 구원의 전제 조건을 완성하기 위해 존재한다. 나무에서 추락한 새는 비상을 위해 다시 나무에 깃들이기까지 정처 없이 떠돌 수밖에 없다. 고향을 떠나 깃들일 둥지가 없이 떠도는 새, 떠도는 말의 모습이 대표적으로 형상화된 것이 빗새다. 나무를 상실하고 나무로 인해 불구가 된 새는 다시 나무를 거쳐 완전한 새로 비상하며, 구원받은 새는 더 이상 관계적 삶의 표상이 아니다.

빗새와 나무

빗새는 비가 와도 깃들일 둥지가 없는 새짐승이다. 「새와 나무」에는 여러 마리의 빗새가 등장하는데 그 원형은 주인 사내와 대비되는 삶을 사는 그의 형이다. 나무로 묘사되는 주인 사내는 붙박여 사는 삶, 고향을 의미하고 빗새인 그의 형은 고향을 떠나 떠도는 삶을 의미한다. 동생의 말에 의하면 형은 고향으로 돌아왔다가 다시 출향했다. 출향→귀향→재출향은 여러 빗새들에 의해 반복된다. 빗새의 귀향은 영원한 것이 아니라 재출향을 위한 것 같다. 나무는 새의 자유와 새로운 비상의 터전이기 때문이다. 자기 몫의 삶을 살고 귀향한 새는 완전한 비상인 재출향을 위해 둥지에 깃들인다. 그 후 재출향한 빗새들은 다시 돌아오지 않을 것이다.

귀향하기 전 빗새의 삶은 어떤 것일까. 그것은 비상하기 위해 살아 내야 할 삶으로 이청준이 말하는 "아픔앓기"와 같은 것이다. 그 삶의 실체는, 주인 사내의 형처럼 그 또한 빗새인 시쟁이가 집터를 찾아 헤매 다닌 내력에서 엿볼 수 있다.

시를 쓰는 시쟁이에게 도회지의 삶은 사람 사이의 관계만 있고 사람의 모습이나 그 자리는 사라지고 없는 소유와 지배의 삶이다. 시쟁이는 관계만 있고 얼굴과 자리가 없는 삶에 지쳐 시골 산간으로 집터를 찾아 헤맨다. 존재가 사라진 도회의 삶은 말만 있고 정신이 없는 것, 물만 있고 차가 없는 것, 형식만 있고 실체가 없는 것, 한마디로 삶이 실리지 않은 예술과 같다. 시쟁이가 시를 통해 소유와 지배의 삶에서 해방되어 자유를 얻으려면 시에 정신과 실체가 되는 삶을 실어야 한다. 그러기 위해 그는 먼저 자신의 삶을 온몸으로 살아내야 한다. 한은 삶으로 맺고 소리(예술)로 푸는 것이다.

소와 나무

자신의 삶을 온몸으로 사는 것, 이청준은 그것을 "아픔앓기"로 표현한다. 아픔앓기에 대해서는 다음 장에서 보다 구체적으로 살펴보기로 하고, 지금은 떠돌면서 겪는 삶의 전체적 의미를 간략히 알아보기로 한다. 그러려면 다시 소가 문제가 된다.

소는 앞서 언급했듯이 농경 사회였던 우리나라에서 가장 큰 육체적 고통의 상징이다. 소의 삶은 아픔앓기의 연속이라고 해도 지나치지 않다. 이청준의 작품에서 소가 된 사람은 여럿이다. 소의 삶이 상세히 묘사된 경우로 무엇보다 「날개의 집」을 꼽을 수 있다.

「날개의 집」은 소가 꿈꾸는 '새'에 대한 이야기며, 그 새가 된 '소', 세민에 대한 이야기다. 이청준의 글에서 날개는 새와 동의어인 만큼 날개의 집은 새의 집일 것이다. 나무는 새의 집터라는 작가의 의견을 따르면 날개의 집은 나무인 것이 가장 자연스럽다. 하지만 「새와 나무」에서 빗새는 찾아 헤맸던 집터에 깃들이지 않고 그곳에서 날아오른다. 마찬가지로 「날개의 집」에서 세민은 새로 비상하기 위해 고향으로 돌아오는데, 이때 나무는 다시 한 번 빗새나 소 같은 불구의 새의 영원한 안식처가 아니라 비상을 위한 쉼터가 된다.

세민의 이야기는 아기장수 설화와 같은 구조이면서 결말이 다르다. 아기장수는 새가 되지 못했지만 세민은 새가 된다. 그 이유는 새가 되기 위한 아픔앓기라고 할 수 있는 무덤 속의 숙성 과정이 달랐기 때문이다. 날개가 잘린 아기장수와 나무에서 추락한 세민은 똑같이 불구의 새가 되어 고향에서 나간다. 아기장수는 출향 후 부활을 위해 무덤 속으로 들어가는데, 세민이 출향 후 사는 삶 역시 아기장수의 무덤 속과 같이 부활을 위한 기능을 한다. 세민의 삶은 출향 후 떠도는 빗새들의 삶을 나타내기도 한다. 그래서 세민이 나무인 고향을 떠나 귀향할 때까지 한 일을 통해 빗새들이 비상하려고 나무에 깃들일 때까지 무엇을 하는지 짐작할 수 있다.

세민은 큰 그림 공부를 한다. 큰 그림 공부는 불구의 새인 소의 삶을 사는 것이며 아픔을 앓는 것이다. 세민은 큰 그림 공부(삶)를 성실히 수행해 낸 뒤에야 비로소 그것을 바탕으로 한 작은 그림 공부(그림 그리기, 예술)를 통해 비상할 것이다. 그런데 아기장수는 세민과 달리 비상하지 못한다. 설화 속의 아기장수가 다시 태어나지 못하는 이유는 명백하다. 무덤 속의 날짜를 채우지 못해서 덜 숙성되었기 때문이다. 그것은 소의 삶을 철저히 살지 못했을 때 새의 부활도 없다는 전언이기도 하다.

말과 나무

정처 없이 떠도는 빗새의 나무, 둥지에 해당하는 것이 말에게는 정신, 실체다. 연작 '언어사회학 서설'의 지욱이 유령이라고 부르는 말은 실체가 없는 말이다. 그런 말은 정처 없이 떠돈다. 말의 정처라고 할 수 있는 실체, 정신은 개인의 체험과 삶의 집적이라고 할 수 있다. 그렇기 때문에 떠도는 말들과 동의어인 말의 유령들이 깃들이기 쉬운 곳이 자서전이다. 특히 거짓으로 쓰인 자서전, 대필된 자서전은 유령들의 소굴이다. 실체라고는 전혀 없는 유령들인 떠도는 말들의 무리가 바로 소문이다.

대필된 자서전의 예에서 알 수 있듯이 말들은 스스로 집을 떠나지 않았다. 배반을 시작한 것은 인간들이었다. 상처 입은 말들, 실체를 상실한 불구의 말들, 무리를 이룬 이 유령이 인간에게 복수를 시작한다. 소문을 다룬 「가위 잠꼬대」(원제 : 「몽압발성」)에서 존재의 집을 떠난 말들은 지금까지 겪은 혹사와 학대와 배반에 대해서 복수극을 시작한다. 그것이 말의 가위눌림이다. 희미한 영상을 끄나풀 삼아 눈앞에 살아 있는 현실을 안으려 아무리 기를 써도 도로만 되풀이되는 무서운 가위눌림. 말을 통해 사실에 이를 수 없을 때 말은 빈껍데기에 불과하다. 현실로 돌아가지 못하게 하는 말, 자신을 배반하는 말, 가위눌림 속의 말은 헛소리다. 발음이 불가능하거나 발음해도 제 뜻을 옳게 지니지 못하는 헛소리에 불과한 말들, 그런데도 우리가 말을 계속하는 이유는 그것만이 말의 가위눌림에서 벗어날 수 있는 방법이기 때문이다. 우리는 가위눌림을 알면서도 악몽에 맞서는, 자신과의 고통스러운 싸움을 할 수밖에 없다.

그렇게 지욱은 기다린다. 고향을 잃어버리지 않은 말, 가엾게 떠돌지 않은 말, 그가 태어난 고향에 대한 감사와 의리를 잃어버리지 않은 말, 그가 태어날 때 지은 약속을 벗어 버리지 않은 말, 유령 아닌 말, 그는 아직도 그런 말을 기다린다.

3. 다시 나는 새

이청준의 모든 새는 먼저 예외 없이 상처를 입고 비로소 관계적 삶의 표상이 된다. 관계적 삶은 처음부터 '상처'를 전제로 하는 삶이다. 상처는 고통, 아픔과 동의어로 상처를 입는 것은 아픔을 앓는 것을 의미한다. 『흰옷』의 작가 노트를 보면 아픔앓기는 세 단계를 거친다.

자신의 본모습과 근본을 잃고 사는 아픔앓기

↓

그 아픔을 삶 속에 포용하고 삭이기

↓

함께 아파하기, 대신 아파하기

상처 입은 새는 아픔앓기의 세 단계를 거친 뒤 완전한 새로 부활할 것이다. 이제 아픔앓기의 구체적인 내용을 살펴보자.

이청준은 나무를 새의 집터라고 말한다. 이 말은 새가 새로운 비상을 하려면 반드시 나무에 깃들여야 한다는 뜻일 것이다. 그런데 이청준의 나무는 모든 새를 품지 않고 언제나 상처 입은 새만 품는다. 나무는 상처받지 않은 새가 비상하려고 오를 때 여지없이 새를 거부한다. 아픔을 통하지 않은 구원은 없기 때문이다. 그의 작품 속에 추락하는 새는 많다. 「날개의 집」의 팽나무에서 떨어지는 세민, 「전쟁과 여인」의 프로펠러기, 「잔인한 도시」의 새, 「줄광대」의 허운과 아비 등, 취할 수 있는 예가 적지 않다. 그중 「줄광대」는 나무에서 추락하는 새와 그 새의 부활이라는 측면에서 주목을 요한다(「줄광대」에 대해서는 뒤에 짧은 글을 덧붙였다). 그처럼 나무에서 추락하는 많은 새들을 생각해 볼 때 이청준의 '나무'는 잔인한 면을 갖고 있다.

문제는 상처받은 새를 다시 날게 하는 것이다. 상처를 입고 다시 나무에 깃들인 새가 모두 새로운 비상에 성공하지는 않기 때문이다. 새를 다시 날게 하는 것, 곧 구원에 이르게 하는 것은 무엇일까? 작가는 그것을 예술이라고 말했다. 이청준이 '왜 글을 쓰는가'라는 질문에 '자기 구원을 위해서 쓴다'고 답하는 것과 상통한다.

'남도 사람'에서 구원은 소리를 통해서 이루어진다. 소리가 새를 다시 날게 한다. 그런데 앞에서 살펴본 바에 따르면 '남도 사람'에서 소리는 새가 아니던가. 우리는 비로소 작가의 다음과 같은 말을 이해한다.

> 소리로써 소리가 되다.
> 소리는 황무지에서 학을 다시 날게 한다.

"소리(예술)로써 소리(비상하는 새)가 되다"는 "소리(예술)는 황무지에서 학을 다시 날게 한다"와 같은 말이다. 구원은 소리를 통해서 이루어지는데 소리가 곧 비상하는 새다. 그래서 소리는 새를 비상하게 만드는 예술인 동시에 비상하는 새의 이중 의미를 지닌다.

소리는 새 중에서도 다시 나는 새다. 자기 구원에 이르는 단계의 표상은 소에서 소리로 변모해 간다. 가장 밑(지상)에 소가 있고 가장 위(천상)에 소리가 있다. 소리의 최상의 표현이 '비상학'이다. '비상학'은 날개를 활짝 펴고 땅에서 하늘로 솟아오르는 새다. 날개를 펴고 하늘을 유유히 나는 새가 아니다. 비상 후 창공을 나는 새는 「날개의 집」에 인상적으로 그려져 있다. 비상학의 핵심은 하늘로 솟아오르기다. 그것은 부활하는 순간, 자기 구원이 이루어지는 순간, 그 순간의 응집된 표현이다. 그것은 또한 무덤 속의 소리가 부활하는 모습이기도 하다. 소리는 무덤을 뚫고 하늘로 솟구친다. 남도 소리에는 위로 솟구치는 특성이 있을 법하다. 비상학은 그 특성과 결합한다. 소릿재에 묻혀 있던 소리는 선학동에서 부활하여 비상학으로 승천한다. 소릿재는 「선학동 나그네」의 아비의 유골을 묻은 소리의 무덤이다. 소리의 무덤이 있을 수 있나? 소리의 무덤은 땅에 갇혀 떠도는 소리들을 연상시키고, 그것들이 언젠가 땅을 뚫고 나올 것이라는 기대를 갖게 한다. 소리는 소리를 통해 부활한다. 소리로써 소리가 되는 그 과정은 구원을 위한 아픔앓기의 과정과 일치한다.

아픔앓기 1

아픔앓기의 첫 단계는 자신의 본모습과 근본을 잃고 사는 것이다. 그 아픔은 둥지 상실, 불구의 이미지로 나타난다. 나무에서 떨어진 새는 상처를 입고 둥지를 잃는다. 상처는 아픔과 같은 말이고 상처를 입은 새는 불구의 새다. 소, 빗새, 떠도는 말들뿐 아니라 다리를 다친 세민과 『서편제』의 눈을 잃은 여인 등이 모두 불구의 새에 속한다. 불구는 육체성의 극한 표현이라 할 수 있다. 육체성은 초월성, 영원성과 대립한다. 하지만 비상은 육체적 아픔, 삶의 고통을 견딘 뒤에 가능하다. 그래서 불구의 새만 '부활'의 가능성을 지닌다.

소는 가장 심한 불구의 새라고 할 수 있다. 소는 본모습과 근본을 잃고 사는 아픔앓기의 첫 단계를 나타내는 적절한 상징이다. 이청준의 소설에는 많은 소들이 나오지만 여기서는 대표적인 세 경우를 말하고 싶다. 「지관의 소」의 지관 양 화백과 「날개의 집」의 세민, '남도 사람' 연작의 소년이 그들이다.

「지관의 소」에서 화자는 술에 취한 양 화백을 황소나 홍수로 느낀다. 양 화백의 창고처럼 어둡고 비좁은 작업실은 그 작업실처럼 어둡고 혼탁한 색조의 그림들로 가득하다. 양 화백의 화실은 아기장수 설화의 무덤 속과 같다. 그 속의 황소는 무덤이 열리는 개벽의 날을 기다리며 삶의 질곡을 견디는 모습을 나타낸다. 「지관의 소」는 「아기장수의 꿈」에서처럼 아픔앓기의 첫 단계가 상징적으로 처리되었다는 점에서 설화의 단계에 있다. 그것을 작가는 이렇게 묘사한다.

> 거의가 아직 다 마무리 손질이 끝나지 않은 미완성의 작품들로, 낭자한 가락 속에 정신없이 휘돌아가는 농악 놀이 마당이나 태초의 혼돈과 여명을 담고 있는 듯한 우렁차고 거대한 홍수의 흐름, 그리고 무엇보다 대지를 향해 그 육중한 돌진을 감행하고 있는 억센 뿔과 하늘을 후려치듯 용틀임질 치고 있는 꼬리의 형상 속에 제 힘과 격정을 견디지 못하여 온몸으로 고통스런 몸부림을 토하고 있는 황소의 그림들이 어수선하게 한데 섞여, 마치 그 마지막 숙성과 출진의 날을 기다리는 옛 아기장수 설화의 밀벽 속처럼 웅성웅성 양 화백의 마지막 손길을 기다리고 있는 형국이었다. (287쪽)

양 화백은 다음 단계에서 화실을 벗어나 재생하거나 아니면 불운한 아기장수와 같은 길을 걸을 것이다.

「날개의 집」에서 세민의 꿈은 엿장수, 우체부, 형사 등이다. 이처럼 붙박이가 아니라 떠도는 삶을 꿈꾸는 세민은 자기 본모습을 잃고 살 수밖에 없다. 떠도는 삶은 붙박여 사는 삶, 조상 대대로의 삶, 아버지의 삶, 곧 소로 형상화되는 짐승의 삶을 외면하는 것이기 때문이다. 짐승의 삶을 벗어나려는 소망은 아버지라고 해서 예외가 아니었다. 아들에게 그 삶을 물려주고 싶지 않았던 세민의 아버지는 무덤의 과정 없이 아들을 구원하고자 했다. 그는 아들에게 아무 일도 하지 못하게 한다. 하지만 한을 남이 심어 줄 수 없듯이 구원이나 해방도 남에 의해서 주어지지 않는다. 그렇기 때문에 세민이 나무에서 떨어져 불구가 되었을 때 아버지는 아들에게서 비상의 꿈을 접고 아들은 비로소 새의 비상을 꿈꾼다. 불구는 세민이 자신에게 심은 한의 뿌리다. 그는 나무에서 추락한 이후 나는 새를 보며 신열기를 느낀다. 신열기는 한에 대한 육체적 반응이라 할 수 있다. '남도 사람' 연작의 소년이 햇덩이를 보거나 떠올리며 느끼는 신열기도 마찬가지다. 나무에서의 추락은 세민에게 소의 삶을 살도록 함으로써 자기 구원을 향한 첫걸음을 내딛게 한다.

'남도 사람' 연작의 소년이 소의 모습을 지녔음은 이미 앞에서 살펴보았다. 그 소년은 자라서 소리를 찾아 헤매는 사내가 된다. 그가 찾는 소리는 소가 된 세민이 바라보는 나는 새와 같다. 그래서 소년–사내에게는 소리를 들을 때마다 신열기같이 머리 위에서 이글이글 타오르는 뜨거운 여름 햇덩이가 하나 있었다. 그것은 어렸을 적부터의 한 숙명의 태양이었다. 어째서 숙명의 태양인가. 소년은 여름날 고삐가 매인 짐승꼴로 처음 소리를 듣는다. 그때 소리의 모습은 없다. 단지 보이는 것은 머리 위에서 불타오르는 여름 햇덩이뿐이었다. 그래서 소년에게는 그 머리 위에 이글거리던 햇덩이보다도 분명한 소리의 얼굴이 있을 수 없었다. 소리의 남자를 보았어도 소년에겐 여전히 그 뜨겁게 이글거리는 햇덩이가 소리의 진짜 얼굴로 남아 있었다. 그 얼굴은 소년이 완벽하게 고삐에 매인 소의 상태로 느낀 최초의 얼굴이었다. 소년에게 남자-소리는 곧 햇덩이였다. 그랬기 때문에 소년은 어미가 남자의 아이를 낳다가 죽었을 때 남자의 소리가 어미를 죽였다고 믿으며 남자의 소리를 들을 때마다 불타오르는 뜨거운 햇덩이를 참을 수 없어 한다. 소년에게 어미의 죽음은 본모습, 근원, 곧 둥지의 상실을 뜻한다. 소년은 사내의 소리, 소리인 사내로 인해 어머니인 둥지를 잃었는데 소리의 진짜 얼굴은 이글거리는 햇덩이다. 그것은 괴롭고 고통스런 얼굴이다. '소'의 상태인 소년에게 소리(햇덩이)는 세민이 보는 솔개와 같은 것으로 황홀한 절망을 나타낸다.

> 하지만 어떻게 된 심판인지 사내는 그 고통스런 소리의 얼굴을 버리고는 살 수가 없었다. 머리 위에 햇덩이가 뜨겁게 불타고 있지 않으면 그의 육신과 영혼이 속절없이 맥을 놓고 늘어졌다. 그는 그의 햇덩이를 만나기 위해 끊임없이 소리를 찾아다니지 않으면 안 되었다. 그런 식으로 이날 이때까지 반생을 지녀 온 숙명의 태양이요, 소리의 얼굴이었다. (21쪽)

햇덩이는 소년의 잃어버린 본모습, 잃어버린 근원이며 동시에 그것을 잃고 사는 아픔(한)의 표상이다. 그래서 햇덩이는 신열기처럼 이글거리고 소년은 햇덩이를 찾아 헤맨다. 어른이 된 소년이 누이인 여인의 소리를 들으며 하는 고백은 그에게 햇덩이가 무엇인지 보다 분명히 보여 준다.

「아닐세, 자네 소리에는 내게 무엇보다 반갑고 소중한 것이 있었네. 소리보다도 나는 그 소리 속에서 그것을 만나러 이 세월을 허송하고 다녔을지도 모르는 소중스런 것이 말이네.」 (41쪽)

반갑고 소중한 것. 사내는 그것이 그가 나이를 먹어 가면서 잃어 가거나 잊은 어떤 이상스럽게 뜨거운 햇덩이에 대한 기억 같은 것이라고 말한다. 햇덩이는 본모습을 잃고 사는 아픔, 한의 표상이다. 사내는 햇덩이에게서 상실한 근원을 보는 것이다. 사내의 삶은 그것을 찾아 헤매는 여정이다. 그래서 그에게 한은 세상을 살아가는 힘이다. 「소리의 빛」의 천씨 말대로 사내는 자기 한 덩어리를 지니고 그것을 아끼고 그것을 조금씩 갈아 마시면서 살아가는 위인이다. 사내가 잃어버린 본모습을 찾았을 때 그의 한도 사라질 것이다. 그래서 누이-여인의 추측, 사내가 다시 자신에게로 와서 자기 한을 앗길 짓은 하지 않을 것이라는 생각은 옳다. 사내는 자신의 한을 먹고 사는 사람이며 누이-여인은 그의 잃어버린 본모습이기 때문이다.

그에게 누이는 어떤 존재일까. 그는 소리의 사내가 누이의 눈을 멀게 했다는 이야기를 듣고 다시 어릴 적의 이글거리는 햇덩이를 느끼고 사내의 소리를 듣는다. 어릴 적 그는 어미를 죽인 것이 바로 소리-사내였기 때문에 사내와 사내의 소리를 죽일 계획을 세웠었다. 누이는 어미의 죽음과 바꾼 생명이다. 누이는 어미 대신이다. 그는 소리의 사내로 인해 눈먼 누이 앞에서 다시 둥지 상실의 체험을 하는 것이다. 예전에 그는 사내의 소리를 들으면 뜨거운 햇덩이를 느끼고, 햇덩이가 불타오를수록 사내에게 견딜 수 없는 살의를 느꼈다. 지금 눈먼 누이 앞에서 그는 다시 햇덩이를 느끼고 사내의 소리를 듣는다.

'언어사회학 서설' 연작에도 고삐를 벗은 소가 나온다. 그 소는 다름이 아니라, 사물과의 약속을 떠나 버린 말, 실체의 옷을 벗어 버린 말, 내용으로는 이미 메시지가 될 수 없는 말, 일정한 질서도 없이 그것들 스스로 원하는 형식으로밖에는 남아 있을 수가 없는 말, 떠도는 말이다. 말이 고삐를 벗었을 때, 그것은 본모습을 잃고 사는 것으로 실체의 상실, 즉 아픔앓기의 첫 단계를 의미한다.

말은 실체와의 약속이 지닌 형식이지 그 실체 자체는 아니다. 이청준은 '차'와 '물'의 관계를 통해 말의 잃어버린 실체가 무엇인지 암시한다.

> 물의 신(神)이라고 하는 차는, 즉 인간의 정신 혹은 사유의 내용이요, 차(茶)의 체(體)라는 물은 그 사유의 장(場)이 되는 말이라 할 수 있었다. 그 둘을 알맞게 조화시켜 온전한 다신(茶神)을 탄생시키는 중화(中和)는 정신과 말의 관계 규범에 해당했다(그 중화를 중심으로 생각하면 이와 반대로 차에 있어서의 신과 체를 정신과 말의 순으로 대입하여도 거의 같은 설명이 가능했다). (153~154쪽)

인간의 정신이 없는 말, 사유의 내용이 없는 말은 고삐 풀린 소와 같다. 말이 실체와 묶인 단단한 끈을 놓아 버리는 것은 해방이되 '슬픈 해방'이다. 말은 이제 유령에 불과하다. 유령이란 육체를 갖지 못한 존재다. 실체를 상실한 말이 유령이 되는 것은 말의 실체가 인간의 삶으로 형성됨을 보여 준다. 그것은 자서전에 대한 작가의 언급을 살펴보면 확실해진다.

이청준은 꽤 오랫동안 자서전에 대해서 천착한다. 일찍이 「병신과 머저리」 이후 「씌어지지 않은 자서전」, 「자서전들 쓰십시다」를 비롯한 '언어사회학 서설' 연작 등에서 그의 인물들은 직·간접적으로 자서전 쓰기에 몰두한다. 이들에게 자서전은 무엇인가, 그 구체적인 것은 다음 장에서 살펴보겠다. 여기서는 고삐 풀린 말의 유령과 관련하여 작가의 말에 유의해 보자.

자서전에 쓰일 말들은 거짓 없는 삶의 내력을 간직하고 있어야 한다. 당연한 말이지만 현실은 그렇지 않다. 많은 사람들이 자서전을 거짓으로 쓰거나 대필시킨다. 마치 한을 누가 대신 심어 주듯이 삶을 대신 살아 주는 것이다. 알다시피 말은 실체와의 약속의 형식, 그러니까 약속의 기호일 뿐이다. 말이 약속의 내용까지 감당할 수는 없다. 그래서 이청준은 약속의 기호인 말에게 실체의 책임을 감당시키려 한 것이 말에 대한 지나친 혹사였음을 간파한다. 다시 말해 삶의 내력을 간직하지 못했을 때 말은 단순 기호에 불과해 기호의 역할을 담당할 뿐이다. 삶이 실리지 않은 기호, 실체를 얻지 못한 기호, 말의 유령들, 헛소리의 집합이 가짜 자서전이며 대필된 자서전이다. 말은 존재의 집이고 존재는 말의 실체인데, 인간의 삶으로 짜인 실체를 갖지 못한 말들은 깃들일 곳을 잃고 떠돈다. 삶은 말로 표현되고 우리는 삶이 실린 예술을 통해 구원된다. 언제나 그렇듯이 작은 그림 공부는 큰 그림 공부가 밑바탕이 되어야 한다.

소문은 가짜 자서전처럼 떠도는 말의 집합체다. 소문은 실체 없는 말들의 무리다. 말들은 인간의 배반을 견디다 못해 소문이 되어 자신들을 혹사한 인간에게 복수한다. '기적'의 조율사들은 소문을 이기기 위해서 소문의 진실을 직접 살아 내고자 한다. 그들은 떠도는 말들의 현장을 찾아, 그 말들의 현장을 살고 거기서 승패를 내야 한다. 그래서 소문이 아닌 사실을 듣고 소문이 아닌 사람의 실체를 만나야 한다. 그런데 그들은 그들 자신이 소문 속을 떠돌다 소문으로 돌아온다. 시인 강한욱이 그 대표적인 경우라 할 수 있다. 한욱에게서 볼 수 있듯이 결국 말을 잃는 건 구원에 대한 우리들의 능력, 구원 자체를 잃는 것이 될 수 있다. 말을 잃으면 남는 것은 소문뿐이다. 우리 자신이 소문이 되어 소문의 숲 속을 헤맬 수밖에 없다. 이청준은 아무리 말을 해도 사실에 이를 수 없는 것을 말의 가위눌림이라 표현했다. 하지만 우리는 말을 되찾기 위해서 빈껍데기의 소리를 계속할 수밖에 없다. 알다시피 가위눌림에서 벗어나는 유일한 방법은 가위눌림을 알면서도 계속 악몽과 싸우는 것뿐이기 때문이다. 우리는 자신과의 고통스러운 싸움을 통해서만 아픔을 삶 속에 포용하고 삭일 수 있다.

아픔앓기 2

떠도는 새는 처음에 복수를 꿈꾼다. 둥지를 잃어 깃들일 곳이 없는 떠도는 새는 본모습을 잃고 사는 근원적인 아픔을 간직한다. 떠도는 새가 둥지를 잃게 만든 대상에 대해 복수심을 품는 것은 당연하다. 그러나 복수심은 원한에 불과하다. 원한이 한으로 승화되지 않으면 새는 구원받을 수 없으며 영원히 떠돌 수밖에 없다. 원한을 한으로 승화시키려면 아픔을 삶 속에 포용하고 삭여야 한다. 아픔앓기의 두 번째 과정은 힘들고 고통스럽다.

「지관의 소」에서 양 화백은 용솟음치는 자기 소의 힘을 감당 못해 고삐를 놓고 함께 요동을 쳐대며, 그 소용돌이에 자신을 내맡긴 채 소용돌이의 삶 자체를 살아간다. 「지관의 소」의 화자에게 궁금한 것은 양 화백의 사납고 힘겨운 황소와 양 화백의 싸움의 결말이다. 그는 양 화백의 치열하고 질펀한 예술혼의 소용돌이에 어떤 새 창조의 질서가 깃들어 흐르기를, 그가 그 자신의 소를 찾아 고삐를 옳게 움켜쥐고 녀석을 뜻대로 부릴 수가 있게 되기를, 그의 오랜 잠적은 변화와 재탄생의 은밀스러운 부화기였기를 기대한다. 화자의 기대는 어긋나지 않는다. 양 화백이 그리는 황소들에 설화풍의 의인화(擬人化)가 보인다. 그것은 바로 변화의 기미이자 어렴풋한 탄생의 전조로, 장차 탄생하는 것은 황소의 얼굴을 한 인간이다. 「지관의 소」는 양 화백의 고통스러운 싸움의 내용과 그 과정에 대해서는 말하지 않는다. 단지 그가 자신의 소로 형상화된 아픔을 삶 속에 포용하고 삭이는 데 이르렀음을 암시한다. 양 화백의 얼굴을 한 황소 그림은 그가 자신의 소가 되었음을 알려 준다. 그는 그 마지막 그림으로 마침내 자신의 아호인 '지관'의 경지에 도달했다. 그것은 자신의 쇠고삐를 바투 틀어쥐고, 자신과 그 소가 하나로 다시 태어나는 경지다. 양 화백에게 자신의 소는 『서편제』의 소년의 햇덩이와 같으며, 그것의 다른 이름은 아픔, 한이다. 그렇기 때문에 양 화백이 자신의 소가 되는 것은 아픔을 자신의 삶 속에 포용하고 삭이는 것이다.

『서편제』의 소년은 뜨거운 햇덩이를 품고 살아야 한다. 그는 어머니를 앗아 간 소리의 남자인 의부에게 살기를 느끼는데, 그 살기를 햇덩이로 표현한다. 살기가 의부 살해로 이어졌다면 그것은 원한에 불과하다. 소년은 원한을 한으로 승화시켜야 한다. 소년에게 햇덩이가 한이 되려면 의부를 살해하는 대신 그로부터 도망쳐 그 햇덩이를 품고 살아야 한다. 뜨겁고 고통스러운 햇덩이가 새의 비상을 가능하게 만드는 찬란한 빛으로 퍼질 때까지, 그렇게 살아야 한다. 그런데 소년-사내는 누이의 눈을 멀게 한 의부-노인의 이야기를 들으며 다시 살기를 느낀다. 그는 노인이 좋은 소리를 심어 주기 위해 딸의 눈을 멀게 했다는 사람들의 의견에 동의하지 않는다. 사람의 한은 의도적으로 심어지는 것도 아니며 누구에게 받아 지니는 것도 아니기 때문이다. 한은 살면서 먼지처럼 쌓이는 것이다. 한을 쌓는 것이 사는 일이고 사는 것이 한을 쌓는 일이다. 한을 쌓는 것은 살아가면서 아픔을 앓는 것이다. 그래서 노인은 딸의 소리가 아니라 딸을 곁에 두기 위해 눈을 멀게 했을 테지만 딸은 눈먼 여자로 살아가는 동안 한을 쌓게 된다. 그렇게 쌓인 한이 여자의 소리에 실렸을 때, 비로소 소리가 한을 풀어내게 된다. 여기에는 하나의 전제 조건이 있다. 만일 딸이 아비를 용서하지 못했다면 쌓이는 것은 원한이지 소리를 위한 한이 될 수 없다. 살아감이 한을 쌓는 것이 되려면 반드시 용서가 있어야 한다. 오직 용서만이 아픔을 자기 것으로 끌어안아 삭이는 과정을 가능하게 한다.

초의 스님과 소리를 찾아다니는 사내는 용서가 무엇인지 알게 해준다. 「다시 태어나는 말」에서 김석호 씨는 소리를 찾아다니는 사내에게서 초의 스님을 본다.

> 그렇게 피곤하고 후줄근한 몰골로 차 한 잔을 들고 무한정 저녁 산골짝을 내려다보고 앉아 있는 작자의 모습에서 나는 문득 초의 스님의 모습이 떠올라 보이는 게 아니겠습니까. 초의 스님께서 바로 거기 그런 모습으로 차를 마시고 계셨던 것처럼 말이외다. 이유 같은 건 따질 겨를도

없었지요. 위인이 좋아서 찾아 헤매다닌다는 그 남도 소리의 노랫가락 같은 거라고 할까. 어쨌거나 나는 위인의 그런 모습에서 깊이깊이 숨어든 우리 인생살이의 어떤 정한 같은 걸 보았던 겁니다. 그리고 비로소 이때까지 내가 그토록 사람들에게 묻고 찾아온 그 초의 스님의 차 마심의 마음을 제물에 문득 만나고 있는 듯싶어진 거외다……. (172쪽)

용서, 그것이 바로 김석호 씨가 만난 초의 스님의 차 마심의 마음이다. 작가는 김석호 씨의 입을 빌려 남과 자신에 대한 용서와 감사가 그가 생각하는 용서라고 말한다. 참다도와 참소릿길은 자신의 삶 가운데서의 용서의 길이다. 차를 마시는 일과 소리를 하는 일은 스스로의 삶에서 그 용서의 마음을 구하는 일이다. 작가는 그런 용서에는 후회와 속죄와 감사가 따른다고 덧붙인다. 역으로 용서의 마음은 자신과 이웃들에게 행한 많은 인간사들에 대한 후회와 속죄와 감사의 마음에 젖을 때 얻어진다.

사내가 반평생 넘어 소리와 누이를 찾아 헤매는 것도 용서의 마음 때문이다. 그는 아비를 죽이고 싶어 한 원한을 후회하고, 아비와 누이를 버리고 달아난 비정을 속죄한다. 그의 헤맴은 자신의 삶에 대한 깊은 화해와 용서의 표현이다. 그런데 사내는 누이를 만나고 나서도 모른 척 헤어진 채 헤맴을 계속한다. 바로 누이의 소리 때문이다. 남도 소리는 우리 마음에 한을 쌓는 것이 아니라 한으로 굳어진 매듭들을 달래고 풀어내는 한풀이 가락이다. 소리는 어린 시절 아비에 대한 사내의 살의를 잠재웠다. 사내가 처음 아비를 떠난 것도 "그 이상한 소리의 마력에서 자신의 의붓아비에 대한 미움과 복수심을 지키기 위해서"였다. 사내가 지키려 했던 복수심을 소리가 달래고 풀어낸다. 복수를 예술로 하기, 예술을 통한 용서와 화해, 예술을 통한 구원, 이청준에게 예술이 무엇인지 이제 그 의미가 분명해진다. 그래서 한의 매듭이 깊은 사람들에겐 자기 소리로 그것을 풀어내는 일 자체가 삶의 길이 되는 수가 있다. 눈먼 누이가 그런 경우다. 그 여자가 소리로 풀어내야 할 한의 매듭들은 아비와 오라비로 인한 것들이다. 그 원인이야 어찌 됐든 한이 자기 몫이듯, 한풀이도 살아가며 자신이 감당해야 할 자신의 몫이다. 두 사람이 서로의 신분을 밝히고 후회와 용서를 말해도 오라비나 누이에게는 회한과 용서로 살아 내야 할 자기 몫의 삶이 남는다. 그렇게 두 사람 모두 홀로 아픔을 자기 것으로 끌어안고 삭일 수밖에 없다.

앞에서 용서에는 후회와 속죄와 감사가 따른다고 했다. 이것은 이청준이 말하는 자서전 집필의 본뜻과 같다. 자서전 쓰기는 자기의 지난날을 뼈를 깎는 참회의 아픔으로 다시 들춰내 보일 수 있는 정직성이나 그 부끄러움을 박차고 나설 용기, 또는 자신의 과오를 폭넓게 이해와 사랑으로 어루만질 수 있는 성실한 자기 애정에 토대를 두며, 그 결과 자기 해방에 이르게 한다. 자서전 쓰기는 참다도와 참소릿길처럼 자신의 삶 가운데서 구하는 용서의 길이다. 거짓 자서전, 대필된 자서전의 주인공은 자신의 어두운 과거로부터 해방될 수 없다. 해방되기는커녕 주인공의 삶과 무관한 거짓 자서전에 쓰인 말들이 오히려 주인공을 지배하게 된다. 거짓 자서전은 일단 써지고 나면 살아 있는 주인공을 지배한다. 그것은 과거 시제를 빌려 쓴 미래의 자기 암시다. 이청준에 따르면 약속 내용을 앞당겨 누리는 것은 말에 대한 지나친 혹사이기도 하다. 왜냐하면 그것은 실체가 아닌 말에게 실체의 책임을 감당시키려 한 것이기 때문이다. 말은 실체와 맺은 약속 기호, 약속 형식이지 실체가 아니다. 그래서 삶이 실리지 않은 기호는 실체의 무게를 감당치 못해 배반을 시작한다. 거짓 자서전은 어두운 과거와 과오도 미덕으로 미화시켜서 살아 있는 주인공으로 하여금 자신의 새로운 미래상을 보고 그 실현을 꿈꾸게 한다. 거짓 자서전의 주인공들은 그 "화려한 동상", 삶의 내력을 간직하지 않은 말로 된 동상, 새로운 미래상을 가슴에 품고 그것을 구체적인 현실로 만들고자 애쓴다. 하지만 동상은 원해서 만드는 것이 아니라 저절로 만들어져야 한다. 「자서전들 쓰십시다」에서 회고록 집필에 대한 최상윤의 집착은, 갈등 없는 신념의 삶을 통해 만인의 찬양을 받으면서 만인의 삶을 지배할 수 있는 거인의 동상을 세우려는 열망일 뿐이다. 회고록은 삶의 목적이 아니라 성실하고 겸허하게 삶을 산 뒤의 결과로 나타나야 한다. 또한 그런 삶의 결실은 개인의 성취에 끝나지 않고 자기 삶의 지표를 마련하지 못한 만인의 것이 되어야 한다. 자신의 아픔을 끌어안고 삭이며 산 사람들의 삶은 타인의 삶을 함께, 대신 앓는 삶으로 확산된다. 그런 삶은 주인공에게 만인에게 바쳐지고 만인에 의해 기꺼이 해체되는 해방감을 준다. 이것이 이청준이 지향하는 이상적인 삶의 모습일 것이다.

삶을 사는 것이 첫째다. 차를 마시거나 소리를 하거나 그림을 그리거나 글을 쓰거나 거기에는 삶이 실려야 한다. 삶이 채워지지 않은 다도나 남도 소리나 그림이나 글은 모두 공허한 법도, 형식에 불과할 뿐이다. 예술을 내용이 꽉 찬 올바른 형식으로 만드는 삶은 '용서'라는 한마디 말로 요약된다. 옳은 차 마심의 마음을 익히려는 사람들이나 누이의 소리를 찾아 남도를 헤매는 사람이나 약속을 배반하지 않은 순결한 말을 찾아 나서는 사람의 삶은 그 한마디 말을 위한 것이다. 그 말은 그들의 필생의 삶 덕택으로 몇 번씩 다시 태어난다.

이 용서라는 한마디, 즉 소리를 체험하는 결과로서 얻어지는 용서라는 한마디는, 폭력으로 변해 버린 현대적인 언어 질서의 원래의 기능을 회복시켜 낼 수 있는 수많은 말 가운데 단 한마디를 찾아내고자 하는 모색의 결과로서 얻어진 것인데, 그렇다면 남도 시리즈 속의 이 한마디는 언어사회학 서설 쪽에서 폭력으로 변해 버린 말의 가장 자유스러운 한 원형을 찾은 것이 되는 셈이지요.

그렇다면 저는 왜 여러 가지 말의 무리를 대표해서 용서라는 한마디를 결론으로 끌어냈느냐……. 용서에는 전제가 있지요. 말이, 또는 인간의 삶이 웬만한 자유를 획득하지 않을 때에는 용서가 가능하지 않습니다. 용서는 용서 행위자의 자유의 삶이 전제되어야 하고, 거기에 또 사랑이 채워져야 합니다. 그럴 때 용서가 가능해지는 것이지요. 그래서 용서라는 말 안에는 자유와 사랑이 동시에 충만되어 있다고 저는 보는 것이지요. (「복수와 용서의 변증법」, 『신동아』, 1981. 10, 대담 김치수)

작가는 자유와 사랑이 용서의 전제 조건이라고 한다. 하지만 자유는 용서와 동전의 양면인 것 같다. 자유가 용서를 가능하게 하지만 자유는 또한 용서를 통해서 얻어진다. 그가 말하는 자유가 무엇인지는 자유에 대한 욕망, 좀 더 거칠게 말해서 복수심을 생각해 보면 알 수 있다. 복수심은 가난 따위, 나를 억압하는 현실적인 것으로부터 벗어나겠다는 욕망이다. 이청준에게 복수심은 현실을 이념적·정신적으로 지배하려는 지배욕이라 할 수 있다. 자유는 복수를 성공적으로 수행했을 때 얻어진다. 이때 복수는 현실의 복수가 아니라 당연히 상상과 이념의 마당인 문학과 같은 예술로 하는 복수를 말한다. 그래서 복수 이후에 얻어지는 자기 해방은 정신의 해방이고 구원은 영혼의 구원을 의미한다. 이렇게 자기 구원에 이른 개인의 삶이 사랑으로 채워질 때 그 삶은 타인에게로 확산된다.

아픔앓기 3

이제 부활하는 새, 부활하는 말에 대해서 이야기해야겠다. 자기 구원, 해방, 부활은 자서전에 대한 작가의 이상에서 보듯이 만인의 구원으로 나아가야 한다. 우리는 자신의 아픔을 삶 속에 포용하고 삭여서 타인의 아픔을 함께 앓고 대신 앓아야 한다. 작품 속에 이런 단계로 나타나는 대표적인 예가 「날개의 집」의 세민의 그림과 '남도 사람' 연작의 비상학이다.

'남도 사람' 연작에서 부활은 비상의 형태로 나타난다. 이 연작의 서작인 「서편제」는 소릿재와 소릿재 주막에서 시작된다. 그 고개와 주막의 독특한 이름에는 내력이 있다. 그곳 언덕 위에 소리만 하다 죽은 노인을 소리와 함께 묻은 소리의 무덤이 있다는 것이다. 소리의 무덤이라니! '남도 사람' 연작은 소리를 묻은 무덤, 땅속에 갇혀 떠도는 소리에 대한 이야기로 시작된다. 무덤 속의 소리가 부활하여 비상하면 연작은 끝날 것이다. 소리의 무덤은 그러니까 소리를 다시 살아나게 할 소리의 씨앗이기도 하다. 소리의 무덤에 이어 또 다른 소리의 씨앗이 있다. '남도 사람' 연작에서 소리는 저녁 어스름을 타고 내려와 콩밭 여자에게 아이를 배게 하여 소리를 하는 여인을 낳게 한다. 여인은 소리가 뿌린 소리의 씨앗이다. 소리의 완전한 부활은 소릿재의 무덤과 여인의 결합에 의해 가능하다. 그 완전한 부활이 마지막에 비상학으로 형상화된다.

「선학동 나그네」에서 선학동 포구는 들판으로 변했지만 예전에 물이 들면 관음봉의 그림자가 물 위에 비쳐 비상학이 모습을 드러냈었다. 그때 주막에 묵던 남도 소리꾼 부녀는 소리를 하면서 선학동 비상학을 즐겼다. 해 질 녘 포구에 물이 차오르고 부녀가 그 비상학과 더불어 소리를 시작하면 선학이 소리를 불러낸 것인지 소리가 선학을 날게 한 것인지 분간을 짓기가 어려운 지경이었다. 그런데 소리꾼 노인의 목적은 소리를 즐기는 것을 넘어 어린 딸의 소리에 선학이 떠오르는 포구의 풍정을 심어 주는 데 있었다. 그것은 바로 소리에 삶을 실어 주는 일이었다. 그로 인해 나중에 소리의 씨앗인 눈먼 딸이 황무지로 변한 포구에 와서 홀로 소리를 하자 포구에 물이 차고 선학이 난다. 소리가 선학을 다시 날게 한 것이다.

> 「아배의 소리는 그러니께 그 시절에 늘 물 위를 날아오른 학과 함께 노닐었답니다.」(82쪽)

황무지에서 학을 날게 하는 소리는 소리의 무덤에서 나온 것이다. 여자는 죽은 아비의 유골을 소리의 무덤에서 수습해서 선학동 어딘가에 묻고 사라진다. 이것은 소리가 그곳에서 부활할 것임을 보다 분명히 알려 준다. 무덤 속 소리의 씨앗과 또 다른 소리의 씨앗인 사라진 여자는 그곳에서 소리로 부활한다. 소리의 이중 의미대로 소릿재의 무덤 속에 묻혀 있던 소리의 씨앗은 선학동에서 비상학으로 솟구친다.

주인의 이야기는 한마디로 그 여자가 자신의 노랫가락 속에 한 마리 학이 되어 간 이야기였다. (80쪽)

소리로서 소리가 되며, 소리는 황무지에서 학을 다시 날게 한다. 여자의 소리는 선학동을 옛날의 포구로 변화시키고 선학을 다시 날아오르게 한다. 여자가 떠난 뒤에 남은 사람에게도, 귓전에 소리가 맴돌면 포구에 물이 차고 선학이 난다. 여자의 소리는 선학과 물 위를 노닐고, 여자 자신이 한 마리 학이 되어 물 위를 난다.

「여자는 어디로 떠나간 것이 아니여. 그 여자는 이 선학동의 학이 되어 버린 거여. 학이 되어서 언제까지나 이 고을 하늘을 떠돈단 말이여.」(83쪽)

여자는 선학동 하늘에 떠도는 한 마리 학으로 남겠다며, 오라비가 와도 자신을 찾지 말라는 부탁을 남긴 날 밤에 종적을 감춘다. 마치 한 마리 학이 되어 하늘로 날아 올라가듯. 그렇게 소리의 무덤에서 부활한 소리는 한 마리 학, 그 여자다. 학이 된 것은 그 여자뿐이 아니다. 오라비 역시 학이 된다. 온종일 고개에 앉아 있던 오라비는 저녁나절 사라진다. 주막의 주인 사내는 오라비가 고개에 있는 동안 그 고개 쪽으로부터 내내 여자의 노랫가락 같은 소리를 듣는다. 오라비가 사라지자 그 소리도 그친다. 그때 오라비가 사라진 고갯마루 위로 백학 한 마리가 날개를 펴고 솟아오른다. 소리는 여자뿐 아니라 오라비를 날아오르게 하고 주막 사내에게도 비상학을 보게 한다.

「새와 나무」에는 오라비가 고갯마루에서 백학으로 날아오르는 장면이 주인공만 달리해 반복된다. 들판의 소리를 찾아 헤매는 시쟁이는 결국 소리가 되고 새가 되어 간다. 또한 시쟁이의 이야기를 들은 손-오라비가 언덕에 앉아 소리의 씨앗이 살아나기를 기다리자 마침내 소리가 살아나 움직인다. 그의 육신 속에서도, 눈 아래 들판에서도 소리가 빛살처럼 가득히 피어오른다. 이 모습은 새가 되어 날아가는 「선학동 나그네」의 오라비의 모습과 다시 한 번 겹친다. 새가 된 오라비는 어디든 날아갈 수 있다. 바닷물이 없는 데서도 바다를 보고 그 소리를 들은 오라비였다. 그에겐 이제 남도천리 산하에 소리 안 들리는 곳이 없었다.

햇볕은 갈수록 주위를 따스하게 감싸 왔고, 을씨년스럽기만 하던 빈 집터의 황혼은 소리 없는 함성에 그 정적의 날개를 퍼덕거리기 시작했다.

그는 시간 가는 줄을 몰랐다. 해가 얼마나 기울어 가는 줄도 모르고 그 기이한 안식감 속에서 끝없이 소리를 쫓아 헤맸다. 그리고 소리가 가는 곳이면 그는 어디나 그것을 따라갔다.

소리는 어디나 가고 어디에도 있었다. 그것은 솔바람소리 속에도 있었고 이름없는 백운청산, 그가 이날까지 살아 지내온 세월의 어느 굽이에도 맥맥히 살아 울리고 있었다.

그는 이제 그 자신이 소리가 되어 만리 산하를 훨훨 날았다. (140~141쪽)

소리-새는 환한 햇빛 속에 정적의 날개를 퍼덕거리기 시작하며 비상을 준비하고, 비상에 이어 만리 산하를 훨훨 난다. 소리의 비상은 저녁이 되어도 그치지 않는다. 어두워지자 소리가 사라지지만 붉게 타는 저녁노을에서 사라진 노랫가락이 다시 들린다. 소리는 끊어지거나 사라진 게 아니었다. 그것은 이제 빗속을 헤매는 빗새가 되어 간 줄 알았던 시쟁이와 더불어 노을이 되어 그 하늘에 불타고 있었다. 격정에 못 이긴 황소의 치환된 이미지가 홍수이듯이 노을은 소리-새의 시각적 이미지라 할 수 있다. 「새와 나무」에서 붉게 물든 노을 아래로 멀어져 가는 오라비는 다시 새가 되어 간다. 새와 소리와 노을은 하나며 시쟁이와 오라비는 모두 소리-새로 부활한다.

'언어사회학 서설'에서 부활은 '용서'라는 한마디 말로 표현되었다. 작가는 용서가 초의 스님에게선 차 마심의 마음속에서, 오라비에게선 누이의 소리 속에서 다시 태어난다고 말한다. 그런데 오라비는 누이의 소리 속에서 백학으로 부활했다. 그러니 다시 태어나는 말, '용서'는 부활하는 새, 비상학이다. 용서는 복수를 택하지 않고 수없이 다시 태어나는 고통과 변신을 감내하면서 자기 믿음을 지켜 나가는 말이다. 이청준은 그 말이 인간의 삶에 깊이 뿌리를 내리고 있었다고, 그래서 차라리 삶 자체라고 말한다. 그가 순결한 말이라고도 부르는 삶으로 채워진 말, 삶 그 자체인 말은 복수를 택할 필요가 없다. 말들이 복수를 감행하는 이유는 실체가 부재하기 때문이다.

> 삶이 말이 되고, 말이 바로 삶이 되며, 그 삶으로 대신되어진 말, 거기서보다 더 자유로워질 수 있는 말의 마당이 있을 수 있는가……. (188쪽)

위의 예문은 말을 소리와 그림으로 바꿔도 여전히 유효하다. 삶이 말이고 말이 삶인 것, 이것이 마지막 말의 진실로 「날개의 집」에서 세민의 그림이 보여 주는 진실이기도 하다. 자서전이 그랬듯이 세민의 삶이 실린 그림, 인고에 찬 화해의 표상인 소와 새가 공존하는 그림은 만인의 것으로 확산된다. 세민이 나름대로의 뜻을 지니고 살아오면서 이룩한 것들은 "그의 삶의 결과로서 만인의 것으로 만인에게 바쳐지고, 그래서 그 자신은 그 개인의 유한한 생애에서 해방되어 만인에 의한 만인의 삶이 되어야 한다". 그럴 때 그의 아픔앓기는 함께 아파하고 대신 아파하는 데로 나아간다.

자서전이 삶을 다시 사는 것이라면, 그래서 부끄러운 자기 긍정인 후회와 반성에 이어 속죄와 감사, 한마디로 용서에 의한 자기 해방과 부활에 이르는 것이라면, 그림이나 소리와 같은 예술 또한 삶을 예술로 다시 사는 것이다. 그 과정은 살면서 맺은 한을 복수와 같은 실제 행동이 아니라 예술로 다시 살면서 예술 속에서 풀어내는 것이다. 그것은 「지배와 해방」에서 작가가 한 말처럼 실제 복수가 아니라 예술로 복수하는 것이다. 예술을 통한 자기 해방은 실제적인 육체의 해방이 아니라 정신과 영혼의 해방이다. 그래서 세민의 마지막 그림에서 소는 이곳, 땅에 있을지라도 정신과 영혼은 드넓은 하늘을 비상할 수 있다. 삶의 앓음 속에서 그 아픔을 빌려 이루는 예술만이 여자의 소리에서 보듯이 황무지에서 학을 다시 날게 할 수 있다.

「줄광대」

이 작품의 처음 제목은 '줄'이었다. 제목을 '줄광대'로 바꾼 것은 매우 적절하다. '줄'이 땅과 하늘 사이에 있는 나무의 의미망에 속한다면 '줄광대'는 줄에 오르는, 다시 말해 나무에 오르는 새의 의미망에 속하기 때문이다. 새는 이청준 소설의 중심 상징이다. 「줄광대」는 나무에 오른 새가 추락하여 승천한 이야기다. 허운과 그의 아버지가 줄 위에서 부리는 재주 피우기는 비상하려는 새의 날갯짓이다. 특이한 것은 「줄광대」에 추락하는 새가 둘이 나오는데, 그중 하나만 승천했다는 점이다. 허운과 그의 아버지가 모두 추락했지만 허운만 승천했다. 둘의 차이가 무엇일까.

허운의 아버지는 허운의 어머니를 목졸라 죽였지만 허운은 사랑하는 여자를 죽이지 못했다. 아버지의 말을 빌려 표현하자면 아들은 생각이 땅에 머무는 것이다. 하지만 '한'의 측면에서 볼 때, 살의를 이기지 못한 아버지는 아픔을 자신의 삶 속에 포용하고 삭이기에 실패한다. 그는 원한을 상식적인 복수로 마무리한다. 그래서 그는 나무에 오를 수 있지만 승천할 수 없다. 나무는 새의 자유와 사랑과 새로운 비상의 터전, 용서를 통한 부활의 터전이기 때문이다.

허운은 다르다. 허운의 절름발이 여자는 줄 위의 그를 하늘을 날고 있는 학으로 생각한다. 그 순간 여자에게 허운은 「날개의 집」에서 불구의 세민이 보는 나는 새다. 다리를 저는 '불구의 새-소'인 여자에게 '나는 새'인 허운은 황홀한 절망이다. 그러나 새가 날기 위해서는 반드시 소의 삶을 거쳐야 한다. 허운이 여자를 죽이지 못한 이유가 거기에 있다. 그가 여자를 죽였다면 추락은 곧 죽음일 수밖에 없다. 여자를 죽이지 못해 생각이 땅에 머무는 허운은 지상의 삶을 살아 낼 것이다. 그는 자신의 한을 끌어안고 삭인 뒤 승천할 것이다. 작품 속에는 여자를 살해하지 못한 허운의 추락만 묘사된다. 하지만 새의 부활이 나무에서 추락한 뒤, 그 아픔을 끌어안고 삶을 살아 냄으로써 얻어짐을 상기할 때, 허운의 추락은 곧 비상이라고 할 수 있다. 그래서 사람들은 떨어져 죽은 허운이 승천했다고 굳게 믿는 것이다.

우리를 씻기는 소설들

— 사실의 드러남과 비극의 완성, 이야기의 시작

1. 무속 : 우리 신화의 세계

이청준의 소설을 잘 읽는 방법 중 하나는 그의 각 소설에 대한 독립된 책읽기와 전체 소설의 통합적인 책읽기를 병행하는 것이다. 그의 글을 읽으면서 '무엇'인가 있다는 막연한 느낌뿐 그 무엇을 잘 알 수 없었던 어떤 작품 전체나 부분의 이해가 새로운 작품을 통해서 얻어지는 경우가 아주 많기 때문이다. 그래서 이청준의 전체 소설은 새 소설이 나올 때마다 두께가 두 배, 세 배로 두꺼워지는 하나의 단위로 읽어야 한다. 그가 새로 쓴 소설 한 편은 우리로 하여금 이전의 소설들을 다시 읽게 만든다. 이처럼 그의 새 소설은 그것 자체로 끝나지 않고 언제나 우리 안에 있는 하나의 커다란 세계를 끌어내는 동력이 된다. 이청준의 전체 소설을 기본으로 형성된 그 세계에는 각각의 소설에 대한 우리 자신의 특수한 책읽기의 상황들도 포함된다. 이청준의 새 소설은 독자에게 마르셀 프루스트로 하여금 엄청난 양의 잃어버린 시간을 찾게 만드는 저 유명한 마들렌 과자 같아 보인다.

이청준이 2003년에 발표한 새 소설 『신화를 삼킨 섬』도 마찬가지다. 내가 이 소설의 읽기를 끝냈을 때 이청준의 다른 여러 소설이 줄지어 기억의 수면 위로 떠올랐다. 가장 먼저 『당신들의 천국』이 나타났고, 「비화밀교」, '소매치기, 글쟁이, 다시 소매치기' 연작, 「용소고」, 「눈길」, 『흰옷』, 『춤추는 사제』가 이어졌다. 나는 『춤추는 사제』가 떠올랐을 때 앞서 말한 작품들이 떠오른 이유를 알 것 같았다.

김인호는 『춤추는 사제』에 대한 해설에서 이 소설이 같은 시기에 발표된 이청준의 다른 작품에 비해 높은 평가를 얻지 못했음을 지적한다.

> 『춤추는 사제』는 이청준이 1977년부터 월간 『한국문학』에 1년간 연재했던 소설이다. 1970년대 초반에 「소문의 벽」이나 「떠도는 말들」을 썼고, 중반 들어 『당신들의 천국』과 「이어도」 그리고 「황홀한 실종」을 산출한 그가 그 무렵에 썼던 작품들 대부분이 거의 모두 그의 대표작에 해당된다. 『춤추는 사제』가 그런 평가를 받은 것은 아니지만, 그것이 이청준 문학이 절정에 달했던 시기에 상재된 것으로서, 그것 또한 역사적 소재를 통해 당시 사회에 대한 비판을 담은 중요한 소설이라 하겠다. (269쪽)

『춤추는 사제』가 이청준의 대표작으로 여겨지지 않고 잘 거론되지도 않는 이유는 무엇일까? 무엇보다 소설의 완성도에 문제가 있을 수 있다. 하지만 그것은 설득력이 없다. 오랜 세월 글을 써오면서도 이청준에게는 다른 작가들과 달리 태작(駄作)이 없다는 점과 이 소설이 나온 시기만 보아도 그렇다. 김인호의 말처럼 문학적 기량이

출중한 어떤 작가의 한 시기에 특별히 한 작품만 다른 작품들에 비해 현저히 완성도가 떨어질 수는 없는 법이다. 평론가들은 『춤추는 사제』를 낮게 평가한 것이 아니라 그 평가를 유보한 것 같다. '무엇'인가 들어 있는데 그것이 무엇인지 잘 알 수 없었기 때문이 아니었을까. 그래서 평론가들은 이 소설에 대해서 아예 평가를 내리려 하지 않았던 것 같다. 김인호의 지적대로 『춤추는 사제』는 이청준의 작품치고는 거의 논의되지 않았다는 점에서 이례적이며, 그 작품 속의 사회적인 메시지도 부각되지 못했고, 또한 그에 대한 심도 있는 논의가 뒤따르지 못했다.

『춤추는 사제』는 그때까지 발표된 이청준의 작품과는 다른 '무엇'을 갖고 있다. 사실 이청준의 소설에 익숙한 독자도 이 작품에 대한 처음 느낌은 소재부터 독특하다는 것이다. 『춤추는 사제』는 『신화를 삼킨 섬』이 나오기 전까지는 이청준의 소설 세계에서 낯선 작품으로 남아 있다. 『춤추는 사제』는 『신화를 삼킨 섬』 덕분에 새롭게 읽힌다. 『춤추는 사제』는 이청준이 2003년에 『신화를 삼킨 섬』을 통해 보여 주는 세계의 원형을 담고 있다. 작가 자신이 『춤추는 사제』의 후기에서 '역사'를 말하고, 얼마 되지 않는 평론들도 역사적 성찰과 사회적 비판, 백제 유민으로서의 호남인의 정치적 좌절감을 언급하지만, 이 소설은 현실과 역사를 넘어 우리 삶의 근원인 우리 신화의 세계(넋의 세계)를 담고 있다. 그 세계가 바로 『신화를 삼킨 섬』에서 무속(씻김굿)으로 구현되는 세계다. 민담이나 전설이나 무속, 예컨대 제주도 심방굿과 마을 사람들의 세시(歲時) 정서, 혹은 우리 유년 의식의 한 모태를 이루어 온 여러 영웅 장수 일생기 같은 것들로 형성된 우리 신화는 우리 삶의 비의가 숨겨진 세계다.

지금까지 내 소설은 꿈(이념)과 힘의 질서가 지배하는 현실 세계와 그를 밑받침하는 역사적 정신태의 한계 안에 머물러 온 느낌이었다. 그 현실과 역사의 유전적 침전물로서의 태생적 정서가 담겨 있을 넋(종교성과 맞먹을 우리 신화와 신화적 서사)의 차원이 결여되어 있었다. (『그와의 한 시대는 그래도 아름다웠다』, 현대문학, 2003, 201쪽)

우리는 육체와 정신과 영혼을 가졌다. 그런 우리가 사는 세계를 이청준은 현실과 역사와 넋의 세 차원으로 분류한다. 지금까지 그는 이념과 권력이 지배하는 현실과 그 정신태인 역사를 다루는 데 전념했다. 이제 그는 넋의 세계로 눈을 돌린다. 하나의 공동체에게 넋의 차원은 집단 무의식이라고 할 수 있는 태생적 정서, 현실과 역사의 유전적 침전물을 담고 있는 종교적인 세계다. 우리에게는 그 대표적인 것이 무속이라 할 수 있다. 대대로 전해 내려온 무속은 단순한 미신이 아니라 우리 넋의 차원을 담고 있는 종교적인 세계다. 이청준은 그 세계에 대한 뒤늦은 깨달음을 고백한다.

내 소설이 여태껏 긴 세월 어둠 속 길을 헤매온 것은 그렇듯 우리가 누구인지 본모습을 결정짓는 첫 번 요소라 할 우리 신화와 신화성에 소홀한 탓이 아니었던지. 근자 들어 새로운 시작의 시도로 우리 무속의 현세적 덕목(삶의 구원)을 주제로 한 졸작 소설 『신화를 삼킨 섬』을 쓴 것은 그런 뒤늦은 깨달음 덕이었달까. (같은 책, 201쪽)

우리는 이 고백에서 몇 가지 점에 주목한다. 우리 본모습의 근원은 우리 신화라는 점과 그 신화의 대표인 우리 무속의 특징은 현세적 덕목이라는 점, 현세적 덕목은 다른 것이 아니라 삶의 구원이라는 점이 그것이다. 이때 신화가 일반적인 신화의 의미를 넘어 전설과 민담, 설화 등을 모두 아우르듯이 삶의 구원 역시 여타 종교적인 의미의 구원과 다르다. 현세적 덕목이 곧 삶의 구원을 말한다는 사실은 무속이 표현하는 우리 신화의 세계가 내일이나 어제의 삶이 아니라 오늘의 삶을 살게 하는 것임을 뜻한다. 거기에서는 미래의 행복이나 과거의 꿈을 위해 현재의 삶이 유보되는 것을 용납하지 않는다.

『신화를 삼킨 섬』은 무속이라는 신화가 살아 있는 제주도를 통해 우리로 하여금 오늘을 살 수 있게 하는 힘의 원천이 무엇인지를 보여 준다. 그것은 바로 아기장수에 대한 꿈으로 형상화되는 자생적인 구세주에 대한 꿈이다. 이청준은 그 세계를 다룬 소설로 최근작인 『신화를 삼킨 섬』을 들고 있지만, 이 소설과 궤를 같이하는 다른 소설들이 있다. 무엇보다 『춤추는 사제』가 그렇고 『흰옷』도 빼놓을 수 없다.

『흰옷』, 『춤추는 사제』, 『신화를 삼킨 섬』은 무굿을 통해 오늘의 구원을 다루는 작품들이다. 세 작품은 모두 무당(사제)이 등장하여 굿판에 참여한 민중들의 오늘의 삶을 구원할 무굿(제의)을 주재한다. 그렇기 때문에 흰색은 『흰옷』뿐 아니라 세 작품에 고루 나타날 수밖에 없다. 흰색은 제의의 색이다. 사제의 색이고 신관의 색이며 무녀의 색이다.

『흰옷』에서는 제관인 황동우(黃東佑)의 옷과 굿판에 해당하는 버꾸농악놀이를 연희하는 아이들의 옷이 모두 흰색이다. 본래 버꾸놀이 풍물꾼들의 차림은 홍청황백의 꽃고깔과 고운 색허리띠, 긴등드림 들로 장식한다. 하지만 이날의 행사 목적이 흥겨운 놀이보다 망자들의 위령과 진혼에 있어서 어린 풍물꾼들은 흰 바지저고리 차림을 했다. 그들은 흰 바지저고리 소복에 역시 흰색 꽃고깔과 허리띠를 둘러맨 단조로운 차림새들이었지만 짙푸른 녹음빛 한가운데에 펼쳐진 하얀 율동의 윤무는 어떤 화려한 색깔이나 치장으로 해서 더욱 곱고 깨끗하고 숙연스러워 보였다. 『춤추는 사제』에서 윤지섭(尹芝燮)은 제관이면서 의자왕으로 죽어야 하기 때문에 왕의 복색을 하지만 삼천 궁녀들의 옷은 흰색이다. 윤지섭은 백제문화제가 어느 곳보다도 제례의 성격이 짙은 편이라고 생각해서 3천 명의 부녀자들의 의상의 색상을 흰색 치마저고리로 정했다. 실제로 삼천 궁녀들은 문화제 전야 행사에서 하얀 소복 차림의 여인들이 되고, 그 소복의 대열은 산을 넘어 절벽 끝에 이르러 황혼 속에 굽이치는 백마강 강물 위로 꽃이 되어 떨어졌다. 떨어진 꽃잎으로 강물까지 하얗게 무늬져 흘러갔다. 『신화를 삼킨 섬』에서 제관인 유정남의 옷은 당연히 흰색이다. 그녀는 이날 굿판의 주무(主巫)로서 단정한 쪽머리에 새하얀 무복 차림으로 조용히 굿상 앞으로 나와 앉았다. 세 작품에 공통으로 등장하는 흰색은 이처럼 아직 아무것에도 침범당하지 않은 근원의 색, 가장 깨끗한 색, 순결한 색인 동시에 소복의 색이다. 그래서 흰색은 순결한 탄생과 죽음의 색이며 산 자와 죽은 자의 만남과 화해, 죽음과 부활의 색이다.

흰색이 지배하는 『흰옷』의 위령굿, 『춤추는 사제』의 백제문화제, 『신화를 삼킨 섬』의 합동 위령제는 모두 제의, 굿판이며 이 굿판들의 성격은 무엇보다 씻김굿이다. 『신화를 삼킨 섬』에서 합동 위령제의 목적으로 제시된 '역사 씻기기'라는 명칭 자체가 이미 그 굿판이 씻김굿판임을 의미한다. 그런데 『흰옷』, 『춤추는 사제』, 『신화를 삼킨 섬』이 개인이 아니라 공동체의 씻김을 지향하는 만큼 진정한 역사 씻기기란 무엇인지 생각해 봐야 한다. 이청준에게 있어 역사 씻기기는 다른 것이 아니다. 그것은 간단히 말해 모두가 가해자의 의식을 갖는 데서 출발해 화해와 용서, 포용으로 나아가는 것으로, 바로 『흰옷』의 주제이며 그가 보여 주는 씻김굿의 지향점이다. 그렇게 역사를 씻겼을 때 산 자는 산 자대로 오늘을 살아갈 수 있는 넋의 세계가 열린다. 이청준이 『춤추는 사제』에서 백제 태자 부여융에 해당하는 민 경위의 근본을 굳이 신라인의 후예로 밝힌 이유도 여기에서 찾을 수 있다. 화해, 용서, 포용은 우리 모두 가해자라는 '가해자 의식'을 가질 때만 가능하기 때문일 것이다. 그런 과정을 통해 역사를 씻기고 난 뒤 넋의 세계가 열리면 비로소 씻김굿은 민중에 의한 진정한 화해와 축제의 장이 될 수 있고 그 굿판은 우리들의 천국이 된다. 그런데 굿판이라는 우리들의 천국을 주재하는 제관, 무당은 도대체 누구이며 어떤 사람인가.

> 무당이나 무격, 무속의 '무(巫)' 자는 하늘(신령계)과 땅(현세)을 사람이 춤과 노래로 연결해주는 형상을 상형한 것이라 한다. 무당의 위상과 역할을 한눈에 보여주는 글자인 셈이다. (「우리 굿 문화」, 『야윈 젖가슴』, 마음산책, 2001, 60쪽)

무당이 누구인지는 '무(巫)' 자에 잘 나타나 있다. 그 '무(巫)' 자가 상형한 형상의 특징인 '춤과 노래'는 예술이다. '춤과 노래'는 일상의 행동이나 언어가 아니다. 그것은 광기나 신들림과 같은 것이다. 『춤추는 사제』의 제목에는 이미 예술에 의한 구원의 의미가 담겨 있다. 이청준 본인의 말처럼 소설가는 소설로, 시인은 시로, 화가는 그림으로, 음악가는 음악으로 삶을 씻기는 사람들이다. 그렇기 때문에 사실 그들은 모두 사제이기도 하다. 「우리 굿 문화」를 바탕으로 무당과 굿, 무속신 들에 대한 이청준의 생각을 보다 자세히 정리해 보자.

먼저 무당은 천계와 지상 현세를 이어 주는 굿 의식을 주재하는 제관 혹은 사제이다. 또한 무당은 굿을 통해 저승과 이승, 죽은 자의 영혼과 이승 사람들의 삶의 관계를 평화롭게 조화시킨다. 무당이 주재하는 굿의 가장 중요한 특징은 그것이 생자를 위한 일이고 그만큼 현세 중심적이라는 점이다. 그 굿이 현세적임은 천계나 신령들을 위한 굿 마당의 춤이나 노래가 모두 이 지상의 현세적 삶의 서사라는 점에서도 알 수 있다.

우리나라 무신(巫神)들, 그중에서도 제주도 당신(堂神)들의 삶은 바로 현세의 우리 삶 그대로다. 그들은 신도 아니고 인간도 아니다. 그들은 아마 이청준이 영화 「쿤둔」을 보고 쓴 글 「인간 신의 힘」에서 말한 달라이 라마와 같을 것이다. 달라이 라마는 삶의 화해와 구원이 앞서는 동양 종교 라마교의 정신적 표상인 인간 신이다.

> 이 영화가 흥미로운 것은 한 인간이 살아 있는 신의 지위에까지 이르는 신앙의 수평적 구세주관과 상상력 때문이다. 그리고 이 이야기의 화면이 아름답고 감동스러운 것은 그의 공부와 수련의 마당이 티베트 민족 역사와 삶의 현실에 직접적으로 관련되어 있어서일 것이다. (「인간 신의 힘」, 같은 책, 155쪽)

우리나라의 무속에서 신들과 인간들은 수직적 시혜 관계에 있는 것이 아니라 수평적으로 교통한다. 그래서 그 친화력으로 우리 공동체의 질긴 결속력과 동질성을 유지해 나가게 한다. 무당, 사제는 『신화를 삼킨 섬』에 나온 것처럼 권력 놀음의 희생자들과 그 삶을 끊임없이 씻겨 내는 사람들이다. 그 희생자들의 혼령과 생자들의 삶을 위로하고 그 지난한 역사로부터, 그 일방적인 이념의 역사와 억압의 굴레로부터 이 땅과 이 땅의 사람들을 다시 일으켜 꿋꿋하게 살아가게 하려는 염원을 가진 사람들이다. 사제가 하는 일은 다름 아니라 『흰옷』의 황동우가 하는 일이다. 황동우는 사제로서 여기까지 담당한다. 그러나 『춤추는 사제』는 좀 다르다. 윤지섭은 사제의 모든 속성을 그대로 지니면서 신령의 차원도 담당한다. 이청준이 생각하는 우리나라의 무신(巫神)들은 서양의 신들과 달리 더러 아기장수 설화를 닮아 있기도 하고, 더러는 삼별초의 난 시절의 김통정 장군처럼 실제 역사상의 인물이 신화화되어 있기도 하다. 앞으로 살펴보게 될 『춤추는 사제』의 윤지섭은 이런 신의 차원에 이른다. 윤지섭은 현세의 구세주인 아기장수의 역할과 역사상 인물인 의자왕의 신화화를 혼자서 감당한다.

굿이 지닌 현세적 덕목은 삶의 구원이라고 했다. 문제는 과거나 미래의 삶이 아니라 오늘의 삶이다. 『흰옷』과 『춤추는 사제』, 『신화를 삼킨 섬』은 모두 제의를 통해서 얻는 오늘의 삶의 구원에 대해서 말한다. 『흰옷』에는 과거의 꿈 때문에 오늘의 삶을 살지 못한 유령 같은 사람(방진모)이 나온다. 『신화를 삼킨 섬』에는 내일에의 유토피아를 핑계로 민중(제주도라는 운명 공동체)의 오늘의 삶을 끝없이 유보시키는 지배 권력이 나온다. 마찬가지로 『춤추는 사제』에도 거

대한 권력 집단으로부터 소외된 한 운명 공동체(백제 유민)의 모습이 나온다. 『흰옷』에는 다른 두 작품과 달리 지배 권력에 의한 살아있는 공동체 단위의 집단적인 소외는 보이지 않는다. 이 소설은 좌우익을 구분하지 않고 씻김으로써 미친 시대의 미친 역사를 씻기고자 한다. 씻김굿을 통해 제 길을 가는 망자들은 이념은 대립되었지만 한 마을 사람들이고, 오늘의 삶에 대한 각성에 이르러 제 삶의 자리를 찾아가는 생자들 역시 한 마을 사람들이다. 『흰옷』에서 황동우라는 사제가 주관하는 씻김굿은 이처럼 이념의 대립을 넘어 공동체 내부에서의 용서와 화합, 각성을 통해 개인의 구원에 이르게 한다. 그런데 다른 두 씻김굿, 『춤추는 사제』와 『신화를 삼킨 섬』은 『흰옷』에서 한 걸음 더 나아간다. 이제부터 우리를 씻기는 이청준의 세 편의 소설들, 씻김굿들에 대해서 살펴보겠다.

2. 씻김굿 하나 : 『흰옷』

씻김굿을 통해 구원에 이르기 위한 첫걸음은, 개인에게는 무엇보다 제대로 된 자서전 쓰기로 구현되는 '과거사 씻기기'이며 집단에게는 '역사 씻기기'이다. 두 경우 모두 문제가 되는 것은 '사실'이다. 개인의 경우 사실의 외면이나 왜곡은 자서전 대필이나 거짓 자서전 쓰기로 나타나며 집단의 경우는 승자의 기록과 같은 역사의 왜곡으로 나타난다. 그래서 묻혀 있거나 외면된 사실의 드러남은 개인사나 역사를 씻기는 출발점이 된다. 사실을 직시하고 반성한 다음에야 그 극복도 가능하기 때문이다.

『흰옷』에서 사실의 드러남은 인위적으로 나뉜 이념의 대립과 그로 인해 야기된 좌우익 인사들에 대한 풍문을 바로잡는 것이다. 선생님들과 심지어 황종선의 아버지까지 그들의 삶을 지배했던 것은 이념이 아니다. 이념은 지배 권력의 놀음이다. 사람들의 삶은 사랑으로 지배된다. 이때 사랑은 화해와 포용처럼 더불어 사는 세상의 미덕들을 모두 포함한다. 사랑으로 채워질 때 삶도 가능하다. 사랑은 삶의 알맹이다. 삶의 실체가 바로 사랑이다. 삶으로 채워지지 않은 말이 실체가 없는 껍데기이듯이 더불어 사는 사람들에 대한 사랑이 없는 이념은 껍데기다. 노래도 말과 마찬가지다. 사랑이 없는 노래는 껍데기다. 삶, 사랑, 이런 실체가 없이 형식만 남은 모든 것들은 그것이 말이든 노래든 혁명이든 껍데기일 뿐이다. 껍데기만 남은 형식들은 공동체의 구성원들로 하여금 자유롭게 더불어 살 수 있게 하는 화해와 포용 같은 모든 미덕들을 잃은 채 쇠사슬이 되어 우리를 구속할 뿐이다. 일찍이 어느 시인이 말했듯이 사랑을 잃은 노래는 알맹이는 가고 껍데기만 남은 것이다. 사랑은, 삶은, 실체는 모든 것을 품어 만물을 생성하는 향기로운 흙가슴이다. 자유, 해방 등이 알맹이 흙가슴이라면 지배, 폭압 등은 껍데기 쇠붙이다. 노래는 그것이 오늘의 삶을 구원해 주는 것일 때, 오늘을 살아가게 하는 이유, 희망, 소망 등일 때 '빛'이 되지만, 오늘의 삶을 유보시키고 구속하고 지배할 때 '사슬'이 된다. 그래서 노래는 「빛과 사슬」의 여선생에게 빛이 아니라 사슬이다. 그것은 『흰옷』의 방진모에게도 마찬가지다. 『흰옷』의 방진모는 「빛과 사슬」의 여선생과 같다.

우리는 사랑을 잃은 노래란 실체를 잃은 말로, 유령이며 껍데기라고 했다. 이때 실체를 채우고 이루는 것은 다른 무엇이 아닌 삶(오늘)이다. 삶이 없는 노래, 말은 쇠붙이고 사슬이다. '언어사회학 서설' 연작에서 실체를 잃은 말이 우리에게 복수하듯이 사랑을 잃은 노래는 쇠사슬이 되어 우리를 묶는다. 노래의 복수라고나 할까.

『흰옷』에서 버꾸놀이라고 불리는 법고(法鼓)놀이, 그 고을의 풍물은 본시 꽹과리나 징 같은 쇳소리를 극히 억제하고 가급적 울림이 깊은 북장구 소리를 위주하여 절도 있게 어우러져 나가는 것이 특징이었다. 그 신명이나 흥취도 그만큼 율조가 깊고 힘이 넘치게 마련이었다. 그런데 신명과 흥취, 율조가 깊은 노래가 넘치던 버꾸놀이판에서 불심의 자비를 구하는 법고 소리 대신 날카롭고 낭자한 쇳소리가 살기등등 극성을 떨어 대기 시작했다. 그 50년 여름 전란이 터지고부터 매구굿 소리는 갑자기 전날의 즐거운 흥취나 신명 대신 거역할 수 없는 강압기와 적개심, 가파르기 그지없는 살기 같은 것을 띠어 갔다. 전쟁의 광풍 속에서 사람의 넋을 어지럽게 뒤흔들어 놓는 징과 꽹과리들의 쇳소리가 전에 없이 기승을 부리기 시작했다.

노래가 사랑을 잃으면 쇳소리가 되고, 쇳소리는 살기를 품는다. 그래서 『흰옷』의 버꾸풍물놀이는 쇳소리를 숨기고 싶어 한다. 버꾸농악으로 꾸며진 씻김굿은 노래의 복수에서 우리들을 푸는 것이어야 한다. 그 굿은 산 사람과 죽은 사람이 화해하고 제각기 제 몫을 찾아 떠나는 풀이의 마당이 되어야 한다.

꿈이 노래를 잃으면 제 마음을 묶는 사슬이 되는 법이라. 혁명이 사랑을 잃으면 추하고 가공할 폭력이 되는 법이라. 사랑을 잃은 폭력이 노래를 좋아하면 그 노래 역시도 사슬이 되는 법이라. 제 욕심을 위장하고 제 불의를 감싸 덮는 무서운 청맹과니의 주술을 낳는 법이라. 위장의 천국과 역사를 낳는 법이라……. 그래 그 사랑의 노래를 잃은 꿈,

> 사랑의 꿈을 잃은 노래는 그 어리석은 전쟁을 겪으며 더욱 더 사납고 간특해져서 이날까지 긴 세월 이쪽 저쪽 가릴 것 없이 이 땅과 이 땅의 수많은 사람들의 저주스런 질곡이 되어 왔제. 망자는 생자의 사슬이 되어 생자들을 묶고, 생자는 망자의 사슬이 되어 망자들을 서로 묶어, 망자들의 영혼은 아직도 눈을 감지 못한 채 저승길을 떠나지 못하고 이 산하를 떠돌게 하고. (235쪽)

『흰옷』에서 씻김굿을 통해 제자리를 찾아가는 생자들과 망자들 중에서 가장 주목할 사람들은 방진모와 황종선의 아버지인 황 영감이다. 두 사람은 대립되는 삶을 살며, 그렇기 때문에 이 소설에서 사랑과 관련된 중요한 상징 기호인 '풍금' 역시 두 사람에게 각기 달리 기능한다.

방진모는 본래 8·15 이듬해에 선유리 바닷가에 해변 학교를 세우고 열정적으로 아이들을 가르치던 사람이다. 그는 해변 창고 학교에서 공부를 가르치던 유일한 선생님으로 밀짚모자에다 헐렁한 무색 무명베 바지저고리 차림의 눈빛이 꽤 호인풍을 띤 젊은 선생님이었다. 그는 무엇보다 아이들의 깊은 신뢰와 존경을 받던 선생님이었다. 하지만 해변 학교의 학생이었던 황종선이 수십 년 뒤 방진모를 만나 느끼는 것은 어떤 아픈 집념과 남모르는 기다림의 세월을 살아온 사람의 하염없는 숨결 같은 것이다. 뿐만 아니라 황종선은 어떤 가슴 서늘한 증오심, 사그라들 수 없는 집념과 집착의 그림자들이 숨어 웅크리고 있었음이 분명한 방진모에게서 오직 외롭고 처연스러운 집념과 기다림의 세월을 볼 뿐이다. 위의 짧은 인용문들만 보더라도 방진모의 생애는 '집념', '집착', '증오', '기다림'으로 요약될 수 있다. 그런 방진모의 삶은 앞에서도 말했지만 「빛과 사슬」의 여선생의 삶과 같다. 그 여선생의 삶은 종적을 알 수 없는 소리꾼 남편에 대한 기다림 그 자체였다. 그녀는 남편의 소리에 대한 믿음과 존경 때문에 끝없는 기다림도 행복하다고 생각한다. 하지만 작가는 묻는다. 도대체 그 남자의 소리가 그녀의 삶을 자유롭게 해준 것인가, 노예처럼 운명처럼 속박하고 만 것인가? 그녀에게 그 소리는 축복인가, 저주인가? 소리가 여선생을 자유롭게 해주었다면 그것은 축복이며 빛일 것이다. 하지만 소리가 그녀를 속박했다면 그것은 저주이며 사슬일 것이다. 「빛과 사슬」에서 여선생은 남자의 소리에 대한 철석같은 믿음과 행복에 대한 확신을 끝내 버리지 않는다. 하지만 답은 자명하다. 여선생에게서 오늘의 삶을 끝없이 유보시킨 남자의 소리는 그녀의 삶을 그토록 철저히 옭아매 버린 남자의 도저한 사슬이다.

그렇다면 집념과 기다림으로 풍금을 간직해 온 방진모는 어떤가. 그는 사람의 말을 잃고 만 노인이며 그때 이후 이날까지 오로지 그 시절의 일과 생각에만 파묻혀 세월의 흐름 같은 건 아예 잊고 살아온 사람이다. 한마디로 그의 삶은 옛 꿈에만 파묻혀 한평생을 지내온 그 기약없는 기다림, 그 오늘이 없는 삶이다. 그런 그에게 풍금은 사랑이 아니라 그의 오늘을 유예시킨 과거의 꿈을 나타낸다. 과거의 꿈이 아무리 소중하다 해도 그것은 과거의 꿈일 뿐이다. 하물며 그 과거가 전혀 바래지 않고 오늘까지 생생히 살아 있다면, 더구나 아무것도 이루어지지 않은 채 여전히 오늘을 지배하고 있다면, 그때 우리가 느끼는 것은 절절한 절망감일 수밖에 없다. 방진모가 오랜 세월이 지나 풍금 소리를 다시 들었을 때 느끼는 것이 바로 이것이다. 풍금 소리에 실려 살아난 청정한 꿈은 하얗게 바랜 화석의 세월 속에서도 시들 줄을 모른다. 방진모는 꿈을 위해서 사람의 삶을 살지 못했다. 그는 황종선의 말대로 살아온 흔적이나 그림자가 아무것도 없는 귀신 유령의 삶을 살았다. 풍금 소리는 그에게 그 사실을 깨닫게 해준다. 그는 해맑게 울려 나오는 옛 풍금 소리 앞에, 자신의 이름 없는 빈 삶의 세월을 먹고 연명해 온 그 변함없는 옛 꿈의 청정한 얼굴 앞에 그의 수척한 세월과 하얗게 바래 버린 생애가 어떤 뼈아픈 배반감과 두려움으로 진저리를 치고 있음을 분명히 깨닫는다.

그 풍금 소리가 오랜 세월의 강을 뛰어 건너 아직도 그리 또렷또렷 생생한 소리를 울려낼 때 나는 그 어른의 젊었을 적 꿈이 여태도록 하나도 변하지 않고 그대로 고스란히 당신을 숨어 기다리고 있는 것 같아 나도 모르게 몸서리가 쳐지더라. 그 꿈이 아무리 크고 곱다한들, 그렇다고 그 어른이 이제 와서 다 늙어 그 시절로 돌아가 새판잽이로 그 꿈을 살 수는 없는 노릇 아니냐……. 그동안 살아온 세월은 흔적도 없이 사라지고 당신만 어쩔 수 없는 늙은이로 남게 된 거제. (207~208쪽)

황종선 역시 풍금 소리를 통해 방진모가 과거로 인해 오늘이 없는 빈 삶을 살았음을 알게 된다. 그러면서 그는 문득 그 아버지 황 노인의 바람기, 당신 자신도 그걸 못내 저주스러워하면서 스스로 그 충동에서 벗어날 수가 없어 하던 그 사나운 갯바람기를 그립게 떠올린다. 『흰옷』에서 황 노인은 방진모와 대립되는 인물로 자기 생의 확실한 증거를 지닌 사람이다. 그에게 할애된 장의 제목, '황량한 시대의 유산으로 황량한 전설을 남기다'는 그의 삶이 방진모의 빈 삶과 대척점에 있음을 시사한다. 그렇기 때문에 황종선은 고향의 그 모질고

극성스러운 갯바람기가 설쳐 대던 바다를 아직도 아버지 황 영감의 거친 한 생애를 생생한 추억으로 물결치고 있을 바다로 떠올린다. 그 바다는 그동안 이룬 것이 궁색한 종선 씨에게는 여전히 소중하고 그립기만 한 꿈의 바다다. 황종선의 고백대로 그가 고향을 찾는 진짜 목적은 그 바다를 다시 찾아보는 것이다. 그는 방진모의 끝없는 기다림 속에서 길고 허망한 꿈의 행색을 보고는, 그 아버지 황 영감의 거친 바다가 새삼 더 절박하게 보고 싶었다.

『흰옷』에서 방진모와 달리 자신만의 행적을 남기고 생애를 마친 황 노인, 사나운 갯바람의 넋에 씌어 살아온 바람둥지인 황 노인과 결합되는 사람이 여선생 전정옥(全貞玉)이다. 방진모와 다른 남선생들, 이준우(李俊雨)와 하정산(河正山)이 사랑했던 여선생, 그러다 결국 전쟁 중에 이열 교장을 따라 풍금과 함께 산으로 간 여선생은 다른 누구도 아닌 황 노인과 결합한다. 그래서 황종선은 고향 가는 차 속에서 예의 그 갯바람 꿈, 그의 '새에미'는 여선생이라고 외치는 아버지 황 노인과 여선생이 한배를 타고 점점 깊은 바다로 나가는 그 꿈을 꾸고, 다시 찾은 고향 여관에서는 밤새도록 바닷바람과 파도 소리에 젖는 여선생의 꿈을 꾼다. 그는 아버지의 삶의 실체인 바다를 보러 왔으며, 아버지와 결합된 여선생은 그 바다, 그 갯바람, 아버지에게 젖는다.

황 노인과 여선생은 객관적으로 도저히 어울릴 것 같지 않다. 그 두 사람은 사람 말을 하면서 노는 물고기들이 사는 대구(大口)섬에 함께 다녀온 뒤 강한 유대감을 갖는다. 두 사람은 대구섬행 이후 갑자기 사람이 달라져 버린 듯하다. 그들 사이엔 서로 간에 깊이 알고 있고 믿고 있는 어떤 것이 있는 듯하며, 서로가 그것을 잊지 않고 있는 것 같다. 대구섬은 둘을 결합시키는 결정적인 계기다. 도대체 대구섬에서 그들에게 무슨 일이 있었던 것일까.

대구섬은 특별한 곳이 아니라 누구나 갈 수 있는 곳으로 학생들의 소풍 장소이기도 하다. 하지만 대구섬에 다녀온 어떤 사람들도 그곳에 가기 전과 후에 황 노인과 여선생 같은 변화를 겪지 않는다. 황종선의 표현대로 두 사람에게 일어난 괴이한 변화는 그들이 그 섬에서 '말하는 물고기'들을 함께 만났기 때문이다.

> — 그래, 그 섬엘 가서 말하는 물고기들을 만나봤구말구. 만나서 함께 말을 하고 노래를 부르면서 서로 친하게 어울려 놀기도 했는걸. 나중엔 우리가 모르는 신기한 물속나라 비밀들도 다 이야기해 줬구 말야. 종선이 아버지 말씀은 모두가 사실이었어. 종선 아버진 뭍사람보다 차라리 바닷사람에 가까울 만큼 바다나 바닷속 일을 훤히 알고 계셨거든. 그래 우리가 소풍을 갔을 때는 볼 수 없던 물고기들이 종선이 아버지한테는 모습을 나타내 준 거야……. (104쪽)

황 노인은 '말하는 물고기'와 어울려 말하고 노래하며 살 수 있는 유일한 사람이다. '말하는 물고기'는 그에게만 모습을 드러낸다. 물고기가 말하는 세계, 그 세계는 신화의 세계다. 사람과 동물이 하나의 언어로 소통하는 나라에 함께 들어가 그 나라의 비밀을 알고 함께 나온 사람들, 그들은 신화의 세계를 함께 경험한 사람들이다. 그 섬은 이어도와 같은 곳이다. 신화의 세계에 들어갔다 나온 사람들은 결코 예전처럼 살 수 없다. 신화의 세계에서는 현실 세계의 금기가 풀린다. 이어도를 본 사람들이 결국 이어도로 가버리듯이, 그곳을 엿

본 사람들은 여선생처럼 넋이 홀려 버린다. 그래서 여선생은 황종선에게 그 바다나 물속나라 이야기, '말하는 물고기'에 대해 말하지 말 것을 협박조로 다짐하는 것이다.

『흰옷』에서 풍금은 여선생의 분신이라 할 수 있어서 대립되는 두 인물인 황 노인과 방진모에게 동일한 기호로 기능할 수 없다. 황 노인에게 풍금은 사랑의 기호다. 황 노인은 학교에 불이 났을 때 혼자 불길을 헤치고 들어가 그 풍금을 끌어내지 않을 수 없으며, 황 노인이 불 속에서 구해 낸 풍금, 풍금의 노래는 이제 여선생에게도 사랑의 기호다. 여선생은 물고기들과 말을 하고 노래하는 사람인 황 노인 덕분에 '말하는 물고기'의 세계를 알게 되었기 때문이다. 그들은 내밀하게 결합되었던 것이다. 여선생은 전쟁 중에 이 교장 등이 풍금을 산으로 가져갔을 때 그곳에 가지 않을 수 없다.

> 어찌 생각하면 그 여잔 그놈의 노래 땜시 그 산속까지 교장을 따라 들어가지 않었을지 모르겄다. (41쪽)

황 노인과 여선생에게 풍금이 사랑으로 채워진 삶의 기호라면, 방진모에게 풍금은 실체가 없는 빈 삶의 기호일 뿐이다. 그는 과거의 꿈을 위해 그 꿈을 간직한 헌 풍금을 소중히 간직했다. 하지만 과거로 인해 현재는 끝없이 유보되고, 그 결과 그의 삶은 아무런 실체도 없는 빈껍데기가 되었다. 방진모는 다시 연주된 풍금 소리에 실려 과거의 꿈이 생생히 되살아날 때 그것을 깨닫는다. 이제 삶을 다 살아 버린 그가 드러난 사실 앞에서 할 수 있는 일은 없다. 과거의 꿈을 다시 살 수 없는 그는 풍금을 부술 수밖에 없다. 그는 영원히 죽지 않고 살아서 오늘을 지배하는 과거의 꿈을 부술 수밖에 달리 도리가 없는 것이다.

『흰옷』에서는 사실이 드러나 비극이 완성되지만 그 뒤에 오는 이야기의 세계가 아직 분명하게 보이지 않는다. 『흰옷』의 씻김굿은 사람들로 하여금 오늘을 살게 하지만 이야기의 세계를 통해 구체적인 구원의 전언을 전하지는 않는다. 그렇다 해도 『흰옷』의 위령제는 씻김굿의 의미를 충실히 따른다. 버꾸농악으로 행해진 위령제는 그것이 사랑이든 사슬이든 모두 씻김으로써 망자들은 망자의 길을 가게 하고, 생자들은 제 생자다운 세월을 살게 하는 씻김굿판에 다름 아니다. 그렇기 때문에 위령제에서 보여 주는, 망자고 생자고 이제는 지나간 옛 꿈과 노래의 질곡에서 벗어나 각기 제 삶과 죽음의 길을 따라 자기 몫의 세월을 흘러가게 하자는 방진모의 소망과 그에 따른 축원은 황종선과 젊은 황동우 모두의 소망이기도 하다. 그 소망이 이루어져 마침내 위령제가 끝났을 때 황종선은 먼 하늘 너머 제 갈 길을 찾아가는 망자들의 행렬을 본다. 그 풍물패 아이들의 소리가 하늘까지 사무쳐 올라가자 언젠가 그 입암리의 더덕밭 가에서처럼 옛날 이 교장, 전정옥 선생 들의 역력한 환영이 아득한 바다를 향해 가물가물 엉겅퀴밭을 가로질러 간다. 그런데 이 교장 들을 뒤따르고 있는 그 아버지 황 노인은 옛날 한때의 그 풍금을 짊어진 모습이었고, 그 풍금에서는 아직도 먼 허공을 가로질러 신비스럽고 고운 선율이 흘러 번지고 있었다. 망자들이 풍금과 함께 제 길을 찾아가듯이, 방진모 역시 풍금의 노래까지 모두 씻겨 풀어 버리는 씻김굿을 통해 옛 꿈과 노래의 질곡에서 벗어나 다른 사람들과 더불어 새 삶을 살 수 있을 것이다.

3. 씻김굿 둘 : 『춤추는 사제』

『춤추는 사제』에서 윤지섭이 주관하는 씻김굿은 굿에 참여하는 사람들 규모만 봐도 『흰옷』의 씻김굿과는 차원이 다르다. 윤지섭은 천 년 전에 죽은 대왕의 넋이 당신의 말을 의탁할 사람이다. 무덤 속의 왕은 당신의 말을 대신 시킬 사람으로 천 년 후의 지섭을 택하고 있는 터이었다. 무당이 죽은 자의 말을 대신하듯이 죽은 왕의 말을 대신하는 현실의 사람인 윤지섭, 사제는 신(죽은 왕의 넋)이 들려 그의 말을 할 것이다. 이처럼 『춤추는 사제』에서 윤지섭은 무엇보다 대왕의 말을 전하기 위해서 사제가 된다. 그렇기 때문에 대왕의 말은 윤지섭이 해독하고 우리가 전해 들어야 할 말, 이 작품의 중심 화두라 해도 무방하다. 우리는 『춤추는 사제』를 윤지섭이 수수께끼 같은 대왕의 말을 해독한 뒤 공동체에 전하는 과정을 따라 읽어야 한다. 그런데 지섭은 어떻게 무덤의 입을 열어 왕의 참뜻을 전할까. 지섭은 그 말의 뜻을 누구보다 먼저 정확히 알아내야 할 사람이었다. 하지만 그는 그것을 쉽사리 알아낼 수가 없었다. 왕이 아직도 여전히 침묵만 지키고 있기 때문이었다. 왕의 침묵은 지섭이 앓는 정체 모를 아픔을 통해 깨진다. 『춤추는 사제』에서 윤지섭이 앓는 아픔은 무병과 같은 것으로 표현된다. 그것은 그의 아픔이 곧 신내림이며, 그가 사제가 될 것임을 뜻한다. 지섭은 그런 아픔을 통해 왕의 말을 듣게 된다. 사제가 된 윤지섭에게 내리는 신은 다름 아닌 의자왕이며, 그 신은 우리 무굿의 신들과 같은 성격을 지니고 있다. 이처럼 윤지섭의 아픔은 왕에게서 비롯된 것이지만 그것을 만나게 해주는 것은 민경위의 광기다. 신내림과 광기는 내면의 것, 무의식의 표출이다. 민경위의 광기와 윤지섭의 아픔은 넋의 세계의 육체적인 발현이다. 윤지섭의 아픔은 무덤으로 현현된 대왕의 말, 집단 무의식의 세계, 넋의 세계가 몸의 세계로 구현된 것이다. 그런데 넋의 세계는 운명 공동체의 집단 무의식, 신화의 세계다.

윤지섭의 아픔은 무덤으로 나타난 대왕의 말이라고 했다. 그러니 대왕의 말이 무엇인지 알게 되면 그의 아픔의 근원도 밝혀질 것이다. 지섭의 아픔과 대왕의 무덤은 둘이 아니라 하나로 무덤과 아픔은 모두 대왕의 말, 백제 유민들의 소망을 나타낸다. 그래서 『춤추는 사제』에서는 아픔이 나타나면 무덤이 사라지고 무덤이 나타나면 아픔이 사라진다. 아픔과 무덤이 동시에 나타나지 않음을 보자.

윤지섭에게 아픔이 시작되자 대왕의 능실이 깨끗이 다시 자취를 감춰 버리고 만다. 능실이 사라져 버리는 것은 하찮은 일이 아니다. 능실은 백제 유민들의 소망의 무덤이기 때문이다. 지섭에 따르면 능실의 사라짐은 천 년을 기다려 온 세월과 그 세월을 어둠 속에 견디어 온 대왕의 운명과 백제 유민의 서러운 꿈들이, 그리고 그런 것들에 걸려 있는 지섭 자신의 삶과 꿈들이 그것으로 모두 끝장이 나는 것이었다. 그렇기 때문에 대왕이 자신의 말을 의탁하기 위해 선택한 지섭은 능실이 사라지기 전에 당신의 말을 들어 두지 않으면 안 되었다. 하지만 능실이 사라져도 아픔이 살아 있다면 대왕의 말을 만날 희망은 남아 있다. 능실이 사라지는 무서운 경험을 했을 때 다행히 그에게는 아픔이 생생히 살아난다. 그는 그것을 수수께끼 같은 아픔이라고 표현한다. 아직 아픔의 정체를 알지 못하기 때문이다. 아픔과 능실의 관계는 아픔이 사라질 때 사라졌던 능실이 다시 나타나는 데서 보다 뚜렷해진다. 능실은 윤지섭의 수수께끼 같은 겨드랑이 쪽 통증도 증세가 훨씬 뜸해지고 있을 때 다시 나타난다. 왕은 어졌든 그곳에 돌아와 있었고, 거기서 천 년을 기다리고 있었다. 능실이나 아픔의 현현은 대왕의 말을 전하는 것으로 백제 유민의 서러운 꿈들이 되살아나는 것이다.

대왕이 긴 침묵을 끝내고 지섭에게 입을 연 날, 윤지섭이 민 경위의 광기로 인해 얻게 된 아픔을 통해 대왕의 말을 듣게 된 날은 바로 민 경위에게서 사진이 온 날이었다. 그날 지섭은 마침내 대왕의 말을 만난다. 그런데 민 경위가 보내온 것은 다름 아닌 말을 탄 계백 장군의 사진이었다. 사실 민 경위는 그 사진을 찍던 당시 광기에 의해 계백 장군이 되고, 그의 말이 윤지섭을 덮쳐 아픔은 시작된다. "신라의 졸개 놈을 짓밟아 버려라", "백제의 원수를 갚아라". 민 경위가 감추고 있는 어떤 불안정한 의식의 함정 같은 것이 바로 광기다. 앞서 보았듯이 윤지섭의 아픔과 민 경위의 광기는 무의식의 표출로 넋의 세계의 발현이라고 할 수 있는데, 민 경위의 광기가 만든 계백 장군의 사진이 도화선이 되어 윤지섭은 대왕릉의 말, 아픔을 만나게 된다. 민 경위의 광기로 인해 윤지섭의 아픔이 시작되고, 사진을 통한 그 광기의 뚜렷한 형상화는 윤지섭으로 하여금 아픔으로 나타난 대왕의 말을 인식하게 한다. 다시 말해 사진을 찍던 당시 민 경위의 광기가 윤지섭의 아픔을 유발하고 그 인화된 사진이 지섭에게 아픔의 의미를 깨닫게 하는 것이다. 여기서 우리는 민 경위와 윤지섭이 매우 긴밀한 관계에 있음을 알 수 있다.

말 위에 있는 것은 민 경위가 아니었다. 사진을 보내온 것도 민 경위가 아니었다. 사진이 그냥 그에게로 온 것이었다. 장군 계백과 그의 말이 그 앞에 홀연 모습을 나타내온 것이었다. (81~82쪽)

천 년의 시간을 달려 계백 장군과 그의 말이 나타났을 때, 지섭에게 느닷없이 무서운 통증이 찾아왔다. 장군이 홀연 모습을 드러냈듯이, 아픔 또한 느닷없이 찾아왔다. 장군과 말이 민 경위와 말이 아니듯이 그 무시무시한 아픔 또한 사진을 찍던 당시 민 경위의 말에 짓밟힌 부상 때문이 아니었다. 아픔은 부상을 입기 전부터도 그의 몸 어느 깊은 곳에 은밀히 숨어 간직되어 오던 것이다. 그것은 낙화암 회고의 시편을 읽을 때나 백마강의 물줄기 등을 떠올릴 때 자주 느꼈던 가슴이 저며 드는 마음의 아픔이다. 그것은 백제 유민이 간직한 한, 집단 무의식, 상실된 꿈에 다름 아니다. 대왕의 무덤은 그 꿈의 무덤이며, 이제 그 무덤이 발견되면서 꿈이 되살아나려고 한다.

윤지섭은 계백 장군의 기마상 때문에 민 경위를 만나 아픔을 얻어 앓고 그로 인해 대왕의 말을 만난다. 이청준은 이 과정을 묘사한 장에 '꿈을 앓는 사람들'이라는 제목을 붙였다. 그 장은 아픔과 대왕의 말에 대한 장이다. 제목대로 아픔을 앓는 사람들은 꿈을 앓는 사람들이며, 대왕의 말을 앓는 사람들이다. 꿈(소망)은 곧 아픔이며 대왕의 말이다. 그러니 대왕의 말, 아픔을 전하자는 뜻은 꿈을 전하자는 뜻에 다름 아니며, 대왕의 말은 곧 구원에 대한 전언이다. 민 경위의 광기로 발현된 윤지섭의 아픔, 그의 꿈은 대왕릉으로부터 오고, 마찬가지로 억압 속에 오늘을 사는 백제 유민들의 삶의 구원 역시 대왕릉으로부터 온다.

그 꿈의 구체적인 내용은 무엇일까. 그것은 바로 왕의 귀환이다. 그 왕의 귀환은 이 땅의 사람들이 실로 천 년 이상이나 긴긴 세월 동안 끊임없이 소망해 온 일이었다. 백제의 유민들인 그들이 그토록 간절한 소망을 간직하게 된 것은 나라를 잃고 이 땅을 떠날 수밖에 없던 그 망국 왕의 치욕이 바로 자신들의 치욕이요, 망국 왕의 설움이 자신들의 설움이 될 수밖에 없었기 때문이다. 하나의 운명 공동체인 그들, 유민들은 자신들의 설움과 치욕을 씻기 위해 왕이 자기 옛 땅으로 돌아와 주기를 바라는 간절한 소망을 간직하게 된다. 언젠가 돌아와 그들의 삶을 구원해 줄 왕에 대한 소망, 그들로 하여금 오늘을 살아가게 하는 힘이 되는 그것은 바로 우리 민담에서 민중들이 기다리는 구세주인 아기장수에 대한 소망이다.

이청준이 생각하는 설화의 아기장수는 민중의 오늘의 삶을 구원해 주는 현세의 구세주다. 그는 『신화를 삼킨 섬』에서 아기장수 설화, 그 이야기 속의 꿈과 기다림이 사람들로 하여금 세상을 살아갈 수 있게 만든다고 말한다. 『춤추는 사제』에서 윤지섭이 구현하는 의자왕은 『신화를 삼킨 섬』의 아기장수에 다름 아니다.

왕의 귀환에 대한 이 땅의 소망은 왕이 당군에게 끌려 이 땅을 떠난 그해의 8월부터 시작된 일이었다. 그해 8월, 정확히 8월 17일은 왕이 이 땅을 떠난 날이며 이 땅에서 죽은 날이기도 하다. 이 땅에서 발견된 대왕의 무덤에서 나온 지석이 그것을 말해 준다.

> 百濟國義慈王庚申年
> 八月十七日崩乙丑年
> 八月十七日安錯大墓 (37쪽)

의자왕이 당나라 물길을 떠나갔던 날, 바로 그날, 이 땅의 사람들은 왕을 가슴에 묻었다. 그리고 마치 무덤에 묻힌 아기장수가 부활하듯이 언젠가 왕이 부활하기를 지금도 기다린다.

대왕은 백제 유민들이 천 년 동안 간직해 온 소망의 구세주다. 『신화를 삼킨 섬』에서 이 시대를 사는 민중들이 죽은 아기장수의 부활의 꿈이 없이는 현실을 살아 낼 수 없듯이, 백제 유민들로 하여금 현재의 삶을 살아갈 수 있게 해주는 것은 대왕의 부활에 대한 꿈이다. 대왕은 그들의 아기장수다. 그렇기 때문에 그들의 집단적인 꿈인 대왕의 부활이 몸으로 나타날 때, 대왕의 신내림을 받아 대왕이 되어 대왕의 말을 전하는 지섭의 아픔으로 나타날 때, 그 아픔은 날개 잘린 아기장수의 아픔으로 나타난다. 윤지섭의 통증은 이미 마음의 아픔이 아니라 육신의 통증으로 그의 겨드랑이 밑에 둥지를 틀고 들어앉아 버린 것이었다. 지섭의 아픔이 단순한 낙마 사고의 결과가 아닌 것은 명백하다. 말에 짓밟혀 다친 곳은 다리와 어깻죽지 쪽인데도 통증이 남아 있는 곳은 여전히 그 겨드랑이 밑 쪽이었다. 지섭이 느끼는 송곳 끝으로 후벼 대는 듯한 아픔은 바로 겨드랑이 밑 깊은 곳에서 온다.

그 아픔은 바로 왕에게서 온 것이었다. 아픔이 곧 대왕의 말이었다. 대왕은 당신의 아픔을 전하기 위해 그토록 오랜 세월을 지하의 어둠 속에서 참고 기다려 온 것이었다. 대왕의 말인 대왕의 아픔은 날개 잘린 아기장수의 아픔이다. 겨드랑이 아래의 그 정체를 알 수 없는 아픔은 날개 잘린 아기장수—대왕의 아픔이다. 아기장수를 생각하지 않고는 그 아픔을 이해할 수 없다. 그렇기 때문에 지섭은 계백 장군의 사진을 받았을 때 그 아픔의 정체를 찾아낸다. 그 사진에 찍힌 계백 장군은 바로 부활하여 용마를 탄 아기장수의 모습 그대로였다.

두 발을 번쩍 하늘로 치켜들고 불꽃처럼 갈기를 휘날리며 지축을 박차 오르는 힘찬 비마의 모습이 거기 있었다. 그것은 땅을 달리는 짐승의 화상이 아니라 하늘을 나는 한 마리 용마의 우람스런 비상을 연상시키는 것이었다. (81쪽)

그 사진 속에는 사람과 말의 그 환상적인 동작이 순간의 호흡 속에 아직도 끝없는 시간을 달리고 있었다. 백제 유민들이 천 년을 지켜 온 소망인 대왕의 귀환, 아기장수의 부활이 거기에 있다. 지섭은 이 사진을 통해 아픔의 정체를 알게 된다. 그는 겨드랑이 밑의 그 절망적인 아픔의 밑바닥으로부터 홀연히 그 정체를 만나고 마침내 그렇게나 기다리던 왕의 소리를 듣게 된 것이었다. 왕이 돌아왔다. 천 년 만에 왕이 부활했다. 윤지섭에게 이 땅에 있는 왕의 무덤이 나타났다. 이 땅의 무덤, 그것은 곧 왕의 귀환이다. 왕의 귀환은 그 자체만으로 참으로 뜻 깊은 말을 하고 있었다. 왕이 돌아온 것은 미처 다 하지 못한 말이 남아 있었기 때문이며, 왕은 그 말을 보이기 위해 그토록 오랜 세월을 지하의 어둠 속에 기다려 왔다. 왕의 무덤은 그 자체가 이미 당신의 말이었다. 이제 지섭은 깨닫는다. 대왕의 아픔은 그 혼자서 겨드랑이 밑에다 숨기고 지낼 성질의 것이 아니었다. 대왕의 아픔은 아기장수-구세주에 대한 민중들의 꿈이기 때문이다. 그에게 무엇보다 중요한 것은 대왕의 아픔을 고을 사람들에게 골고루 널리 전하는 것이다. 그래서 그는 백제문화제를 구상한다. 문화제 행사의 동기는 대왕의 아픔이고, 문화제 행사의 목적은 대왕의 아픔을 널리 전하는 것이다.

대왕의 무덤이 이 땅에 마련되어 있었던 사실을 근거로 그 대왕의 아픔을 사람들에게 전하고, 그 아픔을 보다 주체적으로 감당해 나갈 수 있게 함으로써 이 지방 사람들에게 새로운 긍지와 높은 자아 의식의 계기를 마련해 주려던 것이 지섭이 애초 문화제 행사를 꿈꾸게 된 기본 동기였다. 자기의 아픔을 적극적으로 확인하고 그것을 새로운 긍지와 창조력으로 승화시켜 나가는 것이 지섭에게 있어서 문화제를 구상해 온 목적의 시작이요, 또한 마지막이었다. (152쪽)

지섭이 구상하는 백제문화제는 그가 사제가 되어 주관하는 제의, 굿에 다름 아니다. 백제문화제(굿)의 목적이 대왕의 아픔을 전하는 것이라면 문화제 행사들은 당연히 대왕을 중심으로 구성되어야 할 것이다. 그래서 지섭이 생각한 사흘 동안의 문화제 행사들은 유왕산 등산 놀이로 시작하여 유왕산 등산 놀이로 끝난다.

1일 : 임금과 그 백성들을 떠나보내는 행사

2일~3일 : 그 임금과 유민들의 귀환을 비는 기다림의 의식

3일 : 기다리던 임금과 백성들의 귀환

3일째인 마지막 날에 모든 행사 참가자들은 유왕산으로 가서 문화제의 대미를 장식할 임금과 백성들의 귀환을 맞는 의식을 가질 것이다. 이어서 사제는 모든 참가자를 비밀의 왕릉으로 안내해 대왕의 혼령을 위로하는 제례를 올릴 것이다. 귀환 의식의 핵심은 바로 이 제례다. 윤지섭은 이 제례에서 사제 역할을 할 것이다. 그런데 그가 구상했던 행사들의 본래 구성이 바뀌어 문화제는 낙화암 점등 낙화제로 시작하여 유왕산 등산 놀이로 끝나게 된다. 문화제는 왜 바뀌어야 했을까. 바뀐 문화제는 어떤 의미를 갖는 것일까. 바뀐 구성에

서 가장 눈여겨볼 것은 문화제의 시작이 왕을 떠나보내는 행사가 아니라 낙화암 점등 낙화제라는 점이다. 그리고 실제 거행된 문화제에서 왕은 떠나지 않고 이 땅에 남는다. 유왕산 등산 놀이는 백제 유민들이 이 땅을 떠난 대왕의 귀환을 천 년 동안 기다려 온 소망과 그 소망의 표현의 마당이었다. 하지만 대왕이 애초 이 땅을 떠나지 않았다면 돌아올 일도 없을 것이다. 여기서 하나의 결론이 나온다. 문화제가 전하고자 하는 대왕의 아픔, 대왕의 말은 다른 것이 아니다. 대왕은 이 땅을 떠난 일이 없다. 그는 이 땅에서 죽었다. 그러므로 이 땅에서 부활할 것이다. 바뀐 문화제에서 또 하나 주목할 것은 이 땅에 남은 그 왕이 바로 윤지섭이라는 점이다. 결국 지섭은 사제의 역할을 넘어 대왕이 된다.

윤지섭이 사제에서 대왕으로 변하는 계기는 또 다른 대왕 능실의 발견이었다. 대왕을 모신 능실이 하나가 아니라 둘, 그 이상이 될 수 있음이 명백한 사실인 한 지섭은 사제에 머무를 수 없다. 그 사실은 지섭이 문화제에서 어떤 역할을 맡아야 할지 분명히 말해 준다. 두 비밀 능실의 존재 사실은 지섭이 망설임을 계속해 온 전야제의 진행이 어떠해야 하리라는 분명한 해답을 보여 주고 있었다. 지섭은 이미 작정이 서고 있었다. 한 개가 아닌 가짜 능실들에서 지섭은 망국민의 간절한 소망을 느낀다. 왕에게 처음부터 떠나간 일이 없었다면, 돌아올 일도 또한 없었을 터이었다. 그는 대왕의 아픔을 전하는 데 그치지 않고 대왕으로 이 땅에서 죽을 것이다.

망국민들의 아픔과 소망은 바로 대왕이 전하는 아픔과 소망으로 윤지섭이 몸으로 전해야 할 아픔과 소망이다. 백용술의 말대로 윤지섭은 그의 유골이 왕을 대신할 수도 있을 그런 존재다. 그렇기 때문에 윤지섭에게 대왕이 현현하는 순간, 그가 사제를 넘어 대왕이 되는 순간 능실은 이 세상으로부터 영원히 사라진다. 아픔과 능실의 나타남과 사라짐의 변증법은 이렇게 왕이 부활하는 순간 무덤이 완전히 사라짐으로써 완성된다.

대왕의 모습은 이튿날 밤에도 더욱더 눈부신 모습으로 되살아났다. 그리고 사흘째 되던 날 작업을 완전히 끝내고 났을 때 당신의 능실은 마침내 지섭에게로 그 빛을 옮겨 와 그의 가슴속에 끝없는 화염으로 불타오르기 시작했다.

놀랍고 감격스러운 일이 아닐 수 없었다. 능실이 일단 이 지상으로부터 다시 세월을 헤아릴 수 없는 긴 어둠 속으로 흔적이 묻혀 사라져 감으로써 대왕의 모습은 그 능실의 어둠 속으로, 아니 지섭의 가슴속으로 다시 살아 돌아온 것이었다. (241쪽)

대왕이 이 땅에서 죽었다는 사실은 대왕의 무덤으로 드러났고 부활한 윤지섭-왕의 죽음으로 비극은 완성된다. 이제 남은 것은 이야기의 시작이다. 대왕은 백성들의 삶을 구원할 이야기 속의 구세주-아기장수가 된다. 그들은 그 이야기 속에서 부활했다 죽은 대왕의 또 다른 부활을 기다릴 것이다.

4. 이야기 : 음지의 역사

민중의 삶을 구원해 주는 현세적인 구세주는 사실이 드러나 비극이 완성된 뒤 이야기의 세계에서 가능하다. 『춤추는 사제』에서 가장 크고 분명한 '사실'은 '백제의 역사는 철저히 패망의 역사'라는 것이다. 그런데 누구나 믿고 있는 그 사실은 정말 의문의 여지조차 없을 만큼 확실한 것일까. 7백 년 사직의 백제에 대한 기록이 그처럼 철저히 패배 일색일까. 기록에 문제가 있는 것은 아닐까. 만일 기록에 문제가 있다면 기록을 출발점으로 하는 사실 자체가 거짓이 될 수도 있다.

『춤추는 사제』의 두 주요 인물인 홍은준 박사와 윤지섭은 사실에 대한 태도에서 일정 부분 공통점과 다른 점을 보여 준다. 윤지섭이 역사상의 사실 확인을 위해 기록에 의문을 제기한다면, 홍 박사는 그 반대의 입장에 선다. 엄격한 자기 객관성을 유지하려는 홍 박사에게 역사적인 사실들의 유일한 토대는 기록일 수밖에 없다. 기록에 의지하는 것만이 당시의 실상을 선입견 없이 객관적으로 옳게 바라보는 것이다. 그는 어떤 시대의 정신과 문화를 제대로 밝히려면 반드시 객관적인 사실의 확인에서 출발해야 한다고 믿는다. 백제사의 가장 큰 객관적인 사실은 패배의 역사라는 점이다. 윤지섭은 이 점에서 홍 박사에게 동의한다. 백제가 패배한 것은 분명한 사실이고 패배한 역사의 적극적인 확인은 필요한 일이다. 패배를 정직하게 시인해야 진정한 자기 모습을 알 수 있고 패배의 이유도 찾을 수 있기 때문이다. 패배의 극복은 패배의 시인으로부터 시작될 수밖에 없다.

패배한 역사의 확인은 개인의 차원에서는 자서전 쓰기의 첫 단계에 해당된다. 홍 박사에게 패배한 역사의 적극적인 확인이란 패배의 사실을 비겁하게 외면하거나 맹목적으로 부인해 버리려 하지 않음이다. 패배를 정직한 자기 아픔으로 시인하지 않으려는 것은 영원한 패배일 수밖에 없다. 패배의 확인이야말로 진정한 자기 모습을 찾고 패배의 진짜 이유를 찾을 수 있는 첫걸음이다. 패배를 딛고 일어서서 앞날의 역사를 승리로 이끌어 나갈 창조적인 힘이나 용기는 정직하고 성실한 자기 성찰에서 비롯된다.

홍 박사가 말하는 패배의 확인, 아픔앓기는 다른 것이 아니다. 그는 백제 유민이라는 공동체는 "패배한 백제사가 우리들이 감내해 가야 할 역사의 몫"이라는 아픔을 앓아야 하며, 문화제의 의미도 이런 아픔앓기에서 나온다고 믿는다. 홍 박사와 지섭은 패배사를 공동체가 감내해야 할 아픔으로 인식하고 문화제의 의미를 거기에서 출발시키고자 하는 점에서 생각을 같이한다. 그런데 『춤추는 사제』에서 문화제에 대한 이런 두 사람의 생각과 반대 입장에 서는 사람이 있는데, 그가 바로 군청 공보실의 나병찬 실장이다. 나 실장들은 이 작품에서 국가 권력의 힘을 대변하는 사람들로 문화제를 거짓 화해와 축제로 꾸미려 한다. 『신화를 삼킨 섬』에서 나 실장처럼 국가 권력의 편에 서 있는 도청 이 과장, 큰당집, 작은당집이 합동 위령제를 대하는 태도 또한 마찬가지다. 결국 관 주도로 행해지는 씻김굿은 '거짓 화해와 축제'의 장이 될 수밖에 없다. 이것은 씻김굿에 해당하는 이청준의 세 작품을 살펴보면 더욱 명확해진다. 『신화를 삼킨 섬』에서 씻김굿에 해당하는 '역사 씻기기'의 사업 취지는 나라의 모든 원혼을 찾아 씻겨 평안을 추구하는 것이다. 역사 씻기기의 궁극적인 목적은 그간 역사에서 홀대를 받아 온 선대 원혼들을 국가적으로 위무하여 나라의 새롭고 바른 역사, 나아가 평화와 안녕을 추구하는 것이다. 『흰옷』은 국가가 한 마을의 차원으로 축소되었지만 『신화를 삼킨 섬』에서 제시된 이런 목적을 충실히 실천한다. 하지만 정작 『신화를 삼킨 섬』에서 씻김굿은 신군부 정권이 민심의 혼란을 수습하고 비정상적인 권력의 정통성을 위해 마련한 것인 만큼 명분에 그쳐 거짓 화해와 축제의 장이 된다. 『흰옷』에는 거짓 화해에 대한 시도 자체가 없다. 황동우가 진정으로 가해자 의식을 갖고 역사 씻기기 작업을 하며 국가 권력에 해당하는 반대 세력도 없기 때문이다. 『흰옷』은 처음부터 아무런 방해 세력 없이 목적에 충실한 굿판을 차린다. 그러나 『춤추는 사제』와 『신화를 삼킨 섬』의 씻김굿판은 『흰옷』과 달리 거짓 화해의 장이 될 위험이 크다.

『춤추는 사제』에서 씻김굿을 거짓 화해와 축제의 장으로 꾸미려는 세력인 나 실장들은 홍 박사나 윤지섭과 달리 패배의 아픔 자체를 부인한다. 그들은 환부, 얼굴 찾기를 외면하고 사실을 왜곡하려 한다. 그것은 배반에 다름 아니다. 나 실장은 현실이 요구하는 보다 큰 화해와 단합을 위해서는 사실의 왜곡도 가능하다고 생각한다. 그가 생각하는 화해는 권력 집단이 민중에게 강요하는 화해며, 승자가 패자에게 강요하는 화해다. 그렇기 때문에 나 실장이 백제문화제를 화해의 서약으로 삼고자 하는 것은 문화제를 또 다른 형백마이맹(刑白馬而盟)으로 만드는 것이다. 나 실장과 윤지섭, 홍 박사의 사실에 대한 태도 차이는 과거 승리한 신라와 패배한 백제 사이에 맺어졌던 형백마이맹에 대한 시각을 비교해 보면 알 수 있다. 홍 박사와 윤지섭에게 형백마이맹은 눈에 보이지 않는 치욕에 대한 기이한 환기력을 지닌다. 승자와 패자 사이의 화해란 언제나 승자의 강요에 의한 패자의 영원한 복종을 다짐하는 치욕적인 패배의 마감 행위에 불과하기 때문이다. 그런데 나 실장은 백마의 피로 화해를 서약하는 형백마이맹을 반드시 문화제 의식의 대미로 삼아야 하며 그렇게만 된다면 다른 것은 아무래도 좋다고 주장한다. 그가 생각하기에 문화제는 화해의 장이기 때문이다.

문화제 행사가 어떤 식으로 진행되어 나가든 그 모든 행사가 마침내는 보다 큰 화해와 전진의 정신으로 승화, 귀결될 수 있도록 말씀입니다. 한마디로 솔직하게 말하면 그 백마의 피로 맹세한 백제와 신라 간의 화해의 장이 있었지 않습니까. 우리 문화제의 개최 목적도 그걸 하나의 정신적 지표로 삼고 행사 목록 가운데도 그걸 반드시 포함시키고 싶다는 겁니다. (172쪽)

이런 나 실장의 태도에서 지섭은 배반의 역사들을 떠올리고 새로운 배반의 예감에 시달린다. 그도 그럴 것이 화해의 서약은 지섭의 처음 목적이나 해석 방향과는 정반대인 때문이었다. 문화제에 대한 태도의 차이는 대왕의 가짜 무덤에 대한 대립되는 두 태도로 이어진다. 나 실장은 백제 유민들의 송별의 원망을 풀어 주기 위해 대왕의 거짓 무덤을 짓고자 한다. 그가 생각하는 무덤은 기다리던 임금이 이 땅에 귀환했음을 보여 주는 상징으로 백제 사람들의 오랜 원망을 풀고 화해와 단합을 이끌어 내기에 적절한 상징이다. 하지만 지섭은 다르다. 그가 생각하는 대왕의 무덤은 대왕이 돌아올 필요조차 없게 이 땅을 처음부터 떠나지 않았음을 보여 주는 것, 즉 대왕이 이 땅에서 죽었음을 보여 주는 것이다. 그렇기 때문에 윤지섭은 대왕의 무덤에 대한 나 실장의 왜곡을 용서할 수 없다.

나 실장이 보여 주는 자기 신념을 위한 역사의 왜곡은 신념이 가진 부정성을 잘 보여 준다. 화해와 단합이라는 나 실장의 신념은 대왕으로 구현되는 공동체의 아픔이 간직되어 있는 대왕릉의 진정한 의미를 왜곡하고 그 아픔을 망각함으로써 또 하나의 배반을 낳을 뿐이다. 그것은 진정한 자기 성찰을 불가능하게 만든다. 지섭이 진정한 자아의 발견이나 창조를 위해서라면 화해와 단합은커녕 지역 감정을 유발하는 문화제를 소망하는 것도 그런 이유 때문이다. 그에게는 배타적인 지역 감정의 유발조차 자아 발견 작업의 방법상의 순서가 될 수 있었다.

바로 이 부분에서 패배사를 인정하고 그것을 자기 성찰의 장으로 인식했던 홍 박사와 지섭이 결정적으로 대립한다. 홍 박사에게 역사는 엄격한 사실을 바탕으로 한 과거사의 기술이어야 하며, 사실을 외면한 허구의 진실은 있을 수 없다. 그에게 무엇보다 중요한 것은 가능한 한 정확하게 있었던 사실을 아는 것이다. 하지만 윤지섭은 다르다. 그에게 역사의 진실은 미래에 대한 희망적 선택과 해석의 기술이다. 사실에 대한 분명한 기록에도 불구하고 현재나 미래를 위한 자아의 발견과 창조적인 긍지, 자기 발전에의 소망에 대한 여지를 갖지 못한 것은 진정한 역사라고 할 수 없다. 그처럼 닫힌 역사, 자기 완결성을 고집하는 역사의 범주에, 패배와 치욕의 기록 이상도 이하도 아닌 전승 위로연 등 백제 패망에 관한 대다수의 사실들이 속한다. 반면 자기 창조를 가능하게 하고 미래에 대한 전망을 열어 놓을 수 있는 열린 역사에 낙화암 전설이 있다. 열린 역사는 역사가 전설이 되었을 때 가능하다. 그것은 역사적 사실이 드러나 비극이 완성된 뒤 이야기의 세계에서, 다시 말해 역사가 전설, 설화로 승화되었을 때 가능하다. 그래서 윤지섭은 낙화암에 대한 사실의 기록에서 그 수 3천이라는 것 또한 한문식 과장법에 따른 설화 전개의 수사법으로 통분스러운 현장 상황의 설화적 승화에 기여하고 있을지언정 사실의 파괴적 왜곡으로만 허물할 수는 없다고 말한다. 낙화암이 전설로 승화되었으므로 그곳에서는 꽃이 천 년을 지고 있는 것이다.

홍 박사도 어떤 재구성이나 창조의 여백도 용납하지 않는 완성된 사실이 닫힌 역사, 완벽한 치욕의 역사일 뿐이라는 데 동의한다. 그렇지만 그는 그렇다 해도 사실은 사실이며, 역사에 있어 모든 것은 사실에서 시작하여 사실에서 끝날 수밖에 없다고 믿는다. 홍 박사의 이런 태도에 맞서 윤지섭이 주장하는 역사적 사실의 설화적 독법은 다른 것이 아니다. 그는 역사의 유일한 전거가 되는 사실의 기록 자체가 당대의 풍속과 진실을 밝히는 데 방해가 될 수 있다고 생각한다. 그래서 그는 진실을 왜곡하는 사록의 장애물을 넘어 진실을 만나기 위해 역사를 거꾸로 읽는 독법을 택한다.

> 역사를 거꾸로 읽으려는 지섭의 독법은 이제 기술자가 덮씌운 편견과 왜곡의 그물을 얼마간이나마 서서히 벗어져 나게 할 수 있을 것 같았다. 그리고 기술자의 의도적인 왜곡의 정체를 밝히고 보다 더 분명한 당대의 진실을 허심탄회하게 넘겨 볼 수 있을 것 같았다. (116쪽)

그의 독법은 양지의 역사가 아니라 음지의 역사를 읽는 방법이다. 기록과 유적으로 보존된 역사가 양지의 역사라면 전설과 민담의 그것은 음지의 역사일 수 있었다. 가짜 대왕릉은 양지의 역사처럼 음지의 역사도 지키고 싶은 진실을 위해 왜곡을 감행할 수 있음을 말해준다. 대왕릉은 가짜이기 때문에 오히려 백제 유민들의 음지의 역사를 분명히 보여 준다. 그들은 자신들의 숨은 진실을 지켜 전하려고 가짜 능실을 지어 숨겼다. 그들은 살아서 이 땅을 떠나간 임금의 치욕을 부인하고 언젠가 이 땅에 부활할 구원자를 위해 그렇게 했을 것이다. 그들은 부활할 구세주에 대한 희망 없이 삶을 살 수 없기 때문이다. 그 음지의 역사는 전설, 설화가 되어 시간을 초월하여 이 땅의 사람들에게 전해진다. 지섭이 생각하는 진정한 사실은 음지의 역사가 전하는 백제 유민이라는 공동체의 진실이다. 이렇게 그는 가짜 대왕릉이 지닌 그 깊고 무거운 진실을 주장하지만 홍 박사는 끝끝내 그 사실의 신봉과 관련한 자신의 태도를 양보할 기미가 없었다.

기록에 의존한 사실을 믿는 홍 박사의 철저한 태도는 사실의 드러남까지를 감당할 수 있을 것이다. 그의 믿음에는 처절한 패망사 이후 여전히 오늘의 삶을 유지해야 하는 민중을 구원해 줄 수 있는 그 후의 세계가 없다. 명백한 사실의 확인은 비정한 역사의 완결성을 갖고 창조적 변용을 불가능하게 한다. 닫힌 역사는 사실의 차원에 머무르기 때문에, 거기에서 사실은 확인되겠지만 민중의 구원은 없을 것이다. 윤지섭이 주장하는 사실과 진실의 차이는 사실의 드러남 이후를 감당하기 위한 것이다. 그는 기록이 아닌 민중의 역사, 가짜 능을 숨겨 지어 놓은 음지의 역사, 그 진실을 믿음으로써 대왕을 이 땅에서 죽게 하고, 대왕의 부활 가능성을 열어 놓는다. 자서전이 자기 구원을 위해서 소설로 나아가야 하듯이, 공동체의 구원을 위해서 역사는 신화로 나아가야 한다. 『춤추는 사제』에서는 그 신화의 세계로의 이행이 윤지섭 덕분에 가능해진다. 윤지섭이 부활한 대왕이 되어 다시 이 땅에서 죽음으로써 비극이 완성되고, 이후 이야기의 세계가 가능해진다. 아기장수 이야기는 아기장수가 마지막 날을 채워 용마를 타고 승천했다면 설화가 되지 못하고 당대의 이야기로 끝났을 것이다. 죽었다가 하루를 채우지 못해서 부활하지 못하고 다시 죽은 아기장수의 비극은 남은 사람들에게 구세주의 새로운 부활을 꿈꾸게 한다. 아기장수 설화는 사실이 드러나 비극이 완성된 뒤, 그 사실에서 사실성이 제거되면 꿈과 소망을 담은 이야기의 세계, 신화의 세계가 펼쳐지는 것을 보여 준다.

대왕은 애당초 먼 중국으로 가지 않았다. 그는 이 땅을 떠나지 않았고 이 땅에서 죽었다. 대왕의 죽음에 관한 사실이 드러나 비극이 완성되고 백제 유민의 오늘의 삶을 구원해 줄 이야기의 세계가 이어진다. 죽은 대왕은 그 세계에서 다시 부활할 것이다. 억압받는 민중들이 있는 한, 아기장수가 그랬듯이 대왕은 끝없이 죽고 부활할 것이다. 그 이야기의 세계, 씻김 이후를 감당해야 하는 사람이 『춤추는 사제』에서는 민 경위다.

민 경위는 처음에 계백 장군이 되었다가 백제문화제에서는 윤지섭-의자왕의 태자 부여융이 된다. 부여융은 의자왕의 분신이라 할 수 있다. 또한 민 경위는 계백 장군과 비마가 아기장수와 용마를 나타냈던 만큼 부활한 아기장수-의자왕의 뒤를 감당해야 할 사람이다. 이미 언급했듯이 사제의 신들림은 광기의 상태로 접신의 경지를 의미하며, 윤지섭과 민 경위는 모두 광기와 신들림 같은 사제의 속성을 지닌 사람들이다. 무엇보다도 민 경위는 어떤 주술력과도 흡사한 기묘한 예감을 소유한 사내였다. 지섭은 그런 민 경위를 그가 보여 준 마상의 발작과 그 발작으로 인해 지섭이 얻어 지닌 겨드랑이 아래의 기이한 아픔을 통해서 느끼고 이해한다. 윤지섭은 민 경위의 광기로 얻게 된 자신의 아픔을 무병과 같다고 표현했었다. 민 경위는 대왕으로 죽은 사제 윤지섭의 뒤를 감당할 또 다른 사제다.

— 왕자야! 이제부턴 너 왕자의 책임이 막중해지겠고나. 내 이제 저들과 함께 수중 혼령으로나마 이 땅을 지켜갈 군왕으로 남고자 함이니,

왕자는 뒷일에 더욱 부끄러움이 없어야 하리라. (265쪽)

윤지섭이 가짜 대왕릉에서 죽었다가 부활한 왕을 만났다면, 사람들은 윤지섭을 통해 이 땅에서 죽었다가 부활한 왕을 만났다. 그 왕은 그들의 눈앞에서 다시 죽는다. 하지만 그로 인해 사람들은 저마다의 가슴속에 수중 혼령, 용을 기르고 무덤 속에서 부활할 아기장수를 꿈꿀 수 있게 된다. 대왕의 아픔, 대왕의 말, 대왕의 진실을 전하려던 춤추는 사제 윤지섭은 그 스스로 대왕이 되어 이 땅에서 죽는다. 이제 대왕은 이 땅에서 끝없이 죽고 부활할 것이다. 삶이 견디기 힘들어질수록 대왕은 이 땅의 모든 백성의 소망으로 다시 살아날 것이다.

이청준의 소설은 우리를 씻기고, 씻김 이후에 이어지는 이야기의 세계를 열어 준다. 우리에게 그의 소설은 『춤추는 사제』에서 윤지섭이 공동체에 애써 전하려 했던 민중의 소망, 대왕의 아픔, 대왕의 말과 같다. 왕의 무덤은 바로 그 왕의 말이 숨겨져 온 말의 무덤이었다. 소리의 무덤에서 소리가 부활하듯이 말의 무덤에서 말이 부활한다. 말이 부활하여 사실이 드러나고 비극이 완성되면 이야기가 시작될 것이다. 말의 무덤은 이야기가 시작되는 곳으로, 신화가 열리는 곳이다. 그곳이 바로 이청준의 소설들이다.

제3장
자기 실종의 황홀한 욕망

그림 | 김선두 / 행-새와 나무

세 겹의 소설

오관모는 살아 있을까?

—「병신과 머저리」

앞의 '이청준의 문학 세계'에서 보았듯이 이청준은 글쓰기, 말(글)에 대해 지속적으로 천착하는 작가다. 언어와 언어를 다루는 작가의 문제는 제목부터 언어가 중심인 '언어사회학 서설' 연작뿐 아니라 그 전 작품들에서도 이미 핵심 문제가 되고 있다.

예컨대, 이청준에게 등단 이듬해에 동인문학상을 안겨 준「병신과 머저리」가 있다. 이 작품 역시 전·후기 문학을 구분하는 잣대로 읽을 수 있지만, 그렇게 단순히 규정지을 일이 아니다.「병신과 머저리」의 핵심은 '언어사회학 서설'의 중심 문제인 '왜 글을 (못)쓰는가'이기 때문이다.

병신과 머저리는 6·25를 겪은 세대와 그 후의 세대로 구분된다. 그들이 앓고 있는 아픔의 양상과 원인에는 차이가 있다. 병신은 환부를 알고 있지만 머저리는 환부를 알지 못한다. 그 결과 병신의 아픔은 치유 가능하고 머저리의 아픔은 치유 불가능하다. 이상은「병신과 머저리」에 대해 가장 널리 알려진 의견이다.

그런데 소설 속에서 환부를 알고 있음과 알지 못함의 문제는 명료한 얼굴의 존재 여부에 연결된다. 자기 얼굴의 존재 여부는 그것을 그릴 수 있음과 없음의 문제가 되고 결국 두 아픔의 차이는 소설을 쓸 수 있음과 없음의 문제로 귀착된다. 그렇다면 소설은 왜 쓰는가, 소설을 쓴다는 행위는 무엇인가. 바로 「병신과 머저리」에서 파생되는 질문들이다. 이청준은 자기 구원을 위해서 쓴다. 그에게 소설을 쓰는 행위는 자기 구원을 희구하는 행위다. 소설을 쓸 수 없을 때 구원은 부재한다. 소설 쓰기와 직결된 자기 구원의 문제를 중심으로 「병신과 머저리」를 읽을 때, 이 작품은 단순히 억압의 메커니즘을 추적해서 말이 억압되고 있는 현실을 발견하는 데 그치지 않는다. 그 속에는 이청준이 후에 '언어사회학 서설' 연작에서 꽃피울 문제들의 싹이 들어 있다.

1. 숫자 10

격자 소설인 「병신과 머저리」의 속이야기는 다음과 같이 시작된다.

> 형이 소설을 쓴다는 기이한 일은, 달포 전 그의 칼끝이 열 살배기 소녀의 육신으로부터 그 영혼을 후벼내 버린 사건과 깊이 관계가 되고 있는 듯했다. (58쪽)

의사가 소설을 쓴다는 것이 반드시 이상한 일은 아니다. 세상에는 다른 직업을 겸하면서 소설을 쓰는 사람들이 있다. 전업 작가라는 말은 그들과 글쓰기를 직업으로 삼은 이들을 구별하기 위해서 있을 것이다. 우리들은 사실 글쓰기로 생계를 유지하기란 쉬운 일이 아니라고 생각한다. 그래서 작가들의 겸직에 대체로 너그럽고 안심하기까지 한다. 기이한 일은 의사가 소설을 쓰는 것이 아니라 의사를 그만두고 소설만 쓰는 것이다. 형은 병원 문을 닫고 들어앉아 소설을 쓴다.

지금까지 동생이 보아 온 형은 아무리 많은 환자들이 자기의 칼끝에서 재생의 기쁨을 얻어 돌아가도 만족할 수 없는, 그래서 더 많은 생명을 구해 내도록 계시를 받은 사람 같았다. 동생은 그런 형의 태도를 인내와 모든 인간성에 대한 긍정적인 사고의 덕으로 생각했다. 동생에게 비친 형을 요약하자면 생에 대한 회의도, 직업에 대한 염증도, 그리고 지나가 버린 생활에 대한 기억도 없는 사람이다. 동생이 생각하는 형은 단순하고 투명한 사람이다. 그랬는데 동생은 형이 쓰는 소설로 인해서 회의에 빠진다. 동생의 회의는 형이 그런 확신과 전혀 다른 사람일 수 있다는 것을 암시한다. 형은 생에 대한 회의와 직업에 대한 염증을 가지고 과거의 기억에 사로잡혀 있는 사람일지도 모른다.

형의 생에 대한 회의와, 직업에 대한 염증과, 잊지 못하는 과거의 기억은 어디서 오는 것일까?

형은 6·25 때 강계 근방에서 패잔병으로 낙오된 적이 있었다. 그는 거기서 같이 낙오되었던 동료를 죽이고 38선 부근의 우군 진지까지 무려 천 리 가까운 길을 탈출해 나왔다고 한다. 그런데 형은 그때의 낙오 경위와 왜, 어떻게 동료를 죽이고 탈출했는지, 천 리 길의 탈출 경위에 대해서 함구로 일관했다. 지금까지 동생이 형에 대해서 궁금해했던 것은 그때의 패잔과 탈출에 대한 것 하나뿐이었다. 화가인 동생은 처음 형의 소설에 대해서 무관심했다. 다만 10세 소녀의 죽음이 형에게 그만한 사건일 수 있나, 의사를 그만두고 소설을 쓸 정도의 사건인가 의문을 가졌을 뿐이다. 사실 수술의 실패와 그 소녀의 죽음은 예정되어 있었기 때문이다. 그런데 동생은 우연히 형의 소설을 몇 장 읽고서 놀란다. 그것이 소설이기 때문이거나 의사라는 형의 직업 때문이 아니다. 동생은 언어 예술로서의 소설에 무지하며 문학적 관심 또한 없다. 그 이유는 형이 입을 다물고 있던 10년 전의 패잔과 탈출에 관한 이야기를 쓰고 있었기 때문이다. 엄밀하게 말해 형이 쓰는 글은 소설이 되기 이전의 상태로, 이청준의 글에서 용어를 빌리자면 자서전이라고 할 수 있다. 이제 형은 10년 전 자신에 관해서 이야기하려고 한다. 그것은 필연적으로 살인의 이야기일 것이다. 단 한 번 형이 술걸레가 되어서 패잔과 탈출에 관해 언급했던 말을 환기해 볼 때 그렇다. 그때 형은 천 리 길을 살아 도망 나올 수 있었던 것이 같이 낙오되었던 동료를 죽였기 때문이라고 말했다.

지난 10년 동안 살인을 묻어 두었던 형은 10세 소녀가 수술 실패로 숨지는 예정된 사고 이후, 10세 정도의 거지 소녀의 손을 밟은 다음 날, 10년 전의 패잔과 탈출에 관한 이야기를 쓰기 시작한다. 형의 칼끝이 10세 소녀의 영혼을 후벼내 버렸듯이 10년 전에 형은 동료를 살해했다. 소녀의 죽음은 과거의 살인과 겹친다. 죽은 소녀는 또한 거지 소녀와 겹친다. 형은 그 거지 소녀의 손을 일부러 밟는다.

분명 형은 스스로에게 무엇인가를 확인하고 싶은 것 같은, 그리고 화실에서 지껄이던 말들이 결코 우연한 이야기들이 아니었던 것 같은 생각이 들었다. 그것은 그 며칠 전에 형이 저지른 실수 그것 때문일 거라고 나는 혼자 추리를 해보았다. 하지만 그것은 형의 실수만은 아니었다. 그러나 중요한 것은 형의 칼끝이 그 소녀의 몸에 닿은 후에 소녀의 숨이 끊어진 것이었다. (69쪽)

스스로에게 무엇인가를 확인하려는 형이 거지 소녀(죽은 소녀, 과거의 살인)의 손을 망설이지 않고 제대로 밟았다면, 그는 소설을 쓸 필요가 없었을 것이다. 그런데 그는 그렇게 하지 못한다.

「하지만 별수 없더군요, 형님도. 발이 말을 잘 듣지 않았던 모양이죠. 아이가 별로 아파해 하지 않은 것 같았어요.」 (70쪽)

형은 전쟁 이후 10년 동안 과거에 대해서 무심한 체 산다. 그런데 10세 소녀의 죽음으로 과거의 살인이 살아나고 형은 그 과거의 짓밟기에 실패한다. 형이 술에 취해서 한 말을 통해 볼 때 살인은 망각 속에 묻혀 있었다기보다 의도적으로 외면되었을 뿐, 여전히 살아 있었다. 살인을 외면하고 있는 한 형은 그것에서 자유로울 수 없다. 이제 그는 골방에서 태양 아래로 걸어 나온 살인과 마주한다. 그것으로부터 자유롭기 위해, 해방되기 위해 그는 소설을 쓴다. 어두운 과거를 정면으로 응시할 때, 그 과거의 청산과 앞으로의 삶의 유지가 가능할 것이다.

2. 뒤를 주다

어둡고 고통스러운 삶이라도 포기하지 않으려면 그것을 정면으로 응시해야 한다. 폭력, 어두운 과거 등 다양한 고통의 질곡으로부터 벗어나는 길은 고통의 원천을 응시하여 맞서 싸우고 극복하는 길뿐이다. 고통의 원천을 외면하는 것은 삶과 더불어 진정한 자유와 구원을 포기하는 것이다. 이 작품에서 삶의 포기는 '뒤를 주다'라는 표현 속에 응축되어 있다. 뒤를 주는 것은 밤에 뒤를 허락하는 단순한 육체적 행동에서 시작되어 삶에 대한 하나의 태도, 구원의 가능성 여부로 확대된다.

오관모는 신병들에게 "나에게 배를 내미는 놈은 한칼에 갈라놓는다"고 위협한다. 신병들은 배를 내밀지 말라는 말의 뜻을 밤에 괴상한 방법으로 이해하게 된다. 배를 내밀지 않는 것은 곧 뒤를 주는 것이다. 뒤를 주는 것은 눈과 눈의 마주침, 정면 응시, 삶의 맞대면의 포기를 뜻한다. 오관모에게 뒤를 주는 것은 그의 폭력에 굴복하여 순응하는 것이다. 오관모에게 뒤를 주지 않는 김 일병은 그의 폭력을 견딜 수밖에 없으며, 그러는 동안 김 일병은 삶을 포기하지 않을 수 있다. 그가 폭력을 견디며 내뿜는 기이한 눈빛, 파란 불꽃은 삶을 유지하는 에너지다. 독을 품고 산다는 말이 있듯이 아픔(독)을 견디는 힘이 살아 있게 하는 힘이다.

형은 오관모와 김 일병 사이에 끼어들어 내내 그들 싸움의 구경꾼이 된다. 그때 형은 김 일병의 눈빛에서 강렬한 경험을 하고 오관모의 매질을 무언중에 재촉한다.

"나"는 다음에도 여러 번 그 기이한 싸움을 구경했다. 그때마다 "나"는 김 일병의 "파란 빛"이 지나가는 눈을 지키면서 속으로 관모의 매질에 힘을 주고 있었다. 그런 때 "나"는 그 눈빛을 보면서 이상한 흥

분과 초조감에 몸을 떨면서 더 세게 더 세게 하고 관모의 매질을 재촉했다. (72쪽)

형은 아픔을 견디는 힘이 살아 있게 하는 힘이며, 김 일병이 매질을 견딜 때 삶을 포기하지 않게 된다는 것을 무언중에 알고 있었다. 그렇기 때문에 형은 후일 부상한 김 일병이 오관모에게 뒤를 주었을 때 그가 죽어도 좋다고 생각한다. 그때 김 일병의 눈에는 이미 파란 불꽃이 사그라들고 맑은 눈물만 가득했다.

김 일병은 결국 오관모에게 뒤를 주고 말았다. 형은 어땠을까? 오관모의 총구가 등 뒤에서 형을 겨누었을 때 그는 이렇게 생각한다.

— 또 뒤를 주고 섰구나, 뒤를.

「포성이 다시 올 희망은 없다. 먹을 게 없어지면 우리가 찾아가야 한다. 난 아직 네가 필요하다. 그것은 너도 마찬가지다.」

「…….」

「돌아서라.」

— 그렇지, 돌아서야지. 이렇게 뒤를 주고서야 어디.

나는 돌아섰다. (87쪽)

우리는 "또"라는 말에서 형이 전에 뒤를 준 적이 있으리라고 짐작할 수 있다. 하지만 소설 전체를 통해 형은 뒤를 준 적이 없다. 여기에서 '뒤를 주다'의 상징적 의미가 분명해진다. 그것은 '돌아서지 못하다', '정면을 응시하지 못하다', 즉 '외면', '망설임'을 뜻한다. 형은 최후에 오관모를 향해 돌아섰다. 그런 형이 지금 소설의 결말을 맺지 못하고 망설이고 있다.

형의 소설의 초점은 동료 살해다. 오관모의 매질을 견디는 힘이 김일병을 살아 있게 했듯이 살인의 아픔이 형을 살아 있게 했다. 하지만 형은 지난 10년 동안 그 기억을 외면하고 살았다. 지금 형은 무슨 이유에선지 살인의 기억을 자기에게 확인하고 싶어졌지만 여전히 망설이고 있다. 동생의 말대로 형은 관념 속에서 살인을 되풀이하는 것을 주저하고 있다. 형의 소설에는 살해에 관한 세 이야기가 들어 있다. 그가 관련된 이 이야기들 속에서 형은 내내 망설이는 상태다. 형의 구원은 이 망설임을 청산하고 삶을 맞대면할 때 가능해진다. 망설임의 청산은 형이 세 이야기에서 살해의 방관자에서 직접적인 가해자가 되는 과정이고 자신이 가해자임을 수락하는 과정이다.

3. 오관모는 살아 있을까?

이제 우리는 「병신과 머저리」의 핵심을 이루는 질문을 제기하고자 한다. 오관모는 살아 있을까? 오관모의 생사 여부는 형이 가해자임을 수락하는 과정뿐 아니라, 소설 쓰기를 통한 자기 구원의 문제와 긴밀한 관련이 있기 때문이다.

동생은 형이 쓰는 소설 속 동료의 죽음이 바로 형의 생존이라는 말을 이해할 수 없었다. 이상한 이야기였다. 형은 시치미를 떼고 있고, 형이 말하는 살인이 사실인지조차 확인이 불가능하다. 소설의 형식을 빌린 자서전을 쓰면서 형은 가장 궁금한 곳에서 그의 이야기를 멈추었다. 동생이 궁금하게 여기는 곳, 다시 말해 동생이라는 최초이자 유일한 독자를 통해 형의 소설을 읽고 있는 독자가 궁금하게 여기는 곳은 바로 살인이 일어나는 장면이다.

이야기는 거기까지였다. 그러니까 형이 죽였다고 한 것은 아마도 김 일병이었을 터이지만, 그것이 누구의 행위일는지는 아직도 그리 확실하지가 않았다. 확실치 않은 것은 관모에 대해서도 마찬가지였지만, 어쨌든 거기에서 형이 천릿길을 탈출할 힘을 얻을 수 있었다면 그것은 가해자가 누구냐인가는 문제가 아니었다. 형은 이미 살인을 저지른 것이었다. 그리고 형은 지금 그 이야기를 함으로써 관념 속에서 살인을 되풀이하려는 참이었다. (79쪽)

형이 살아 있고 김 일병이 죽은 것은 확실하다. 그래서 하나의 질문을 던진다. 김 일병의 가해자는 누구인가? 형인가, 오관모인가? 이 문제는 그다지 중요하지 않은 것 같다. 우리는 혼란을 느낀다. 질문이 잘못 제기되었기 때문이다. 문제는 김 일병의 가해자가 누구냐가 아니라 확실치 않은 오관모의 생사 여부다. 그는 형의 소설에서 죽었다가 「병신과 머저리」의 끝 부분에서 살아난다. 오관모의 생사 여부는 간단한 문제가 아니다. 대부분의 평자들은 아무런 납득할 만한 설명 없이 소설 끝 부분에 그가 등장하는 것을 의문 없이 받아들이거나 그저 부수적인 일로 처리한다.

오관모는 살아 있을까? 그렇다면 형은 자신의 소설에서 왜 그를 죽였을까? 더구나 그것은 소설이 아니라 자서전이 아닌가? 자서전을 거짓으로 쓴단 말인가? 피해자는 정말 김 일병 한 사람뿐일까? 그럴 경우 형이 살인을 하고 그 힘으로 살아날 수 있었다면, 유일한 피해자인 김 일병의 살해자는 형이다. 상처 입고 죽어 가는 김 일병의 살해를 통해 형이 천 리 길을 탈출할 수 있는 힘을 얻었단 말인가? 오관모가 살아 있다는 가정은 설득력이 없다.

오관모는 죽었을까? 그렇다면 의문은 하나뿐이다. 형은 왜 살아 있는 그를 만났다고 했을까?

이제 질문의 답을 찾아가겠다.

4. 노루와 사냥꾼

동생은 형이 쓰는 소설을 처음 읽고 이렇게 말한다.

> 소설의 서두는 이미지가 선명한 하나의 서장(序章)으로 시작되고 있었다. 그것은 형의 소년 시절의 회상이었다. (65쪽)

형의 소설은 눈과 피와 총소리의 이미지가 선명한 노루 사냥 이야기로 시작된다. 형은 소년 시절 호기심에서 노루 사냥의 몰이꾼으로 따라나섰다. 그러나 그는 한 발의 총소리, 분명한 살의와 비정이 담긴 음향, 흰눈을 선연하게 물들이는 상처 입은 노루가 흘린 피를 보면서 후회한다. 형은 쓰러진 노루를 보기 전에 산을 내려가고 싶었지만 망설일 뿐 일행에서 벗어나지 못했다. 노루의 핏자국은 끝나지 않았고 형은 어스름녘에 비로소 일행에서 떨어져 집으로 돌아왔다. 형은 굉장히 아팠고, 그 아픔을 견뎌야 했다. 첫 살해 이야기에서 형은 죽은 노루를 보지 못했다.

노루와 사냥꾼, 몰이꾼이 주축이 된 노루 사냥 이야기는 6·25가 일어나기 전의 부대에서 김 일병과 오관모, 형으로 인물이 바뀌면서 그대로 재현된다. 인물들의 역할은 이후에 변하지만, 그때까지 형은 몰이꾼, 방관자, 폭력의 조력자에 머무를 뿐이다. 오관모는 형이 들고 있던 통나무로 김 일병을 매질하고, 형은 그들의 기이한 싸움의 구경꾼이 된다. 노루 사냥에서 넓은 설원에 메아리치던 살의와 비정이 담긴 음향, 총소리는 김 일병의 엉덩이살을 파고드는 통나무의 둔중한 타격음이 되어 산골로 퍼져 나간다. 형은 이상한 흥분과 초조감에 싸여 속으로 오관모의 매질에 힘을 주었다. 이것은 피를 토하고 쓰러진 노루를 보고 말겠다는 의지에 다름 아니다. 그렇기 때문에 이때 형은 노루 사냥에서 보다 한 걸음 더 가해자의 편에 서게 된다. 그러나 형은 아직 노루를 죽이지도, 죽은 노루를 보지도 못한다.

노루 사냥 이야기는 6·25 당시 오관모가 김 일병을 죽이는 부분에서 또다시 원형 그대로 재현된다. 사실 형의 소설에서는 오관모가 김 일병을 살해하는 장면이 간접적으로 그려질 뿐이다. 형은 그 장면을 보지 못한다. 단지 총소리를 들었을 뿐이다. 그때 형에게 떠오르는 것은 눈과 피와 총소리, 이미지가 선명한 노루 사냥 장면이다.

오관모와 김 일병은 눈길에 '검은 발자국'을 내며 내려갔다. 잠시 후 골짜기에서 한 발의 총소리가 들렸다.

> 그 총소리는 나의 가슴속 깊이 어느 구석엔가 숨어서 그 전쟁터의 수많은 총소리에도 지워지지 않고 남아 있었던 선명한 기억 속의 것이었다. 어린 시절, 노루 사냥을 갔을 때에 설원에 메아리치던 그 비정과 살의를 담은 싸늘한 음향이었다. (86쪽)

그러자 형의 눈앞에 설원에 끝없이 번져 가는 핏자국이 떠올랐다.

형은 한 자루의 총을 메고 그 '핏자국'(사실은 오관모와 김 일병이 눈을 헤치고 간 발자국)을 따라 산을 내려갔다. 이 모습은 상처 입고 피를 흘리며 도망간 노루를 뒤쫓아, 총을 메고 핏자국을 따라가는 사냥꾼의 모습 바로 그것이다. 이제 형은 사냥꾼이 되어 노루를 죽이려 한다. '핏자국'을 따라가는 동안 형은 수없이 되풀이한다. "오늘은 그 노루를 보고 말겠다. 피를 토하고 쓰러진 노루를."

쓰러진 노루를 보는 것은 고통의 원천인 환부를 직시하는 것이다. 환부를 모를 때 우리는 아픔을 그저 견딜 뿐이지만 환부를 알 때는 그것을 치유할 수 있다. 쓰러진 노루를 보지 못하면 형은 노루 사냥 때처럼 다시 아플 것이고, 그 상처는 아물지 못하고 덧날 것이다. 비단으로 싸도 외면한 상처는 곪는다. 유능한 의사는 치유를 위해서 상처에 소독을 하고 필요하면 살을 도려내야 한다.

형은 쓰러진 노루를 보기 위해서 최후에 오관모를 향해 돌아섰다. 그리고 총을 쏜다.

"탕!"

쓰러진 오관모의 가슴에서 눈 위로 검은 반점이 번져 나온다. 눈과 검은 발자국, 핏자국, 검은 반점, 탕!(이 소설에서 유일하게 나오는 총소리의 실제 음향 묘사), 형의 동료 살해 이야기는 이미지가 선명하다. 쓰러진 오관모가 흘린 피가 빠른 속도로 눈을 물들인다. 핏자국이 눈을 타고 형의 발등을 덮는다. 형은 분명히 오관모의 가해자다.

선명한 이미지가 반복되는 세 번의 살해 이야기를 통해 형이 방관자에서 가해자가 되는 과정을 정리해 보자.

	가해자	피해자	형	총소리	피	눈
노루 살해	사냥꾼	"노루"	몰이꾼	총소리	노루의 핏자국	눈
김 일병 살해	"오관모"	"김일병"	몰이꾼	총소리	김 일병과 오관모의 발자국	눈
오관모 살해	형	오관모	사냥꾼	탕!	오관모의 핏자국	눈

" "로 표시된 가해자와 피해자는 형의 소설 속에서 소문이나 총소리로 짐작될 뿐 확인되지 않은 가해자와 피해자다. 주목할 점은 노루의 상처와 김 일병의 상처가 같지 않다는 것이다. 노루의 상처는 사냥꾼이 직접 입힌 것이지만, 김 일병은 오관모를 만나기 전에 이미 깊은 상처를 입었다. 실제로 피를 흘리는 노루에 겹치는 인물은 오관모다. 총에 맞아 피를 흘리는 것은 노루와 오관모며, 형이 직접 확인하는 노루는 오관모다. 그들에게 상처를 입혀서 피를 흘리고 죽음에 이르게 하는 가해자들은 사냥꾼들과 형이다. 노루 사냥에서 살해의 조력자이자 방관자인 몰이꾼이었던 형은 오관모 살해에서 가해자인 사냥꾼으로 변한다.

형은 김 일병과 오관모의 발자국을 핏자국으로 오인한다. 그 핏자국을 쫓아가는 자가 사냥꾼과 몰이꾼이다. 형은 이 두 역할을 모두 담당한다. 형은 오관모의 사냥꾼이고 김 일병의 몰이꾼이다.

상처를 입은 노루는 설원에 피를 뿌리며 도망쳤다. 사냥꾼과 몰이꾼은 눈 위에 방울방울 번진 핏자국을 따라 노루를 쫓았다. 핏자국을 따라

가면 어디엔가 노루가 피를 쏟고 쓰러져 있으리라는 것이었다. (66쪽)

형은 동굴 구석에 남은 한 자루의 총을 메고 그 '핏자국'을 따라 산을 내려갔다. 그리고 결국 상처 입고 쓰러진 오관모의 핏자국이 눈을 타고 형의 발등을 덮었다.

5. 화폭 속의 얼굴

세 가지 살해 이야기의 핵심은 오관모 살해다. 노루 살해와 김 일병 살해는 오관모 살해를 말하기 위한 전주곡처럼 여겨진다. 형은 오관모를 살해함으로써 천 리 길을 탈출할 수 있었고 이제 그 이야기를 한다. 그의 이야기는 자신이 가해자임을 수락하는 이야기다. 그렇기 때문에 형은 결말을 맺기 전, 분명한 살인 이야기를 하지 못하고 한없이 망설인다. 이것은 그림-얼굴을 그리는 동생에게 직접적인 영향을 준다. 형이 소설을 쓰기 시작하면서 동생은 그림을 그릴 수 없게 된다. 그런데 얼굴을 그릴 수 없다는 화폭 메우기의 불가능은 살인 이야기를 하지 못하고 주저하는 형의 소설 쓰기와 관계가 있고, 형의 소설 쓰기는 소녀의 죽음(살인)과 관계가 있다.

형의 소설은 진척되지 못하고 있다. 이야기의 결말이 맺어질 때까지 동생의 화폭은 며칠이고 선 하나 더해지지 못하고 고통스러운 넓이로 그를 괴롭히기만 한다. 형은 이야기의 결말에 대해서, 하나의 살인에 대해서 망설이고 있다. 그것이 동생에게는 화폭 앞에 앉아 있다 돌아오는 자신을 형이 곯리는 것 같았다. 동생에게는 형의 소설과 자신의 화폭이 동시에 떠오른다. 형의 소설과 동생의 그림은 둘이 아니라 하나다.

형의 내력에 대한 관심도 문제였지만, 형의 소설이 나를 더욱 초조하게 하는 것은 그것이 이상하게 나의 그림과 관계가 되고 있는 것 같은 생각 때문이었다. 그것은 어쩌면 사실일 수도 있었다. 혜인과 헤어지고 나서 나는 갑자기 사람의 얼굴이 그리고 싶어졌다. (66쪽)

나는 실상 그 많은 얼굴들 사이를 방황하고 있었는지 모른다. 하지만 안타까운 것은 혜인 이후 나는 벌써 어떤 얼굴을 강하게 예감하고 있다는 사실이었다. 아직은 내가 그것과 만날 수 없었을 뿐이었다. 둥그스름한, 그러나 튀어 나갈 듯이 긴장한 선으로 얼굴의 외곽선을 떠놓고 (그것은 나에게 있어 참 이상한 방법이었다) 나는 며칠 동안 고심만 하고 있었다. (67쪽)

아직 그려지지 않은 화폭 속의 얼굴은 누구의 얼굴일까?

소설을 시작하기 전날 형이 동생을 방문해서 얼굴에 대해 한 말은 이렇다.

> 「그 새로 탄생할 인간의 눈은, 그리고 입은 좀 더 독이 흐르는 쪽이어야 할 것 같은데……. 희망은— 이건 순전히 나의 생각이지만, 선(線)이 긴장을 하고 있다는 것이야.」 (68쪽)

동생은 형이 자신의 그림에 대해서 이야기하는 것이 이상한 일이라고 생각한다. 형의 말은 동생의 그림이 아니라 앞으로 쓸 자신의 얼굴에 대한 것이 아닐까? 형은 이 말을 한 다음 날부터 소설을 쓰기 시작하고, 동생은 그림에 손을 댈 수 없게 되었다. 화폭 속의 얼굴은 형의 얼굴이고, 동생은 형의 얼굴이 완성되기 전에는, 형의 소설이 끝을 맺기 전에는 그림을 그릴 수 없다.

「병신과 머저리」에는 화폭 속의 얼굴이 형의 얼굴이라는 여러 징후들이 있다. 현기증이 나도록 넓은 화폭 앞에서 동생은 결국 형의 소설만 생각했다. 동생은 그 이야기 가운데의 누가 나의 화폭에서 재생되기라도 할 듯 그것의 결말을 보지 않고는, 형이 김 일병을 죽이기 전에는 그의 일을 할 수가 없었다. 그래서 동생은 자기 마음대로, 형이 김 일병을 죽이는 것으로 형의 소설의 결말을 맺어 버린다. 형의 자서전이 동생에 의해서 대필되는 것이다. 대필된 자서전은 가짜다. 거짓된 형의 얼굴을 완성한 다음 날, 동생은 화폭에 약간 손을 댄다. 오랜만에 손이 풀리는 것 같아서 화폭에 매달린다. 동생은 이제 윤곽 이외에 얼굴의 나머지 부분을 그리기 시작한다. 그때 형이 온다. 형은 물끄러미 동생의 화폭을 바라보면서 말한다. 예사스러운 목소리와는 다르게 자신의 가짜 얼굴에 대한 긴장으로 화폭에 가 닿은 식지가 파르르 떨린다. 형은 화폭에 구멍을 내고 찢는다.

> 다만 이 그림은 틀렸어. 난 잘 모르지만. 틀림없이 넌 뭔가 잘못 알고 있으니까. 곧 알게 될 거야. (82쪽)

형은 화폭을 찢기 전에 동생이 맺어 놓은 소설의 가짜 결말을 지운다. 형이 스스로 완성한 자서전은 오관모를 죽이는 것으로 끝난다. 그때 총소리의 여운을 타고 그리움 같은 것이 형의 가슴에 젖어들었다. 문득 수면에 어리는 그림자처럼 희미한 얼굴이 그에게 떠올랐다. 망각 속에 묻어 두었던 자신의 얼굴이 떠오르는 것이다.

탄환이 다하고 총소리가 멎었다.

피투성이의 얼굴이 웃고 있었다. 그것은 나의 얼굴이었다. (89쪽)

형은 여기에서 결코 지워지지 않는 연필로 그린 듯한 강한 선(線)으로 얼굴을 이야기하고 있었다. 그 얼굴은 화폭의 그림과 겹친다. 동생은 형이 낮에 자신의 그림을 찢은 이유가 거기에 있다고 말한다. 동생이 그린 얼굴은 가짜 얼굴이다. 형이 화폭을 찢은 것은 그것이 가짜 얼굴이기 때문만은 아니다. 궁극적으로 화폭에 재생되는 얼굴은 형의 피 묻은 얼굴이고, 그것은 결코 지워지지 않는 얼굴이다. 그 얼굴은 거기에서 해방되었을 때, 그것을 극복했을 때, 찢어 없앨 수 있을 뿐이다. 형은 자서전을 완성한 후, 그러니까 자신의 진짜 얼굴을 명료하게 그린 후 그것을 없앤다. 그의 소설이 소설이 아니라 자서전이라는 것은 분명하다. 이청준의 표현대로 자서전 집필의 본뜻은 자기의 지난날을 뼈를 깎는 듯한 참회의 아픔으로 다시 들춰내 보일 수 있는 정직성이나 그 부끄러움을 박차고 나설 용기, 또는 자신의 과오를 폭넓은 이해와 사랑으로 어루만질 수 있는 성실한 자기 애정에 있다. 형은 자신의 과거를 철저히 긍정한 뒤 극복한다. 그 극복의 순간이 바로 자서전이 소설로 바뀌는 지점이고 죽은 관모가 살아나는 순간이다.

동생의 입을 통해서 우리는 형이 그림을 찢은 이유가 결코 지워지지 않는 연필로 그린 듯한 강한 선으로 얼굴을 이야기했기 때문이라는 것을 알았다. 그런데 형은 자신이 소설을 불태우는 것은 죽은 관모를 만났기 때문이라고 한다. 관모의 재생은 형이 살인을 극복했음을 뜻한다. 형이 화폭을 찢는 것은 자신의 소설(사실은 자서전)을 찢는 것과 동일한 의미를 지닌다.

형은 관모가 자신을 잘 알아보지 못했고, 자신이 사람을 잘못 알았다고 미안해하며 사과했다고 말한다. 이것은 살아 있는 관모가 허구임을 보여 주는 것으로 독자의 이해를 돕기 위한 작가의 친절한 배려인 듯하다.

이청준은 소설 속에서, 소설의, 소설에 의한, 소설을 위한 탐구를 끈질기게 계속한다. 그는 어떤 대상이나 세계에 대해서 미리 결정된 하나의 세계관으로 접근하지 않으며, 그의 사유와 반성은 평면적이지 않고 입체적이다. 이것이 바로 이청준의 많은 소설들이 격자 양식을 기본으로 하는 탐정 소설적인 플롯을 취하는 이유 중 하나일 것이다.

그런데 「병신과 머저리」는 하나의 격자가 아니라 두 개의 격자를 가진 세 겹의 소설이다. 작가가 쓴 소설 「병신과 머저리」 속에 형이 쓰는 소설이 들어 있고, 그 소설 속에 다시 형이 쓰는 자서전이 들어 있다. 이런 특이한 형식은 「병신과 머저리」의 중심 문제인 '왜 글을 (못)쓰는가'를 표출하는 데 매우 적절하게 여겨진다. 「병신과 머저리」를 읽는 독자는 그 형식 덕택으로, 글을 쓴다는 행위에 대해서 적어도 세 번 이상 차원이 다른 반성을 하게 된다. 거기에 대해서는 또 다른 글이 필요할 것이다. 지금은 그저 간단히 그 반성의 윤곽을 그려 보는 것으로 그치겠다.

우리는 먼저 가장 안쪽에 들어 있는 자서전에 주목해서, '왜 자서전을 (못)쓰는가'라는 질문을 제기한다. 이 질문은 자연스럽게 이청준의 다른 작품들, 예를 들어 연작 '언어사회학 서설'을 문제 삼게 만든다.

다음에, 형의 자서전을 감싸는 형의 소설은, '자서전은 왜 소설이 되어야 하는가', '소설을 쓴다는 것은 무엇인가'라는 질문을 제기하면서 자서전이라는 글쓰기가 궁극적으로 나아가야 할 방향을 보여준다.

마지막으로, 결국 소설이 문제라면, 질문은 다시 처음으로 돌아간다. '작가는 왜 소설을 (못)쓰는가.' 이청준에 의하면 작가는 자기 구원을 위해서 쓴다. 구원은 자기 갱신의 과정으로, 다시 태어나는 것, 정신적인 부활이라 함이 옳겠다. 그러기 위해서 우리는 사실을 드러내 보이겠다는 내부의 진술 욕구를 겸허하게 수용해서 각자의 자서전을 써야 할 것이다. 자서전의 차원에서 부끄러운 과거와 같은 사실의 드러냄은 개인의 비극이라 할 수 있다. 사실은 드러남으로써 비극이 되지만, 그것으로 끝나서는 안 된다. 비극은 극복되어야 하고 자서전은 소설이 되어야 한다. 소설은 개인의 경험이 보편적 현상계, 질서, 만인의 삶으로 화하는 과정이다.

종전 이후 10년 동안 형은 오관모 살해에 대한 진술을 회피한다. 그는 김 일병과는 또 다른 방식으로 오관모의 폭력을 견디고 있었던 것이다. 그러나 폭력은 견딜 것이 아니다. 자유는 폭력을 극복하고 일어나야 비로소 얻어진다. 고통을 외면할 때, 삶은 견디는 것일 뿐이다. 우리는 삶을 살아야 한다. 자유로운 삶을 사는 것이 바로 구원일 것이다. 물론 이청준에게서 구원의 문제는 보다 광범위한 천착을 필요로 한다. 황량한 벌판에서 다시 날아오르는 학, 그 황홀하게 아름다운 이미지에서도 알 수 있듯이, 그것은 새와 나무, 그 변주들이 중심이 된다.

작가가 자기 구원을 위해서 쓴다면, 독자인 우리는 우리의 구원을 위해서 무엇을 할 수 있을까. 몇몇은 스스로 작가가 되기를 시도하고 실제 작가가 될 것이다. 그러나 작가가 될 능력이 없는 대다수 우리는 작가가 쓴 글들을 그저 열심히 읽고 사유하고 반성하고 깨달은 다음, 깨달은 것을 삶으로 옮길 수밖에 없다. 그러니까 우리는 작가가 자기 구원을 위해서 쓴 글을 우리의 구원을 위해서 읽는다. 진지한 글읽기는 글쓰기만큼 종교적이라고 말할 수 있다.

자기 실종의 황홀한 욕망

—「시간의 문」

인접 과학들과 긴밀한 관련을 맺고 있는 다양한 경향의 문학 비평들 중에서 정신분석학적 비평은 '문학 작품과 그 생성에 관한 우리의 이해를 증대시키기에' 가장 적합한 방법의 하나라고 할 수 있다. 마르트 로베르(Marthe Robert)는 정신분석학에 바탕을 둔 그의 독창적인 문학 이론서 『기원의 소설, 소설의 기원(Roman des origines et origines du roman)』에서, 프로이트의 『신경증 환자의 가족 소설』을 이론의 출발점으로 삼아 '소설이란 무엇인지'를 규명하고자 노력한다. 그에 따르면 인간은 누구나 자신의 현실에 만족하지 못할 때 현재 자신의 삶을 현실과 다르게 생각하려 한다. 프로이트가 말하는 '가족 소설(roman familial)'은 이 거짓말의 원형이다. '깨어 있는 상태의 몽상(une rêverie éveillée)'이라고 할 수 있는 '가족 소설'은 업둥이(enfant trouvé)와 사생아(bâtard)의 두 방향으로 나타난다. 마르트 로베르는 정신분석의 사례들과 문학에서 취한 풍부한 예를 근거로, 모든 작가는 업둥이와 사생아, 즉 낭만주의적 성향의 작가들과 사실주의적 성향의 작가들로 분류될 수 있다고 주장한다. 낭만주의적 작가는 폭력에 물든 지금, 여기를 떠나서 오이디푸스 이전의 잃어버린 낙원으로 돌아가기를 원하는 반면, 사실주의적 작가는 현실을 수락하며 오이디푸스의 투쟁에 나선다. 물론 이 두 가지 경향은 작가에 따라서 달리 나타난다. 그런데 마르트 로베르는 세르반테스, 디포, 도스토예프스키, 발자크, 카프카, 플로베르 등 여러 작가에 대한 자세한 분석을 통해서 위대한 작가의 작품은 모두 업둥이적인 요소를 지니고 있으며 그것이 필연적으로 소설 자체에 대한 문제 제기로 이어지고 있음을 보여 준다.

그렇다면 한국 작가 중에서 지금, 여기에서의 초월을 꿈꾸는 업둥이적 특징과 소설 자체에 대한 문제 제기라는, 마르트 로베르가 제시하는 위대한 작가의 두 요소를 가장 많이 지니고 있는 이들은 누구일까. 우리는 지금까지의 작품 활동에 비추어 이청준이 그 수위에 있음을 의심할 수 없으며, 그 확신의 한 예증으로 「시간의 문」을 분석하고자 한다.

1.

「시간의 문」을 '가족 소설'의 관점에서 해석하기 전에 먼저 이 작품의 제목에 주목해 보자. 시간은 과거, 현재, 미래로 이어지는 때의 추상적인 흐름의 연속이다. 프로이트가 무의식의 큰 특징 중 하나로 시간 개념의 부재를 드는 만큼 시간 개념은 의식의 차원에서 탄생한다. 무의식 속에서는 과거, 현재, 미래가 모두 하나의 현재로 존재하여 현실의 시간의 흐름이 소멸된다. 무의식이 강하게 발언하는 사람에게 현실의 시간은 의미가 없다. 그런 사람에게는 과거가 미래일 수 있고, 미래가 곧 과거일 수 있다. 이런 성향은 집요한 과거 회귀 욕구에 시달리는 업둥이에게 매우 강하다. 이때 과거는 생명이 잉태되는 기원, 모든 것이 혼돈 속에 하나로 존재하는 곳, 전체가 곧 하나이고 하나가 곧 전체인, 구분이 불가능한 때를 의미한다. 업둥이에게 과거는 잃어버린 낙원이며 현실 어디에도 없는 왕국이다. 그렇기 때문에 그곳을 찾아 헤매는 업둥이는 이곳–현실에서 살 수 없어 '다른 쪽'으로 가기를 열망한다. 그런데 우리는 「시간의 문」의 주인공 유종열에게서 이런 시간 개념의 붕괴를 볼 수 있다. 반면 현실 속에 뿌리박고, 현실을 싸워 정복해야 할 대상으로 인식하는 사생아에게 시간 개념의 부재는 있을 수 없다.

시간이 글자 그대로 보이지 않는 추상적 흐름을 인위적으로 재단하여 구별하려는 수단(개념)이라면, 문은 이쪽과 저쪽, 두 공간을 이어 주거나 차단하는 수단이다. 이청준에 의하면 문을 경계로 세상은 세속과 초월의 공간, 절망의 순간과 영원의 시간대로 나뉜다. 문이 두 공간을 연결할 때 소설은 현실, 이쪽으로의 회귀를 보여 주는 사생아의 드라마가 될 것이고, 문이 두 공간을 단절시킬 때 소설은 결정적으로 저쪽으로 나가 버리는 업둥이의 드라마가 될 것이다.

「시간의 문」에서 문은 미래로 나가는 문으로 묘사된다. 유종열은 그 문을 통해 이쪽에서 저쪽으로 나가고 문은 그의 뒤에서 닫힌다. 그러나 그 문은 업둥이의 관례적인 이야기에서와 달리 영원히 닫힌 것이 아니다. 우리는 그 문이 다시 열릴 희망을 갖는다.

이제부터 우리는 「시간의 문」의 화자(話者)가 제시하는 다음 질문들을 출발점으로 삼아 유종열이 주장하는 미래로 나가는 시간의 문에 대한 모색을 시작하겠다.

— 유종열의 유작 사진들은 미래로 나가는 시간의 문을 열어 줄 수 있었을까?

— 그는 과연 미래의 시간이라는 걸 찍어 놓고 갔을까?

화자인 내가 생각하기에 유종열의 미래는 늘 과거로 이루어진다. 그는 사진을 찍어 온 필름들을 즉시 현상하거나 인화하는 일이 없다. 흑백 사진만을 고집하는 그는 필름을 몇 달이나 내팽개쳐 두기 일쑤다. 그렇다고 그 필름들에다 사진을 찍은 장소나 날짜를 적어 두지도 않는다. 무엇보다 그는 사진을 찍은 날짜나 시간을 개의치 않는다. 그는 사진들에 그것을 찍은 날짜 대신 그것을 인화해 보는 작업 날짜를 기록한다. 그는 그런 자신을 사진 예술을 통해 미래의 시간대를 좇는 사람이라고 생각한다.

사진들은 나중에 인화가 될 때 비로소 내 해석을 얻게 되고 현실의 의미도 지니게 된단 말입니다. 그렇다면 내가 그 사진을 찍은 일은 무엇이 됩니까. 나는 오히려 미래의 시간대를 찍고 있는 거지요. 그리고 그때의 내 시간은 미래의 이름으로 살아지고 있는 셈이구요. (186쪽)

유종열이 스스로 미래 속에 산다고 믿으려는 데는 이유가 있다.

「우리는 때로 현실의 무게를 정면으로 감당해 낼 엄두를 낼 수가 없을 때가 있지요. 그 현실의 무게라는 것이 너무 엄청나 보일 경우엔 말이오.」(184쪽)

「그래, 사람들은 그 현실로부터의 압살을 모면하기 위해 그가 직면한 현실을 잠깐 비켜설 여유를 찾거나 소망하게 될 때가 있어요. 어떤 사람에겐 그게 아예 버릇이 되어 버린 경우도 있겠구……」(184~185쪽)

그는 현실을 견딜 수 없기 때문에 다른 시간대 안에서 자기 몫의 시간을 감당하려 한다(현실이 왜 견딜 수 없는 것인지에 대해서는 뒤에서 살펴보겠다). 그 다른 시간대가 바로 그가 사진 예술을 통해 만들어 낸 미래의 시간이다.

유종열이 창조해 낸 미래가 정말 미래일까. 물론 통상적인 의미의 미래는 아닐 것이다. 그래서 화자는 그가 미래를 찍는 사진 작가였다고 생각하지 않는다. 그것은 그의 소망이나 주장에 불과하다. 화자가 그를 안 이래로 그는 늘 지나간 과거의 시간대 속에서 살고 있는 사람이다. 하지만 유종열이 새로운 시간대의 배열을 이룩하는 것은 사실이다.

그의 작품 작업은 자연히 일정한 날짜나 시간 배열에 따라서 진행되어 나갈 수가 없었다. 그는 거의 무작위적으로 아무 필름이나 손에 닿는 대로 현상 일에 들어갔고, 현상된 필름들을 인화해 내었다. 먼저 찍은 사진이 나중에 나오고, 나중에 찍은 사진이 먼저 나오는 경우가 다반사로 생겼다. 그리고 그렇게 하여 그의 지나간 어느 날은 그가 사진을 찍은 날이 아니라, 필름을 현상하고 인화해 내는 날에야 비로소 사진의 화면으로 되살아나는 것이었고, 그렇게 뒤늦게 되살아난 과거의 날들은 그것을 찍은 날과는 상관없이 그가 그것을 현상하고 인화해 낸 날짜 위로 새로운 시간대의 배열이 지어지는 것이었다. (183쪽)

한마디로 유 선배는 그의 사진 작업을 통하여 자신의 과거를 현재화 시키면서 그것으로 자신의 현재의 시간을 채워 가는 격이었다. 혹은 그의 사진 속의 과거 속에 자신의 현실을 살고 있는 사람이었다. 거꾸로 말하면 그의 현재 시간 가운데엔 자신의 소재가 없는 사람이었다. 그의 현재는 과거의 재생으로 연속되고 있는 것이었다. (184쪽)

유종열이 새로운 시간대를 창조하는 것은 곧 현재의 시간 속에서 자신의 소재를 지워 버리는 것이다. 그는 사진을 찍은 날짜 대신 그것을 인화해 보는 작업 날짜 쪽을 기록함으로써 새로운 시간대의 창조에 성공한다. 그런데 그는 인화를 통한 시간의 창조에 그치지 않고 인화한 사진들에 일기 비슷한 메모를 적는다. 화자는 그것이 기묘하다고 생각한다. 화자가 기묘하다고 생각하는 것은 또 있다. 유종열이 지나간 날의 정황과 느낌들을 사진을 인화한 당일의 그것으로 현재화시켜 적는 것이다. 하지만 기묘할 것 없다. 인화되지 않은 그의 사진들은 아직 생성되지 않은 세계의 질료, 물질, 마티에르다. 그것들로부터 유종열은 새로운 시간대를 창조한다. 그가 사진들을 인화하는 순간 세계는 비로소 형태화된다. 그렇기 때문에 그가 사진을 찍은 날짜나 시간을 무시하는 것은 당연하다. 중요한 것은 그가 세계를 창조하는 인화 순간이다. 또한 세계는 그에게서 탄생하기 때문에 그가 자신의 생각을 적어 넣는 것도 자연스럽다. 그것은 마치 조물주가 사물의 형태를 완성한 다음 숨결을 불어넣어 주는 것과 같아서 화자가 그것을 기묘하다고 생각하면서도 행위에 대한 해석으로 표현하는 것은 매우 적절하다. 사진을 찍는 행위가 현실화되는 것은 바로 인화된 사진의 해석을 통해서이기 때문이다.

사진을 찍는 것은 행위 자체였고, 인화를 하는 것은 그 행위의 해석이었다. 사진을 찍는 당시에는 행위가 있을 뿐 해석이 없었다. 해석은 나중에 인화로 행해진다. 그 해석을 얻음으로써 행위는 비로소 현실화하게 된다……. (186쪽)

여기서 한 걸음 더 나아가 이 문장을 다시 쓰겠다. '인화를 하는 것은 행위 자체였고, 글을 써 넣는 것은 그 행위의 해석이었다.' 유종열은 과거라는 질료 상태의 필름으로 끊임없이 새로운 세계를 창조, 인화하고 있기 때문에 그의 현재가 과거의 재생의 연속이라는 화자의 말은 타당하지 않다. 그의 사진 일은 화자의 말대로 시간의 재편집 작업과도 같은 그런 것이다. 이때 시간의 재편집이 단순히 과거, 현재, 미래의 순서를 뒤집는 차원이 아님은 분명하다. 그것은 시간을 그 시원(始原)으로 돌리려는 작업이다. 납득할 수 없는 이 세상을 창조의 원점으로 돌려 소멸시키고 새로운 세상을 창조하겠다는 조물주의 욕망에 맞닿은 작업이다. 그의 자기 실종의 욕망이 황홀한 이유가 바로 이것이다. 그 결과 한 가지 사실이 다시 확인된다.

그에겐 어차피 현재라는 것이 없었다. 그에게 있어 시간의 흐름은 과거에서 곧바로 미래로 넘어갔다. 현재의 시간 속엔 그의 소재가 없었다. 그에겐 그 현재의 시간과 존재 자체가 실종 상태였다. (187쪽)

유종열은 지금, 이곳에 존재하지 않는 사람이다.

2.

현실에 부재하는 유종열은 결국 다른 쪽으로 갈 것이다. 하지만 그가 아무 갈등도 어려움도 없이 단번에 그곳으로 가는 것은 아니다. 갈등과 분열된 욕구 때문에 그가 현실(이쪽)에 몸담기 위해 시도한 노력(다른 인간과의 해후, 현실의 가족을 꾸미려는 욕구인 정성희와의 결합)이 실패로 끝나는 것처럼 다른 쪽으로 가려는 그의 첫 번째 시도 역시 실패한다. 그는 난파선의 선원처럼 바다에서 돌아온다. 「시간의 문」은 많은 부분을 이 싸움을 보여 주는 데 할애한다.

현실에 발을 붙이지 못하는 유종열의 업둥이로서의 특징은 크게 두 가지로 나타난다. 하나는 그의 고독한 삶, 사람과 유리된 생활이고, 다른 하나는 사람이 배제된 사진이다. 두 가지라고 했지만 모두 사람과 관계된다는 점에서 그의 업둥이로서의 특징은 하나로 요약될 수 있다—유종열은 사람과 삶의 숨결이 사라진 세계에 홀로 살고 있다.

> 나는 사람들의 무리에 끼여 섞인 그의 모습을 쉬 상상할 수가 없다. 그의 사진이 그러했듯이 그에겐 그것이 쉬운 일이 아니었다. (190쪽)

> 그도 수없이 이 거리를 오갔을 터였다. 하지만 역시 그에겐 경우가 같았을 수 없었다. 그는 아마 이 거리를 지나가면서도 자신의 깨어 있는 시간대 속에 사람들과 함께 있어본 일은 없었을 터였다. 밟고 밟히고 부딪고 부딪히면서 미움과 사랑으로 그것을 자신의 깨어 있는 현실로 껴안아본 일이 없었을 터였다. (194쪽)

유종열은 깨어 있는 시간대 속에서 사람들과 함께할 수 없는 사람으로, 깨어 있는 상태의 몽상에 잠긴(가족 소설을 쓰는) 사람이다. 그런데 이 세계에서 도대체 그것이 언제까지 가능할까. 그런 소망을 가진 사람이 분열되지 않은 채 이 세계에서 살아남을 수 있을까. 그에게는 이 세계와 화해하거나 아니면 완전히 저 세계로 가버리거나 양자택일의 선택만 있다. 유종열은 먼저 화해를 시도한다. 이 세계와의 화해는 물론, 업둥이로서의 두 가지 특징을 일소할 수 있는 것, 즉 사람들과 더불어 사는 삶과 사람의 모습을 찍는 사진에 대한 모색이 될 것이다. 유종열은 이 두 가지 화해의 모색을 진지하게 시도한다. 사람들과 더불어 사는 삶에 대한 모색은 혼인으로 구체화된다.

> 다툼이 있고 난 며칠 뒤, 그가 느닷없이 방을 옮겨 가버린 것이다. 나와는 사전에 의논 한마디 해오지 않은 채였다. 그것은 그저 나를 떠나간 것만이 아니었다. 나중에 알고 보니 여자대학 시청각교육과를 다닐 때부터 그의 사진을 좋아하고 따르던 정성희란 아가씨와의 동거 생활을 시작한 것이다. 나에겐 배척이요 자기 고립 행위였지만, 그의 입장에선 새로운 인간에의 해후인 셈이었다. (204쪽)

혼인을 하고 가정을 이루는 것은 사람들과 더불어 사는 삶의 원형이라고 할 수 있다. 유종열은 혼인으로 배우자를 얻고 아이를 낳는다. '다른 쪽'으로 가고 싶어 하는 업둥이 유종열이 혼인을 하고 아이를 낳다니! 여기에서 우리는 유종열이 사생아로 완벽하게 변신했다고 생각한다. 하지만 속지 말자. 마르트 로베르에 의하면 로빈슨 크루소는 사생아의 궤도에서 거의 전진하지 못한 업둥이이기 때문에 혼인을 해도 자식을 낳을 수 없다. 그래서 그의 혼인과 아내, 아이에 대한 묘사는 2부작 장편소설인 『로빈슨 크루소의 놀라운 모험들과 생애』에서 단 세 줄에 그친다. 유종열에게서도 로빈슨 크루소와 마찬가지로 혼인, 아이의 탄생은 모두 한순간을 차지할 뿐 큰 의미를 갖지 못한다. 그에게서는 배우자와 아이에 대한 어떤 배려도 볼 수 없다. 그는 가족이 없는 사람 같다. 그는 혼인을 하고 나서도 여전히 혼자였다. 그와 정성희가 정식 혼인이 아니라 동거로 결합하는 이유도 여기에 있다.

> 대범하다고 할까. 무심하다고 할까. 주위의 눈길을 괘념하지도 않았고, 집으로 사람을 청해주는 일 같은 건 더더구나 없었다. 나뿐만 아니라 회사 동료들 누구에게나 마찬가지였다. 그는 언제나 혼자 출근을 하고 혼자 일하고 그리고 혼자서 퇴근을 했다. (204쪽)

유종열은 혼인이라는 사회적 규범에 따른 가족 형성에 아무 의미도 두지 않는 사람이다. 배우자는 물론 아이도 그에게는 문제가 될 수 없다. 그는 아이의 탄생이나 성장에 입회하지 않는다. 또한 아이를 가진 아내를 아무 죄책감 없이 떠날 수 있는 사람이다. 가족은 세상 모든 사람들처럼 그와 무관한 사람들이기 때문이다. 결국 혼인을 통한 인간과의 새로운 해후는 실패로 끝난다. 혼인은 유종열을 이 사회 속 사람들 사이로 끌어들이지 못한다. 하지만 혼인은 현실에 뿌리박기 위한 그의 또 다른 시도의 토대가 된다. 혼인 이후 그의 사진에는 비로소 사람이 등장하게 된다.

월남전 특별 취재를 자원해 나선 것이 시발이었다. 전에는 전혀 흥미가 없어하던 일이었다. 그 일을 그가 자청하고 나선 동기는 막연하나마 그의 결혼에서 추리해 볼 수밖에 없었다. 결혼이, 또는 결혼을 생각하게 한 동기가 그의 태도를 변화시킨 것이었다.

사진도 자연히 변하기 시작했다.

전쟁터의 사진들이 으레 그렇듯이, 유 선배가 월남에서 찍어 온 사진들은 너무도 생생한 비극의 초상들이었다. 포탄에 몸이 찢긴 병사의 신음과 절규. 굶주림 속에 쫓기는 피난민들의 참상. 사신의 모습처럼 검붉게 치솟아오르는 화염의 위세와 공포……. 그런 사진들의 주제는 물론 한결같이 인간의 삶과 죽음의 얼굴이었다. (204~205쪽)

혼인, 또는 혼인을 생각하게 한 동기는 물론 "여기에 있는 나"가 "저기에 있는 세상" 속으로 들어가려는 의지에서 비롯된다. "저기에 있는 세상"은 바로 인간들의 삶과 죽음이 엮어 내는 드라마로 형성된다. 거기에서 사생아는 혼인 등을 통해 출세하기를 꿈꾸는 사람이다. 하지만 유종열의 시도는 다시 실패하고 만다. 전쟁터의 사람들을 찍기 시작한 그의 사진이 점차 모든 인간들을 찍는 데로 확산되었음에도 불구하고 그렇다. 인간을 찍는 그의 사진 작업은 세상 속에 몸담고자 하는 그의 노력이 얼마나 치열한 것인지 짐작하게 한다. 그는 온갖 종류의 사람들의 온갖 종류의 삶을 화면에 담아 내려고 한다.

유 선배의 사진에는 이후부터 과연 끊임없이 사람의 얼굴들이 지나가고 있었다. 어린애로 시작된 사람의 얼굴은 마치 번식력이 좋은 생식세포처럼 여러 가지 모습으로 분열을 계속해 갔다. 유아가 소년으로 소년이 다시 청년과 장년과 노인의 그것으로. 또는 남자와 여자와 부모와 자식들과 배부른 자와 배고픈 자와 병든 자와 건강한 자와 노는 자와 일하는 자와 웃는 자와 우는 자들로……. 그의 화면들이 어느덧 그렇게 삶의 꿈과 희망과 절망들로, 그런 사람들의 삶의 이야기로 채워져 나갔다. (208쪽)

정말이지 유종열은 사람의 삶을 물리적인 삶(어린애에서 노인까지)과 사회적인 삶(부자와 빈자, 노는 자와 일하는 자), 감정적인 삶(우는 자와 웃는 자)까지 모두 카메라에 담고자 한다. 그의 관심은 온통 사람과 사람 사는 세상에 쏠려 있는 것 같다. 그래서 화자는 유종열의 시도가 성공했다고 믿기에 이른다. 유종열은 그 도깨비 같은 시간의 꿈으로부터 살아 있는 사람들의 한가운데로 돌아와, 이제 비로소 사람들과 사람들의 삶의 한가운데로 깊이 섞여 들고 있는 것 같았다. 하지만 바로 그 순간, 화자가 유종열의 성공적인 사회복귀를 믿는 그 순간, 그는 자기 시도의 완벽한 실패를 선언한다. 이번에 그의 실패는 돌이킬 수 없는 것처럼 보인다.

「사람을 찍어도 역시 마찬가지더군. 사진의 사람들은 언제나 저쪽이고 나는 이쪽이거든. 공간이 지워지질 않는단 말이에요.」 (209쪽)

결혼도, 결혼에 따른 사람과의 새로운 해후도, 결혼으로 촉발된 사람 찍기도 유종열과 다른 사람들 사이에 놓인 심연을 메울 수 없었다. 사람들은 그를 비겁한 몽상가쯤으로 여긴다. 결국 그는 사람들 속에서 다시 자신의 섬나라에 좌초하고 만다.

「시간의 문」에서 유종열은 두 번이나 '난파선의 선원'에 비유된다. 하지만 이때의 유종열은 로빈슨 크루소와 같지 않다. '난파선의 선원'인 로빈슨은 섬나라에 좌초해 자신만의 왕국을 꾸미고 성공한 사생아로 사회에 복귀한다. 반면 '난파선의 선원'인 유종열은 섬나라가 아니라 사회에 좌초한다. 그는 사생아의 이력에 발을 내딛기도 전에 실패하고, 자신만의 왕국을 형성하는 섬나라를 갖기에도 실패한다. 이 순간 그는 사생아와 업둥이의 이력 모두에서 실패한다. 그렇기 때문에 현실의 질서를 복구하고자 그가 보여 주는 사생아의 노력의 결과는 다른 사람들의 숨결이 제거된 업둥이의 작품으로 나타날 뿐이다.

> 한 주일 이상이나 방을 비운 채 바다를 갔다 온 그의 모습은 구사일생으로 목숨을 구해 돌아온 난파선의 선원처럼 심신이 모두 지쳐 있었다.
>
> 그러나 그가 하루 만에 금방 뽑아낸 사진들을 보고 나는 그만 어이가 없어지고 말았다. 화면들은 그저 텅 빈 바다뿐이었다. 파도의 바다, 안개의 바다, 섬들이 멀어져 가고 있는 수평선의 바다…… 그저 그런 바다들뿐이었다. (192쪽)
>
> 섬들 사이로 안개 속을 뚫으며 끝없이 바다를 달리고 있을 때 그의 가슴속에선 분명히 그 자기 실종의 황홀한 욕망이 무섭게 부풀어올랐을 터였다. 그는 오랜 소망이 바로 이루어지려는 순간에 무서운 공포를 경험한 게 분명했다. 그리하여 그는 허겁지겁 배를 돌려 시간 속의 실종을 벗어져 나온 것이었다. 그가 난파선의 선원처럼 심신이 지쳐 돌아와 필름의 인화를 서둘러댄 것은 바로 그런 두려움을 씻어내기 위해서였다. 그가 그

바다에서 잃어버린 시간의 흐름을 되찾기 위하여 그리고 그 정지된 시간 속에 길을 잃고 사라진 자신의 소재를 찾아내기 위하여. (193쪽)

유종열이 비록 현실에 뿌리박기에는 터무니없을 정도로 업둥이적 기질이 강하다 할지라도(자기 실종의 황홀한 욕망은 오랜 소망으로 무섭게 부풀어올랐다) 아직 희망은 있다. 그는 난파선의 선원처럼 이 사회로 돌아왔기 때문이다. 일단 사회로 복귀한 유종열은 업둥이의 기질을 거스르며 잃어버린 시간의 흐름을 되찾기 위한 노력, 질서의 회복에 대한 노력을 계속한다. 이후 유종열은 우리가 알다시피 그 노력을 확대시켜 결혼도 하고, 사람을 찍기도 했다. 그의 노력이 성공했더라면 그는 이 사회에 성공한 사생아로 정착했을 것이다. 하지만 그의 노력은 실패로 끝난다. 이제 유종열에게 남은 길은 하나뿐이다—영원히 이 세상에서 나가는 것. 유종열이 다시 바다로 가는 것은 결코 돌아오기 위해서가 아니다. 그는 이 세상에서 영원히 나가 추문 없이 순결하게 탄생하기 위해서 바다로 간다. 그렇기 때문에 그의 마지막 사진은 엄청난 배반이 아니라 순결한 부활을 위한 분명한 자기 확인이다.

「사진을 찍겠다고 거기까지 간 사람이 끝내는 자기 사진기를 버리고 되레 자신의 모습을 찍히게 되었으니…… 유종열 씨가 만약 그것을 알았으면 그 절망이 어쨌을까요.」(239~240쪽)

유종열이 난민들을 찍은 것은 이 세상이 살 만한 가치가 없음을 좀 더 철저히 확인하기 위해서였을 것이다. 이렇게 말해도 된다면,

그는 이 세상에서 영원히 나가는 자신의 모습을 찍히기 위해서 바다로 간다. 그 사진은 사진 취미가 상당히 깊은 일본인 선장이 불현듯 유종열의 마지막 모습을 찍어 두고 싶은 욕망에 사로잡혀 사진기를 찾아 들고 적절한 순간에 적절한 거리에서 찍은 것이다. 이것은 우연일 수 없다. 그는 자기를 제외한 세상 모든 사람들을 이쪽에 두고, 다시 말해 소멸시키고 홀로 다른 쪽으로 간다. 그 순간 그는 태초의 인간이 된다. 모든 인간이 소멸된 세상에서 그만 유일한 존재이고 유일한 의미가 된다. 또한 그 순간 그가 소멸시켜 버린 남은 사람들, 화자와 그의 아내에게서 비로소 그의 실종이 완전하게 이루어진다. 그가 시간을 건너면서 남은 사람에게 문을 닫아 버리고 갔다는 그의 아내의 말처럼, 시간의 문이 그의 뒤에서 닫힌다.

이윽고 나는 여자로부터 다시 사진을 끌어당겨 유 선배의 마지막 모습을 찾는다.

뽀얗게 멀어져 가는 해무의 바다.

그것은 하나의 시간의 소용돌이, 소멸과 탄생이 함께 물결치는 광대무변한 시간의 용광로다. 그 시간의 소용돌이 속으로 방금 한 작은 인간이 까마득하게 자신을 저어 간다.

그런데, 그 사이 내게도 어느새 여자의 심사가 전염돼 온 것인가. 아니면 그 유 선배의 성취가 내게도 그처럼 못 견딜 절망이었을까. 사진의 화면 위에 문득 커다란 맹점(盲點)의 투영이 생기고 있었다. 그리고 홀연 그것 속으로 유 선배의 모습이 사라지고 없었다.

내게서도 마침내 유 선배의 실종이 완전무결하게 이루어진 셈이었다. (243쪽)

정말 유종열은 시간의 문을 영원히 닫고 만 것일까. 그는 어째서 시간의 문을 닫기 위해서 바다로 갔을까. 해무의 바다, 그 바다의 안개 속으로 배를 숨겨 올라가고 있는 듯한 사내의 모습을 담은 그의 마지막 사진은 어머니인 바다와 그 속에서 탄생하는 인간을 상징하는 것이 분명하다.

3.

이제 우리는 유종열로 하여금 현실을 견딜 수 없게 만든 어떤 충격, 정신적 외상의 문제를 생각해야겠다. 그것은 「시간의 문」에 빠져 있는 고리여서 어쩔 수 없이 우리가 추측할 수밖에 없다.

업둥이의 현실은 일반적으로 어떻게 상처받을까? 유토피아의 주제를 생각해 보면, 업둥이가 아직 평화를 누리는 황금시대의 낙원은 철의 시대와 대비해 볼 때 성의 구분도 시간의 법칙도 없는 상태다. 그 속에서 인간은 불사(不死)이며 신과 대등한 존재다. 황금시대는 지복의 시대다. 그런 황금시대가 경작자이며 타산가이고 입법자인 아버지의 지배와 함께 파괴되기 시작한다. 그는 대지-어머니의 배를 가름으로써 여성을 소유하고 땅을 점유하는 데 대한 최고의 판관으로 자처한다. 성인의 문명인 가부장 문명은 모든 폭력과 모든 악의 원천이다. 폭력의 극한 표현인 전쟁을 포함해 현대의 모든 폭력들은 그런 가부장 문명의 표출이다.

업둥이의 낙원은 폭력으로 인해 변질된다. 그는 더 이상 어머니와의 행복한 합일, 죄 없는 근친상간을 꿈꿀 수 없다. 성의 구별을 전제로 하는 탄생의 추문에 반항하고 모든 폭력적인 성인의 문명에 반해

자라기를 거부하는 그는 이 세상에서 살기가 불가능해진다. 그는 패배를 인정하고 현실 속에 살거나 꿈이 삶을 질식시키도록 '다른 쪽'으로 가거나 양자택일해야 한다. 대부분의 경우 사람들은 양다리 걸치기를 하고, 그로 인해 끊임없는 분열의 위협에 시달린다. 돈키호테는 '다른 쪽'을 선택했고, 유종열도 그렇다.

유종열이 처한 현실은 어떻게 상처받은 것일까. 무엇 때문인지 모르지만 유종열은 현실의 무게가 너무 엄청나 감당할 엄두를 내지 못하는 상태다. 그래서 가족의 목가가 무너지는 심각한 위기의 순간에 업둥이가 분열을 모면하기 위해 꿈꾸기를 선택하듯이 유종열도 깨어 있는 상태의 몽상을 통해 자기 실종을 꿈꾼다. 마르트 로베르에 의하면 심각한 위기는 바로 사회적 경험의 시작을 의미하며, 영원성이 시대의 혼란한 현실로 대체되는 것이다. 그것은 업둥이에게 자기 부모보다 더 강한 부모가 존재한다는 깨달음, 추락한 부모 앞에서 느끼는 굴욕감과 실망을 통한 혼란스러운 현실 인식을 통해 야기된다. 유종열에게도 그와 같은 심각한 위기를 유발한 사건이 있을 것이다. 우리는 두 가지 점에 주목한다. 첫째, 유종열이 마음먹고 찍은 '저기에 있는 세상'은 전쟁 상태의 비극적 모습이었고, 그 세상에 사는 사람들은 정처를 잃고 헤매는 난민들이었다. 둘째, 「시간의 문」은 1982년에 발표되었다. 이 두 가지 점이 다음과 같은 유추를 가능하게 한다. '작가는 1982년과 가까운 과거에 전쟁에 비유될 만큼 무자비한 폭력을 경험했을 것이다.'

1980년에 광주에서는 엄청난 비극이 일어났다. 이 땅에 사는 사람들은 다 그렇겠지만, 이 일은 특히 남도 출신 사람들에게 씻을 수 없는 상흔을 남겼음이 분명하다. 더욱이 이청준은 어린 나이에 어머니의 품을 떠나 광주에서 중학교와 고등학교를 다녔다. 그곳은 그에게 예사 도시가 아니라 고향, 어머니 같은 곳이다. 광주에 가해진 폭력은 그 규모나 강도가 상상을 초월하여 거기에 직접 참여하지 않았던 사람들에게도 원죄 의식을 심어 놓았다. 하물며 이청준 같은 작가에게 1980년의 광주는 폭력과 악에 유린된 어머니, 견디기에는 너무 엄청난 무게의 현실이었을 것이다. 이청준은 1980년의 광주를 「시간의 문」에서 전쟁 중인 월남으로 재현한다. 그는 삶의 기원이 치유될 수 없을 만큼 더러워졌고 삶 자체가 저주에 걸린 것처럼 여겨졌을 것이다. 그는 수치스러운 현실과 어떤 방식으로든 타협한 현실적인 사물들과 사람들의 세계에서 등을 돌리고 도피하고 싶었을 것이다. 결국 유종열은 폭력 이전의 상태를 꿈꾼다. 그것은 업둥이가 행하는, 시간을 무화시키는 작업으로, 역사를 창조의 시초까지 역행시키려는 힘겨운 작업이 될 수밖에 없다. 시간을 역행하는 작업은 동시에, 창조의 원점에서 순결한 부활을 가능하게 하는 미래의 시간으로 나아가는 작업이기도 하다.

그보다도 나는 이제 그 편지와 사진의 내력들로 하여 유 선배가 그토록 갈망해 오던 미래의 시간을 분명하게 보게 된 것 같았다. 유 선배는 몸소 그 두꺼운 공간의 벽을 뚫고 넘어가 시간의 문을 붙잡은 것이었다. 그 미래의 시간과 함께 그가 흐르고 있음을 눈과 가슴으로 느낄 수 있었다. (238쪽)

「맞아요. 유종열 씨는 이제 그 자신이 미래의 모습이 되어 간 셈이지요.」 (240쪽)

시간을 역행하는 작업, 시간의 문을 나서고자 하는 작업은 앞서 지적했듯이 개체성과 카테고리들이 무너진 창조의 원점에서 낙원과 함께 상실한 존재의 총체성을 재구성하고자 하는 욕망에 맞닿아 있다. 그것은 플로베르에게서처럼 모든 사고의 '발생'에 대한 형이상학적인 인식과 그 인식을 표출하는 예술 형태로 나타날 수도 있다. 그것은 또한 마르트 로베르의 지적처럼 상식을 벗어난 욕망이다. 이 욕망이 유종열에게서도 나타난다. 시간을 마음대로 조작하여 결국 소멸과 탄생이 함께 물결치는 광대무변한 시간의 용광로 속으로 들어가 버리는 그에게 사진은 플로베르의 글쓰기와 똑같이 기능한다.

> 그의 사진 작업은 그러니까 바로 그의 은밀스런 자기 실종 욕망의 대행 행위라고 할 수 있는 그런 어떤 것이었다.
>
> 그의 사진은 그의 욕망의 표현일 뿐이었다. (193~194쪽)

플로베르의 글쓰기처럼 유종열의 사진이 세계를 지배하고 그를 구원하는 데까지 이르지는 못할 것이다. 글쓰기와 사진은 창조의 측면에서 같은 차원의 예술일 수 없기 때문이다.

마르트 로베르는 소설이 환상을 다루는 두 가지 방식에 대해서 언급했다. 한 가지 방식은 소설적 환상이 전혀 존재하지 않는 것처럼 꾸며 내 하나의 소재를 있는 그대로 취해서 마치 그것이 인생의 한 단면이거나 인생을 사실적으로 비추는 거울인 양 제시한다. 이럴 경우 작품은 사실주의적이거나 자연주의적인 것으로 간주된다. 다른 한 가지 방식은 환상을 자신의 주요 저의처럼 과시하는 경우인데, 소설을 형태와 형상의 유희에 지나지 않는 것으로 제시함으로써 책임지고 싶지 않은 의무에서 벗어난다. 이런 작품은 몽환적이고 환상적이며 주관적이고 상징적인 것으로 간주된다. 첫 번째 방식은 환상을 감추는 데 온갖 정성을 기울임에 따라 보다 더 철저하게 속이는 경우로 사생아의 방법이다. 물론 두 번째 방식은 업둥이의 방법이다. 사진은 환상을 다루는 두 가지 방식 중 사실주의적인 방식, 즉 사생아의 방식에 가장 완벽하게 들어맞는다. 업둥이인 유종열은 결국 '다른 쪽'으로 갈 때 사진기와 사진을 버리고 갈 수밖에 없다. 하지만 적어도 한 가지 점에서 사진은 그에게 구원의 길을 제시한다. 유종열이 찍힌 마지막 사진은 그가 시간의 소용돌이 속으로, 시간의 시원으로 돌아갔음을 증언한다. 그 사진은 추상적인 창조의 원점을 뽀얗게 멀어져 가는 해무의 바다라는 구체적인 시각적 이미지로 훌륭히 재현함으로써 머지않아 유종열이 그 바다에서 탄생할 것을 강하게 암시한다. 한마디로 유종열은 그 자신이 미래의 모습이 되어 간 셈이다.

「그럼, 이제 우리도 그만 일어나 볼까요. 전 집에 아이가 기다리고 있어서요.」(244쪽)

구원은 그 아이, 새롭고 순수한 세계에서 다시 태어난 아이에게서 비롯될 것이다. 하지만 화자가 대변하는 이쪽에 있는 사람들은 구원이 사실성의 확인 위에 있다고 주장한다.

— 미래라는 것이 아무리 무섭고 절망스럽더라도 당신은 그럴수록 그것을 자세하게 찍어내어 그 사실성의 확인 위에서 미래의 구원을 찾아야 했어요.

내가 언젠가 유 선배에게 지껄인 말이었다. 이제 와서 나는 미래의 참모습이 정말로 그런 것일 수는 없을 것 같았다. 유 선배가 비록 그것을 인간의 미래로 보여 주려 했다 해도 나는 이제 막상 승복하기가 어려웠다. 거기엔(유작 사진들) 구원의 빛이 안 보였다. (212~213쪽)

유종열의 유작 사진들은 화자가 미래의 참모습을 보여 주는 것으로 해석하는 것과 달리 폭력으로 얼룩진 현실만을 보여 준다. 그 사진들은 미래가 아니라 현실의 모습, 그가 나가려는 이 세계의 모습을 담고 있기 때문에, 그 속에 미래를 위한 구원의 빛이 보이지 않는 것은 당연하다. 유종열에게 무섭고 절망스러운 것은 미래가 아니라 현실이다. 그 사실성의 확인 위에서 파악된 현실은 치유 불가능할 정도로 상처 입었다. 구원의 싹은 그런 현실에 있지 않다. 구원은 현실에 대한 단순한 사실성의 확인과는 다른 모색이 가능한 다른 쪽에 있다. 구원을 위해서는 로빈슨 크루소의 무인도처럼 새롭고 순수한 세계가 반드시 필요하다. 그곳에서 모든 죄악을 씻고 무구하게 태어나는 인간에게서만 구원은 시작될 수 있다. 그렇기 때문에 사람끼리 부딪치는 이 세계에 그대로 몸담았을 때 비로소 구원이 가능하다고 생각하는 나의 주장은 공허하다. 「사라진 밀실을 찾아서」(『사라진 밀실을 찾아서』, 월간에세이, 1994)에서 이청준이 하는 말을 빌리자면, 광장에서의 삶은 밀실 속으로 자기 실종을 거친 뒤에야 가능하다. 개인의 밀실이 간직되지 못한 삶은 참 자아의 모색과 창조가 어렵기 때문이다. 밀실은 자기 격리와 침잠, 그리고 즐거운 상상(상념)과 창조의 공간이다. 밀실은 어머니의 뱃속, 어머니의 탯속 같은 곳이다. 하지만 이청준은 사람이 자신만의 삶과 꿈이 숨쉬고 자라 온 곳, 어디보다도 자유로운 상상과 창조의 드넓은 밀실에 언제까지 숨어 살아갈 수 없다는 것을 안다. 그럴 수 있는 사람이라면 자폐증 환자나 병적인 몽상가들일 것이다. 정상적인 성인의 세상살이를 위해 누구나 언젠가는 밝고 넓은 바깥세상으로 그 밀실을 나와야 한다. 작가의 이러한 삶의 인식 때문에 자기 실종은 단순히 업둥이적인 도피로 끝나지 않는다. 「시간의 문」에서 유종열의 실종도 마찬가지다. 그의 실종은 '여기에 나, 저기에 세상'이라는 업둥이의 도식을 확인하는 데 그치지 않는다. 그의 실종은 하나와 전체의 구분이 불가능한 혼돈 속으로 도피하는 것이 아니다. 그것은 하나가 이 세상에서 창조의 주체자라는 자아의 독자성을 잃지 않으면서 다른 사람들과 조화롭게 더불어 살기 위해 반드시 거쳐야 할 시련의 과정이라 할 수 있다. 그것을 훌륭히 수행해 냈을 때, 비로소 유종열은 이 사회에 성공적으로 복귀할 것이다.

사람은 누구나 그 스스로 창조의 주체자로서의 독자적 세계일 수 있으며 그것을 꿈으로 이루어 나가는 데서 그의 존엄성이 터를 잡고, 어우러짐과 섞임의 세상살이 가운데에도 거기에 근거하여 그의 그다운 값을 힘 있게 실현하고 싶어 한다. 그리고 그 같은 그만의 세계는 그만의 밀실에서부터 첫 싹이 움트고 자라 가기 시작한다.

그런 뜻에서 그 밀실은 이미 저 유년 시절과 같은 아늑한 꿈의 보금자리가 아니다. 꽃빛이 아름답고 새소리가 낭랑한 휴식처, 안식지는 더더욱 아니다. 그것은 이제 오히려 끊임없는 자기 변혁과 거듭나기를 향한 삶의 혹독스러운 담금질이 행해져야 하는 곳이다. 용맹정진 중인 선승의 토굴 도량과도 같은 참담한 자기 성찰과 인내의 괴로운 고문실인 것이다.

「시간의 문」에서 유종열이 돌아간 곳도 행복한 에덴, 휴식처, 안식지가 아닐 것이다. 그곳은 분명 아기장수의 무덤처럼 거듭나기의 장소로 자기 변혁을 위한 혹독한 담금질이 요구되는 고문실이다. 철의 시대에 사는 우리들은 자서전 쓰기 같은 참담한 자기 성찰과 인내 없이 어느 누구도 재생할 수 없다. 사실 이제 낙원은 현실과 상상 속에서 모두 사라진 것 같다. 그렇기 때문에 우리는 낙원의 회복을 꿈꾸기보다 낙원의 기억을 잃지 않은 채 현실에 제대로 뿌리내리려고 노력해야 한다. 그러나 어떻게? 「시간의 문」은 우리에게 이 힘든 과업의 완수를 위한 하나의 진지한 모델을 제시한다.

섬 속의 섬

—「이어도」

긴긴 세월 동안 섬은 늘 거기 있어 왔다.

그러나 섬을 본 사람은 아무도 없었다.

섬을 본 사람은 모두가 섬으로 가버렸기 때문이었다.

아무도 다시 섬을 떠나 돌아온 사람이 없었기 때문이었다.

1.

긴긴 세월 동안 섬은 늘 거기 있어 왔다. 「이어도」는 이어도의 분명한 실재를 말하면서 시작된다. 이어도의 실재는 의심할 여지가 없다. 그런데도 「이어도」의 작중 인물들이나 독자들은 이어도의 실재를 확신하지 못한다. 섬을 본 사람이 아무도 없었기 때문이다. 목격자가 없는 섬의 실재는 증명하기가 불가능하다. 섬은 현실에서 사실상 부재하지만 섬을 본 사람은 모두 부재하는 섬으로 가버렸다. 섬은 부재하지만 실재한다. 아니, 섬은 부재해야만 실재하는 듯하다.

섬으로 가버린 사람들이 다시 돌아오지 않았기 때문이다. 이렇게 정리해 보자. '섬은 현실에 부재해야만 실재한다.' 그렇다면 섬은 현실이 아닌 다른 차원에 있다는 말인가? 차안(此岸)에 제주도가 있다면 피안(彼岸)에는 이어도가 있다? 그럴듯하다. 그래서 제주도 사람들은 이어도를 구원의 섬이라 부르는가 보다.

> 그것(이어도)은 이를테면 오랜 세월 동안 이 제주도 사람들의 입에서 입으로 이야기가 전해 내려온 전설의 섬이었다. 천리 남쪽바다 밖에 파도를 뚫고 꿈처럼 하얗게 솟아 있다는 제주도 사람들의 피안의 섬이었다. 아무도 본 사람은 없었지만, 제주도 사람들의 상상의 눈에선 언제나 선명한 모습을 드러내고 있는 수수께끼의 섬이었다. 그리고 누구나 이승의 고된 생이 끝나고 나면 그곳으로 가서 새로운 저승의 복락을 누리게 된다는 제주도 사람들의 구원의 섬이었다. (65~66쪽)

이어도는 전설의 섬, 피안의 섬, 상상의 눈에 보이는 수수께끼의 섬, 한마디로 구원의 섬이다. 섬을 기다리는 것은 구원을 기다리는 것이고, 섬을 찾는 것은 구원을 찾는 것이며, 섬으로 가는 것은 구원된 것이다. 「이어도」의 중심은 구원에 대한 문제다. 그것은 '부재와 실재', '사실과 환상', '현실과 꿈' 등 여러 가지로 표현될 수 있는 현실에서의 초월에 관한 문제다. 이어도가 죽어야만 갈 수 있는 섬이라면 현실에서 구원은 불가능하다. 그럴 때 현실은 다음 세상으로 가기 위해 견뎌야 하는 질곡일 뿐이다. 이것이 바로 천남석 기자가 이어도의 꿈이 섬 사람들의 현세의 생활을 간섭한다고 못마땅해하는 이유다. 하지만 구원은 정말 죽어야 가능한 것일까? 구원의 섬인 이어도는 죽음의 섬의 다른 이름인가? 「이어도」를 지배하는 것이 그처럼 비극적인 세계관이란 말인가?

2.

「이어도」의 인물들 중에서 이어도의 부재를 믿는, 사실과 현실의 축에는 오직 선우현이 있다. 반면 이어도의 실재를 믿는 환상과 꿈의 축에 천남석, 양주호, 술집 '이어도'의 여자를 포함한 제주도 사람들이 있다. 두 축의 사람들은 천남석 기자의 실종이라는 하나의 사실에 대해서 뚜렷한 해석의 차이를 보인다. 사실 선우현과 양주호는 천남석이 자살했을 거라는 동일한 추측을 한다. 「이어도」는 그가 왜 자살했을까, 이 수수께끼를 풀어 가는 과정이다. 선우현과 양주호는 바로 여기에서, 즉 수수께끼의 출발점이 되는 천남석의 자살 동기에 대해서 완전히 대립되는 입장에 선다.

선우현은 천 기자가 섬을 찾지 못한 데 실망해서 자살했을 것이라고 생각한다. 반면 양주호는 섬의 부재 확인이 천 기자의 자살 원인이지만, 그가 섬을 찾지 못한 데 만세를 불렀을 거라고 생각한다. 답은 둘 중 하나다. 우리는 누구를 믿어야 할까. 작품을 해석하는 독자의 입장에서 볼 때, 우리는 선우현과 양주호 중에서 누가 믿을 만한 인물인가를 결정해야 한다. 그러기 위해 두 사람을 비교해 보자. 두 사람의 가장 큰 차이는 한쪽이 오직 사실만 믿는 데 반해 다른 한쪽은 허구, 꿈을 믿는다는 점이다.

보다 중요한 것은 그 사실 자체였다. 무슨 일에 대해서나 명확한 사실을 근거로 해야 하는 선우 중위의 사고방식은 그것이 곧 그의 주장이자 공인다운 미덕이었다. 사실에의 봉사는 언제나 중위를 즐겁게 했다. 사실을 밝혀야 했다. 그는 적지 아니 사명감마저 느끼고 있었다. 사실을 알지 못하면 천 기자의 자살은 믿을 수 없었다. (75쪽)

(선우현) 「전 사실을 볼 수가 없었으니까요. 사실의 확인 없이 그의 자살을 믿어 버릴 수는 없는 일 아닙니까?」
(양주호) 「하지만 이번 경우는 그 사실이라는 걸 단념하십시오. 사람들은 때로 사실에서보다는 허구 쪽에서 진실을 만나게 될 때가 있지요. 그런 때 사람들은 그 허구의 진실을 사기 위해 쉽사리 사실을 포기하는 수가 있습니다. 꿈이라고 해도 아마 상관없겠지요. 천남석이 이어도를 만난 것도 아마 그 사실이라는 것을 포기했을 때 비로소 가능했을 것입니다. 그가 주변의 가시적 현실을 모두 포기해 버렸을 때 그에게 섬이 보이기 시작했단 말입니다. 당신도 아마 그것을 포기하고 나면 보다 쉽게 천남석의 자살을 믿을 수가 있게 될 겁니다. 그리고 아마 어젯밤부터 내가 당신한테 뭔가 해드리고 싶은 일이 있었다면 당신에게서 바로 그 사실에 대한 집착이나 욕망을 포기시키는 일이었을 겁니다.」 (121쪽)

「이어도」는 앞서 보았듯이 부재가 실재이고 실재가 부재인 관계와 그것을 통한 구원을 말하는 소설이다. 이어도는 사실을 포기했을 때 보이는 섬이다. 그러니까 이어도는 가시적인 제주도의 보이지 않는 겹이라고 할 수 있다. 우리는 확실한 사실만을 신봉하는 선우현을 믿을 수 없다. 만일 그를 믿는다면 더 이상 소설을 읽을 필요가 없다. 소설은 꿈을 말한다. 이상이라고 해도 좋고 구원이라고 해도 좋다. 소설은 철저히 현실에 기반을 둔 사실주의 소설일지라도 꿈, 이상, 구원을 떠나서 존재할 수 없다. 더구나 현실에 부재하는 구원의 섬에 대한 소설에서 믿을 수 있는 인물로 선우현을 설정할 수는 없다. 우리는 양주호를 믿기로 한다.

천남석은 이어도를 찾지 못하자 안심하고 자살한다.

3.

천남석은 어째서 섬을 발견하지 못하자 쾌재를 불렀을까? 그 대답은 천남석이 선우 중위네 작전을 망쳐 놓았고, 그 작전에서 섬을 구해 냈다는 양주호의 말에서 찾을 수 있다. 천남석은 이어도를 현실에서 찾으려는 섬 수색 작전을 망쳐 놓았다. 그는 처음부터 섬을 찾으려는 생각이 없었을 것이다. 알다시피 섬이 현실에 실재한다면 구원은 부재할 것이기 때문이다.

중위는 사실을 따라 말한다. 그가 확인한 것은 이 세상엔 이어도라는 섬이 존재하지 않는다는 사실이다. 작전의 목적은 섬의 실재 여부를 확인하는 것이고 작전의 결과는 섬이 실재하지 않는다는 것의 확인이었다. 그것은 천남석도 확인한 사실이다. 그런데도 그가 섬을 중위네의 작전에서 구해 냈다는 것은 무슨 의미일까? 단순히 섬의 현실 부재 증명을 말하지는 않을 것이다. 천남석이 이어도의 부재를 확인하고, 살아서 선우현과 제주도로 돌아왔다면? 그는 이어도를 만나지 못한 것이다. 그럴 경우 이어도는 현실에 부재하는 전설의 섬에 불과할 뿐 구원의 섬이 아니며 천남석은 섬을 구해 낼 수 없었을 것이다. 이어도가 부재하는 실재라는 것이 확인되지 않았을 테니까 말이다. 중요한 것은 천남석이 이어도의 부재를 확인한 후 실종되었다는 점이다. 섬은 부재하는 동시에 실재하고 부재해야만 실재한다. 천남석의 실종은 이어도가 현실에 부재하는 동시에 존재한다는 것을 증명한다. 그가 사라졌다는 것이 그 증거다. 천남석은 섬의 부재를 확인하는 순간 섬을 만난다. 그리고 누구나 그랬듯이 섬으로 가버린다. 그는 이어도를 보았기 때문에 그곳으로 갈 수밖에 없다. 우리는 그의 실종으로 인해 부재하는 이어도의 실재를 믿게 된다. 그가 이어도를 구해 낸 것이다.

천남석은 이어도를 만나서 그곳으로 가버렸다. 이어도를 만난 사람은 정말 모두 현실에서 그 소재를 지워 버려야 하는 것이 타당한지 모르겠다. 삶의 지속을 불가능하게 만드는 것은 구원이 아니다. 우리는 어쨌든 현실의 삶을 계속해야 한다. 천남석의 말처럼 현실을 담보로 하거나 현실을 압살하는 구원은 구원이 아니다.

그런데 언제부턴가 이 제주도 사람들 사이에선 또 그 죽음의 섬을 이승의 생활 속에서 설명하려는 망측스런 버릇들이 생기고 있었던 것 같아요. 유식한 말로 이어도의 꿈이 있기 때문에 현세의 고된 질곡들을 참아 낼 수 있었다는 것이지요. 언젠가는 그 섬으로 가서 저승의 복락을 누리게 된다는 희망 때문에 이승에선 어떤 괴로움도 달게 견딜 수가 있노라고 말입니다. 죽음의 섬이 마침내 구원의 섬이 된 것이지요. 그리고 그런 식으로 이 섬은 이승에 살고 있는 사람들의 현세의 생활까지 염치없게 간섭을 해오고 있는 꼴이지 뭡니까. (70~71쪽)

우리가 인간인 한 구원은 현실 속에서 이루어져야 한다. 이어도는 제주도 사람들의 현세적 삶의 한 방식이지만 천남석이 생각하듯이 그 삶을 단순히 간섭하는 데 그치지 않는다. 이어도와 제주도는 한 섬이 다른 섬을 간섭할 정도로 분리되어 있지 않다. 두 섬은 동전의 앞뒤처럼 하나다. 제주도는 늘 이어도가 실제로 살아 숨쉬고 있는 섬이다. 우리는 앞서 「이어도」의 중심은 구원에 관한 문제이며, 그것은 '부재와 실재', '사실과 환상', '현실과 꿈' 등 여러 가지로 표현할 수 있는 현실에서의 초월의 문제라고 생각했다. 이제 그것을 조금 수정해야겠다. '부재와 실재'가 아니라 '부재 속의 실재', '사실과 환상'이 아니라 '사실 속의 환상', '현실과 꿈'이 아니라 '현실 속의 꿈'으로, 현실에서의 초월이 아니라 현실 속의 초월로. 구원은 사실의 배면에 존재하는 '허구의 진실'을 볼 수 있을 때 가능하다. 사실에의 지나친 경도는 허구의 진실을 압살한다. 그래서 밀감밭처럼 무성해져 가는 섬 사람들의 각성은 이어도를 "허무한 꿈"으로 만든다.

이어도는 제주도라는 섬 밖의 어딘가에 존재하는 섬이 아니라 제주도 안에 있는 섬이다. 더 정확히 말한다면 제주도와 이어도는 한치도 어긋나지 않게 겹친다. 제주도 속에 이어도가 있고 이어도 속에 제주도가 있다. 두 섬은 차안과 피안으로 나뉘지 않는다. 두 섬은 같은 차원에 있다. 단지 한 섬의 모습이 실재할 때 다른 섬은 그 뒤로 숨을 뿐이다.

4.

이제 이어도를 만난다는 것이 무엇인지, 왜 그것이 구원인지 알아보자.

「이어도」에는 현실에서의 이어도와의 만남을 형상화하는 구체적인 장면이 있다. 천남석의 이야기를 통해 알 수 있는 그의 아버지와 어머니의 합일이 그것이다. 이 장면은 뒤에 술집 '이어도'의 여자와 선우 중위의 합일로 반복된다.

어린 시절 천남석의 어머니는 부재하는 아버지를 기다리며 늘 이어도의 노래를 불렀다. 어머니는 아버지가 돌아오면 이어도의 노래를 씻은 듯이 잊어버렸다. 그 노래가 다시 들린 것은 깜깜한 밤중이었다. 그때 어머니는 이어도를 정말 만나고 있는 것 같았으며, 그때 이어도의 노래는 부재하는 아버지를 기다리며 부르는 노래보다 훨씬 간절하고 안타까웠다.

> 하지만 언제부턴가 소년은 그것이 바다 울음소리나 밤바람소리가 아니라는 것을 알고 있었다. 깜깜한 어둠 속에서 어머니가 다시 그 간절한 이어도의 곡조를 참지 못하는 소리였다. 그리고 그런 때의 어머니의 소리는 생시보다도 더욱 간절하고 안타까운 느낌이 드는 것이어서, 어머니가 꿈결 속에서 정말로 그 이어도를 만나고 있는 것 같은 느낌이 들곤 했다. (91쪽)

부재하는 아버지가 실재할 때, 어머니는 이어도를 만난다. 그러나 이어도와의 만남은 깜깜한 밤, 꿈결 속에서다. 생시는 꿈결 뒤로 숨는다. 그때 부르는 이어도의 노래는 더욱더 간절하고 안타깝다. 밤이 지나고 꿈이 깨면 이어도는 다시 부재할 것이다.

부재하는 아버지, 그는 어머니에게 이어도다. 그래서 기다림이 간절할수록 어머니는 이어도의 노래를 극성스럽게 부른다. "이어도여.

이어도여, 천가여, 천가여, 어디에 있나, 어디에 있나." 어머니에게 아버지와의 만남은 곧 이어도와의 만남이다. 그것은 현실을 초월한 구원이 아니라 현실 속의 구원이다. 그러나 한 섬이 실재하면 다른 섬은 부재할 수밖에 없다. 어머니는 깜깜한 밤, 꿈결 속에 이어도를 만난다. 구원은 그런 것인가.

술집 '이어도'의 여자는 누구인가.

'이어도'에서는 누구든지 '이어도'의 여자와 사랑을 할 수 있다. 또 '이어도'에서는 한 여자를 여러 사내가 사랑해도 허물이 되지 않는다. 그들은 그 여자와 노래도 부르고 사랑도 하면서 매일을 살아간다. 모든 사내가 사랑할 수 있고 모든 사내를 품는 구원의 여자, 그녀가 바로 이어도다. 그래서 선우 중위는 그 여자를 보았을 때 이어도는 사람을 홀린다는 천남석의 말을 떠올리며, 작가 또한 그녀를 이어도로 표현한다.

> 그런데 바로 그 이어도가 이번에는 우연히나마 그 천남석 기자의 죽음을 좇게 된 선우현 중위에게까지 엉뚱스러운 마력을 뻗치기 시작한 것일까. (104쪽)

선우 중위에게 '이어도'의 여자는 이어도이면서 천남석의 어머니이기도 하다. 그녀는 말없이 그저 모든 것을 견디면서 기다리고, 그리고 기다리면서 견딘다. 그녀는 선우 중위의 말처럼 제주도 자갈밭에서 죽을 때까지 돌을 추리던 여자다. 그래서 천남석은 잠자리에서 이어도의 노랫가락을 읊조리도록 그녀를 길들이고, 그녀는 중위를 받아들일 때 이어도의 노래를 부른다.

천남석의 어머니도 남편이 수평선을 넘어오는 날이면 비로소 그 걱정스런 밤의 어둠 속에서 이어도를 만나곤 했다던가. (106쪽)

지금 '이어도'의 여자는 이어도를 만나고 있다. 그녀는 선우 중위를 만나기 이전 천남석에게서 이어도를 만났을 것이다. 이것이 '이어도'의 여자가 천남석의 어머니와 다른 점이다. 그녀는 천남석이 사라졌어도 "천가여, 천가여", 이어도를 부를 필요가 없다. 자기 사내인 천남석이 다시 섬으로 돌아오지 못하게 되었을 때, 그 소식을 가지고 오는 남자에게 옷을 벗도록 길들여졌기 때문이다. 여자는 새로운 남자로 인해 적어도 옛날 천남석의 어머니처럼 되지는 않을 것이다. 여자에게 중요한 것은 사내가 아니라, 부재하며 실재하는 이어도, 이어도의 꿈이기 때문이다.

천남석의 아버지나 천남석은 여자들과 달리 현실 속에서 그들의 이어도를 만날 수 없었던 것 같다. 어쩌면 그들은 허구가 사실의 배면에 다름 아니라는 것을 알지 못했거나 믿을 수 없었을 것이다. 그런 그들은 여자들이 사내들에게서 그 사내들의 섬을 만나고 있을 때, 여자들에게서 그 여자들의 섬을 보지 못했을 것이다. 그런데 어느 날, 천남석의 아버지가 어딘가에서 이어도를 만났다.

— 나 이어도를 보았네. (93쪽)

— 파도 위로 하얗게 떠올라 있는 섬, 그건 이어도가 틀림없었다네. (94쪽)

우리는 그가 어디에서 이어도를 만났는지 모른다. 단지 그가 이어도를 만났고, 이어도를 만난 사람이면 누구나 그러하듯이 이어도로 떠나 버린 것을 알 뿐이다. 섬을 본 사람은 모두가 섬으로 가버렸다. 아무도 그 섬을 떠나 다시 돌아오지 않았다. 이처럼 이어도는 구원의 섬이지만 현실에서 자기 소재를 지우게 만드는 섬이기도 하다. 그래서 우리는 천남석의 황홀한 절망에 대한 양주호의 말에 동의한다.

「하지만 천 기자는 막상 그가 바랐던 대로 이 세상엔 정말 이어도라는 섬이 실재하고 있지 않다는 사실이 확인되고 난 순간에 오히려 그 섬을 보게 된 것입니다. 그건 참으로 무서운 절망이었을 겁니다. 그는 섬을 찾지 못해서가 아니라 거꾸로 그 섬을 만났기 때문에 절망을 했을 거란 말입니다.」

「…….」

「아 그야 물론 그가 본 이어도 역시 실재의 섬은 아니었겠지요. 오랫동안 이 섬에 살아온 이어도란 원래가 그 가상의 섬이 아니겠습니까. 천 기자가 본 이어도 역시 그런 가상의 섬이었습니다. 하지만 어쨌든 천 기자는 그때 문득 그 이상스런 방법으로 자기의 섬을 보게 되었고, 그래서 그는 오히려 절망을 하고 만 것입니다……. 하지만 그건 참으로 황홀한 절망이었을 겝니다.」 (83쪽)

구차한 현실에서 자기를 실종시켜 구원의 섬으로 가려는 욕망은 황홀하지만 무섭다. 그 욕망이 실현되려는 순간 천남석이 맛보는 것은, 자기 실종이 당위로 다가온 데 대한 황홀한 절망일 것이다.

5.

변하지 않는 진실은 이어도가 구원의 섬이라는 점이다. 「이어도」에서 구원의 섬 이어도는 몇몇 변주를 통해 구현된다. 술집 '이어도'도 그곳의 여자처럼 그중 하나다. 이어도는 이어도다. 무슨 동어반복이냐고? 섬 이어도는 술집 '이어도'다. 작가는 독자를 배려해 이름조차 바꾸지 않았다. 그뿐 아니다. 총 7장으로 구성된 이 소설의 3장은 처음부터 끝까지 술집 '이어도'로 채워진다. 3장은 「이어도」라는 세계의 한가운데 있는 섬인 것 같다. 그 섬으로 양주호와 선우현이 들어간다. 양주호는 그곳에 들어서면서 그 이어도와 '이어도' 술집조차 잘 구별을 하지 않은 채 이렇게 말한다.

— 우린 날마다 이 이어도를 찾아옵니다. 하루라도 이어도를 찾아오지 않으면 못 사니까요. 이어도를 찾아와서 술을 마시고, 이 이어도 여자와 노래도 부르고 사랑도 하면서 하루하루씩을 더 살아갑니다.
— 선우 선생, 오늘 저녁엔 선생도 나와 함께 이어도를 오신 겁니다. (74쪽)

양주호가 우리라고 부르는 사람들을 확대시키면 제주도 사람들이 된다. 이어도는 그들을 살아가게 하는 힘이다. 술집 '이어도'가 이어도인 증거는 또 있다.

양주호를 따라 '이어도' 문을 들어서면서 선우 중위는 자신이 마치 진짜 그 저승의 섬에라도 들어서고 있는 것 같은 이상스런 요기마저 느끼고 있었다. (75쪽)

'우리'를 살아가게 하는 힘인 이어도는 다시 한 번 저승의 섬이다. 이어도는 구원의 섬인 동시에 죽음의 섬이다. 그렇기 때문에 이어도는 실재하면서 부재한다. 부재하면서 실재하는 모든 섬은 이어도다. 천 기자가 파랑도를 늘 이어도라고 부른 이유가 이것이다. 하지만 한 가지 이상한 점이 있다. 이어도가 죽어야 가는 구원의 섬이라면, 술집 '이어도'와 3장이 그 섬의 변주라면, 그 섬으로 들어간 양주호와 선우현은 돌아올 수 없다. 이어도를 본 사람은 모두 이어도로 가버리고 다시는 돌아오지 않기 때문이다. 그런데 그들은 4장에서 이어도를 나선다. 특히 양주호는 날마다 이어도에 갔다 돌아온다. 그는 매일 죽고 다시 살아나는 꼴이다. 이것을 어떻게 해석해야 할까.

천남석은 이어도로 갔다. 말을 바꾸면 그곳이 어디든 천남석이 도달한 곳이 바로 이어도다. 우리는 그의 아버지가 가버린 이어도가 어디 있는지 모르듯이 천남석의 섬도 어디 있는지 모른다. 사실 이어도는 현실 어디에도 없는 곳이다. 그런 이어도로 간 천남석의 아버지는 다시 돌아오지 않았지만 천남석의 시신은 제주도로 귀환한다.

그러던 어느 날 아침이었다. 밤사이 바닷가에 불가사의한 일이 한 가지 일어나 있었다. 천남석이 마침내는 자기의 섬을 떠나 이어도로 갔을 거라던 양주호의 말이 사실이 아니었을까. 아니 그 양주호의 말이 사실이라 해도 천남석 자신은 그 사나운 폭풍우 속에서 끝끝내 그 이어도엔 도달할 수가 없었거나, 그것도 아니면 그가 그토록 떠나고 싶어 했던 이 섬을 거꾸로 이어도로나 착각한 것이었을까. 이어도로 갔다던 천남석이 동지나해에서 그 밤 파도에 밀려 홀연히 다시 섬으로 돌아와 있었

던 것이다. 기이한 일이었다. (123쪽)

작가는 짐짓 딴청을 부리지만 우리는 알고 있다. 천남석은 이어도에 도달했다. 그가 제주도로 돌아온 것은 전혀 기이한 일이 아니다. 제주도가 이어도이고 이어도가 제주도이기 때문이다. 섬이 섬 안에 살아 숨쉬는 것을 알면서도 섬이 섬 밖에 있다고 믿었던 사람들은 죽어서 섬으로 돌아올 수밖에 없다. 섬 안의 섬을 보고, 그 섬을 몸으로 사는 사람들만 살아서 두 섬을 넘나들 수 있다. 양주호와 '이어도'의 여자가 그들이다. 그들은 매일 이어도에 갔다 돌아온다.

이어도는 가시적인 현실 뒤에 숨어 흐르는 힘이다. 그것을 무엇이라 불러도 좋다. 그것 없이 현실의 삶은 계속될 수 없다. 삶을 움직이는 것은 바로 그것이다. 마찬가지로 그것은 삶을 통해서만 살아 숨쉴 수 있다. 삶이 없으면 그것은 자신의 부재하는 실재성을 드러낼 수 없다. 구원의 섬은 섬 속에 있다.

인문주의자 민태준 씨의 종생기

—「매잡이」

좋은 글은 읽는 이에게 의문을 남긴다. 대부분의 경우 글에 대한 본격적인 이해는 그런 의문들에서 출발한다. 「매잡이」도 그렇다. 민태준이 남긴 '비망록'은 무엇인가? 곽 서방과 민태준 등 글 속에서 사라진 사람들은 어디로 갔을까? 그들은 왜 사라지는가? 민태준은 누구인가? 소설가인가? 무엇보다 이 소설은 왜 이리 복잡한가? 단순히 '매잡이'를 그리기 위해서 세 편의 소설이 필요했단 말인가? 세 「매잡이」들의 관계는? 이 소설의 진정한 주인공은 매잡이 곽 서방인가? 두서없는 의문이 꼬리를 문다. 성실한 독자라면 이런 의문을 그냥 지나치지 말아야 한다. 그렇다고 의문을 해결하기 위해 서두를 필요는 없을 듯하다. 더욱이 어려운 이론의 도움은 학술 논문을 목적으로 하지 않는 한 필수적이지 않다. 좋은 소설에 대한 올바른 이해는 그냥 공감하는 몇 번의 꼼꼼한 독서로 충분하다는 생각이 든다. 책읽기의 이런 느린 과정 끝에 의문에 대한 답이 있을 것이다.

1.

「매잡이」는 제목만 생각할 때 매잡이 곽 서방에 대한 소설이어야 한다. 하지만 문제는 단순하지 않다. 같은 제목의 글이 무려 세 편이나 쓰였기 때문이다. 많은 평자들의 의견처럼 「매잡이」는 현대 사회에서 사라져 가는 풍속과 그것을 둘러싼 사람들의 존재 양태를 그린 것 같다. 그러기 위해서라면 한두 편의 소설로 충분하지 않을까. 물론 실제로 우리가 접하는 소설은 이청준이 쓴 「매잡이」 단 한 편뿐이다. 그런데 그 한 편이 세 편의 소설로 이루어진 매우 복잡한 구조를 보인다. 어쩌면 「매잡이」는 곽 서방과 더불어, 곽 서방을 통해서, 또는 곽 서방을 넘어서 다른 무엇을 말하려 한 것인지도 모른다. 「매잡이」의 진정한 주인공은 곽 서방이 아닐 수도 있다.

먼저 매잡이 곽 서방에 대해서 살펴보자. 세 편의 소설 「매잡이」가 모두 곽 서방에 대한 것은 아니다. 곽 서방에 대한 글은 민태준의 소설 「매잡이 1」과 우리가 부분적으로 접할 수 있는 소설, 즉 「매잡이 3」 속에 일부분만 들어 있는 '나'의 소설 「매잡이 2」다. 「매잡이 1」은 '나'라는 화자 민태준의 눈을 통해 본, 민태준이 서술하는 1인칭 시점의 곽 서방에 대한 소설이며, 「매잡이 2」는 3인칭 시점의 곽 서방에 대한 소설이다. 반면 「매잡이 3」은 소설가 '나'가 화자로, 나를 통한, 내가 서술하는 민태준에 대한 소설이다.

3인칭 시점과 1인칭 시점의 가장 큰 차이는 객관성과 주관성일 것이다. 1인칭 시점의 경우, 서술에는 어쩔 수 없이 화자의 해석이 들어갈 수밖에 없다. 시점만으로 볼 때 세 「매잡이」 중에서 구조적으로 유사한 것은 「매잡이 1」과 「매잡이 3」이다. 「매잡이 1」과 「매잡이 2」의 완전한 형태를 알 수 없으므로 비교 가능한 형태적 요소는 시점

뿐이다. 사실 '나'는 이미 객관적 시점으로 곽 서방에 대해 썼기 때문에 새삼 그에 대해 새로운 글을 쓸 필요를 느끼지 않는다. 꼭 그럴 필요가 있었다면 곽 서방에 대해 '나'의 해석이 들어간 1인칭 시점의 글을 써야 했을 것이다. 그런데 '나'는 새로 쓴 「매잡이 3」에서, 곽 서방에 대해서는 이미 쓰인 「매잡이 2」를 직접 인용하는 데 그친다. 이제 분명하다. '나'는 곽 서방에 대해서 더 이상 쓸 것이 없다. '나'는 곽 서방이 아니라 다른 사람에 대해 말하기 위해 「매잡이 3」을 쓴 것이다. 앞서 「매잡이 3」이 '나'를 통한 민태준의 이야기라고 말한 것은 「매잡이 3」의 주인공이 곽 서방이 아니라 민태준이기 때문이다. '나'는 민태준을 그리기 위해 새로운 소설을 쓸 수밖에 없다. 그런데 사실 '나'는 처음부터 그에 대한 글을 쓰고 싶었다.

> 나는 애초 매잡이 사내의 죽음을, 민 형의 죽음을 중심으로 한 소설 계획 속에 함께 관련지어 넣으려 생각했다. 그러나 그것은 다만 나의 욕심뿐이었다. 두 죽음을 연결시킬 근거가 나에게선 아무래도 분명해지질 않았다. 모든 것이 그저 느낌뿐이었다. 소설이 무척 애매하고 어려워졌다. 나는 할 수 없이 이야기에서 민 형을 제외할 수밖에 없었다. 우선 매잡이 사내의 이야기만으로 나의 능력껏 한 편의 소설을 썼다. 그것이 나의 최초의 「매잡이」였다. (125쪽)

화자가 애초 계획했던 소설의 중심은 민태준이며, 곽 서방은 그와 관련되어서만 고려했을 뿐이다. 그런데도 그는 우선 곽 서방에 대한 이야기만으로 소설을 쓸 수밖에 없다. 그렇게 완성된 소설이 「매잡이 2」다. 화자의 이런 진술은 매잡이 곽 서방의 이야기가 민태준을 말하기 위한 중간 단계임을 암시한다.

매잡이 곽 서방의 이야기가 결국 민태준의 이야기를 하기 위한 것이라면 곽 서방은 민태준의 보조 인물이나 분신 등으로 생각할 수 있다. 그래서 민태준에 대한 이해, 즉 「매잡이 3」에 대한 올바른 이해는 무엇보다 곽 서방에 대한 이해를 토대로 해야 한다. 곽 서방에 대한 이해는 당연히 그에 대한 소설인 「매잡이 1」과 「매잡이 2」를 통해서 이루어진다.

「매잡이 1」과 「매잡이 2」는 모두 곽 서방에 대한 글이다. 하지만 우리는 화자 민태준이 전하는 매잡이 이야기인 「매잡이 1」에 대해서 거의 알지 못한다. 단지 「매잡이 2」의 화자 '나'의 진술을 통해 두 소설이 대부분 일치한다는 것을 알 뿐이다. 그렇기 때문에 '나'는 매잡이 사내에 대해서 「매잡이 2」의 긴 부분을 그대로 인용하면서, 「매잡이 1」은 그저 「매잡이 2」와 다른 단 한 부분만을 소개한다.

「매잡이 2」는 매잡이 곽 서방과 그가 부리는 매, 매를 이용한 매 사냥에 대한 것이다. 그 대부분은 벙어리 중식 소년이 들려주는 이야기를 통해서 알려진다. 민태준은 곽 서방에게서 직접 이야기를 들은 데 반해, '나'는 중식에게서 매잡이 이야기를 듣기 위해 몰이꾼으로 매 사냥에 따라나설 수밖에 없다.

중식이 들려준 매잡이 이야기의 핵심은 다른 것이 아니다. 그것은 매 사냥은 매잡이뿐 아니라 몰이꾼 등 여러 사람이 참여한다는 것, 몰이꾼 놀이는 삯일이 아니라는 것, 매치는 절대 돈을 받고 팔지 않았다는 것, 매잡이는 매 한 마리로 가는 곳마다 한량 대접을 받았다는 것과 이 모두가 이제 지나간 시대의 풍습일 뿐이라는 것이다.

사라진 시대의 유민인 곽 서방은 당연히 이 시대를 견디기 힘들어

한다. 곽 서방은 마을의 천덕꾸러기가 된 자신을 질책하며 시류에 따르기를 권하는 서 영감에게 맞선다. 그는 시대에 자신을 맞추기는 커녕 자발적으로 지금, 이곳에서 나가기로 결정한다.

> 시류를 좇아 사는 사람들은 그 시류에 맞춰 세상사를 잘 요리해 갈 수 있을 뿐 아니라, 자기가 얼마나 그 시류에 민감하고 영리하게 적응하는가를 자랑스럽게 이야기하며 스스로 만족한다—곽 서방은 영감의 집을 나오면서 어렴풋이나마 그 비슷한 생각을 느끼고 있었다. (108쪽)

곽 서방은 매를 날려 보낸 뒤 결국 서 영감네 헛간에서 단식 끝에 죽음을 맞는다. 문제는 「매잡이 2」에서 화자인 내가 추측했던 그의 단식 동기가 「매잡이 1」과 다르다는 점이다. 「매잡이 3」에 삽입된 「매잡이 1」의 유일한 부분(민태준에 해당하는 화자와 곽 서방의 대화 부분)에 바로 곽 서방이 단식을 하게 되는 동기가 들어 있다. '나'는 그 대화가 매우 중요하다는 것을 짐작하면서 확실한 해석을 유보한다. 그저 우리 생존의 처절한 실상과 풍속의 미학과의 표리 관계 같은 것이 비극적인 시선 속에 옷을 벗고 있으며, 곽 서방은 자신의 운명을 매의 그것으로 받아들이고, 그래서 그 스스로는 다시 인간의 운명으로 돌아와 그가 지금까지 얻은 진실을 위하여 마지막으로 한 번 더, 그러나 지금까지와는 전혀 다른 싸움을 치러 내고 있는 것으로 생각한다. 분명한 것은, 중요한 시사를 담고 있는 민태준과 곽 서방의 대화에 의하면, 곽 서방은 매에 대한 민태준의 질타 이후 단식에 들어간다는 점이다.

2.

곽 서방과 민태준의 관계는 무엇일까? 곽 서방은 사라진 풍습의 유민으로 단식을 통해 마침내 지금, 이곳에서 스스로 걸어 나간 매잡이다. 앞서 곽 서방은 민태준의 보조 인물이나 분신에 가까우며 곽 서방에 대한 이해는 민태준에 대한 이해를 위한 것이라고 했다. 그렇다면 민태준 또한 곽 서방처럼 사라진 풍습의 유민일까?

소설가라고 하기에는 미흡한 민태준은 매잡이처럼, 소설의 시대에 남아 있는 이야기 전달자, 즉 구전 이야기꾼에 가깝다. 그가 구전 이야기꾼이라는 사실은 이 시대에 남아 있는 매잡이와 과거의 매잡이를 비교한 글만 보아도 알 수 있다.

> 그도 옛날엔 매 한 마리로 가는 곳마다 공술을 대접받는 한량 축이었다지만, 이젠 그가 매 때문에 공술이나 밥을 대접받는 일은 꿈도 꿀 수 없는 일이고, 더욱이 그의 한량 시대라는 걸 구경조차 해본 일이 없는 아이들에게 곽 서방은 참으로 기이한 거지—헐 수 할 수 없는 마을의 천덕구니였다. (99쪽)

매잡이는 이야기보따리 하나면 어느 마을에서나 공술과 밥을 대접받던 이야기꾼과 같다. 둘이 같다는 것은 구전 이야기꾼을 다룬 이청준의 『인문주의자 무소작 씨의 종생기』의 주인공 무소작을 보면 보다 확실해진다. 무소작은 아무 하는 일 없이 마을 사람들에게 이야기를 들려주면서 숙식을 해결한다. 그는 더 이상 들려줄 이야기가 없거나 마을 사람들이 그의 이야기에 흥미를 잃어버렸을 때 새로운 마을을 향해 떠난다.

마을도 집이 있고 가족이 있는 사람의 마을, 곽 서방에게는 매잡이를 불러 주는 곳이 제 마을이었고 제 집이었다. (113쪽)

매잡이처럼 이야기꾼에게도 그를 불러 주는 곳이 제 마을이었고 제 집이었다. 그런 마을에서 이야기꾼은 자신의 전 재산이라고 할 이야기보따리를 풀어 놓았다.

바깥세상 이야기라면 아닌게 아니라 그에겐 끝이 없을 정도였다. 그리고 그걸 듣고 싶어 하는 사람이 있고 보면 그는 아직 아무것도 지니지 못한 사람이 아니었다. 그에겐 아직 그 세상 이야기가 가득히 간직되어 있었다. 그리고 실상 그것은 그의 삶 속에 마지막까지 남겨 지니고 있는 재산인 셈이기도 했다. (『인문주의자 무소작 씨의 종생기』, 66쪽)

민태준이 자살하면서 남긴 비망록은 바로 이야기꾼이 삶의 마지막까지 남겨 지니고 있는 재산인 이야기보따리라고 할 수 있다. 그의 비망록은 그가 재산을 탕진하면서 수집한 많은 이야깃거리를 담은 취재 노트다. 그래서 소설가인 화자는 소재의 빈곤을 느낄 때마다 자신이 영원히 한 편의 소설도 쓰지 못하고 말 사람으로 여겼던 민태준의 비망록을 그려 본다. 처음에 화자는 민태준이 소설가가 될 수 없는 한계에 절망하여 자료 수집에 만족했다고 추측했지만, 그가 남긴 소설 「매잡이 1」을 읽은 뒤 그가 우수한 작품을 쓴 진짜 소설가였음을 인정한다. 그런데 정말 그럴까? 민태준은 '소설'을 남긴 것일까?

민태준의 비망록은 완성된 작품이 아니라 이야기의 원재료들이다. 그 속에는 서커스 줄광대, 남해 고도의 늙은 나전공, 전라북도의 여자 궁사 들에 대한 것도 있다(이청준의 실제 작품들의 원재료들). 이야기꾼은 이런 원재료들을 가지고 나름대로 이야기를 꾸민다. 원재료가 같더라도 이야기는 구전 이야기꾼의 수만큼 변형될 수 있다. 이야기꾼이 다양한 청자들에게 전하는 이야기는 현장에서 매번 탄생하고 죽는 열린 텍스트이기 때문이다. 이야기꾼은 줄광대와 여자 궁사들을 가지고 이청준과 전혀 다른 형식의 이야기를 꾸밀 수 있다. 이청준 또한 소설가가 아니라 구전 이야기꾼이었다면 같은 재료를 가지고 소설이 아니라 매번 변형이 가능한 이야기를 만들었을 것이다. 소설에 참여하는 작가나 독자는 매 사냥이나 구전 이야기와 달리 홀로 고독하게 쓰고 읽는다. 소설은 일단 완성되어 세상에 나오면 변형될 수 없다. 소설은 이야기꾼과 청자들이 참여하는 공동체 속에서 구연되는 이야기와는 다르다. 이야기는 구성원들에 따라 현장에서 얼마든지 변형이 가능하다. 소설을 수정하고 싶을 때 소설가는 다시 홀로 고독하게 개정판을 내놓을 수밖에 없다. 소설은 언제나 완전한 형태로 독자에게 주어진다. 그런데 민태준의 소설은 그렇지 않다.

「매잡이 3」에서 화자 '나'는 자신이 처음 쓴 「매잡이 2」를 통해 매잡이 사내의 이야기를 전달하겠다고 한다. 그의 「매잡이 2」의 소개는 매우 치밀하다. 그는 「매잡이 2」 중 민태준의 「매잡이 1」과 같은 부분만 인용함으로써 「매잡이 2」를 소개하는 척하면서 「매잡이 1」을 소개한다. 더욱이 「매잡이 2」와 유일하게 다른 「매잡이 1」의 부분인 민태준과 곽 서방의 대화를 직접 인용함으로써 「매잡이 2」는 「매잡이 1」의 가면일 뿐임을 보여 준다.

'매잡이'—그 원고의 겉장에 쓰인 제목이 그것이었다. 나는 책상 서랍을 닫을 생각도 않고 그 자리에서 원고를 읽어 내려가기 시작했다. 그리고 소설을 읽어 내려가다가 나는 거듭 놀라지 않을 수 없었다. 매잡이라는 제목의 소설, 그것은 너무나 내가 썼던 것과 비슷한 이야기가 되고 있는 게 아닌가. 다른 것이 있다면 민 형의 소설은 나라는 화자(話者)가 하나 더 등장하고 곽 서방은 그 화자의 눈을 통해서 그려지는 데 반하여, 나의 것은 곽 서방이 '나'라는 화자 없이 3인칭으로 직접 묘사되고 있는 것뿐이었다. 그러고는 거의 아무것도 다른 것이 없었다. 곽 서방이 단식을 시작한 구체적인 동기가 조금 다를 뿐 줄거리도 거의 마찬가지였다. (131쪽)

독자는 「매잡이 1」과 「매잡이 2」의 원재료들을 알 뿐 완전한 형태를 알 수 없다. 두 작품은 「매잡이 3」을 통해 이야기처럼 전달될 뿐이다. 「매잡이 1」은 소설이라기보다 구전 이야기꾼이 전한 이야기에 가깝고, 「매잡이 2」는 민태준이라는 이야기꾼이 전한 이야기를 충실히 재현하고 있다. 그런데 「매잡이 1」과 「매잡이 3」은 구조적으로 같아서, 「매잡이 1」은 '나'(소설가 민태준)가 화자인 매잡이(곽 서방)에 관한 소설이고, 「매잡이 3」은 '나'(소설가)가 화자인 소설가(민태준)에 관한 소설이다. 앞서 보았듯이 매잡이 곽 서방은 소설가 민태준과 동류다. 이때 소설가는 구전되는 이야기를 전하는 이야기꾼에 가깝다. 그는 온갖 곳을 돌아다니며 온갖 이야기들을 모아서 이야기보따리에 담는다. 민태준은 무소작과 같다.

지금은 매잡이가 더 이상 살 수 없듯이 구전 이야기꾼이 살 수 없는 시대다. 그들과 더불어 매 사냥과 구전 이야기도 사라질 수밖에 없다. 매 사냥과 구전 이야기는 마을 사람들의 참여가 필수적인 공동체의 풍속이다. 광장에서 이야기하기가 밀실의 글쓰기로 바뀌면서 구전 이야기꾼은 소설가가 된다. 「매잡이 2」를 쓴 소설가는 곽 서방의 단식과 죽음을 이해하지 못하고, 「매잡이 3」에서도 민태준의 자살을 이해하지 못한다.

3.

민태준과 곽 서방은 모두 자살한다. 곽 서방이 전라도 산골에서 죽어 가고 있을 때 민태준도 서울에서 같이 죽는다. '나'는 곽 서방의 죽음이 지닌 뜻과 기이한 죽음의 방법에 대해서 의문을 품고, 두 죽음이 관련 있음을 막연히 느낄 뿐이다. "나에겐 이제 돈 같은 건 필요 없어. 아마 없게 될 거야." 이렇게 말하는 민태준은 '나'를 떠나보낼 때 이미 죽음을 결심했음이 틀림없다. 죽음을 앞둔 민태준은 왜 '나'를 매잡이가 있는 곳으로 보내서 그에 관한 소설을 쓰게 한 것일까? '나'는 이 의문에 대해서 잊어버리지만 독자는 그럴 수 없다. 민태준이 비망록에서 매잡이 자료를 뜯어 없앤 점으로 볼 때, 그는 '나'로 하여금 매잡이에 대해서 몸소 체험한 뒤 글을 쓰게 하고 싶었을 것이다. 그렇다면 '나'가 「매잡이 2」를 완성한 뒤에야 비로소 자신의 글 「매잡이 1」을 보게 한 이유는 무엇일까? 그것은 두 글의 결정적인 차이로 인해 '나'가 새로운 글을 쓸 수밖에 없도록 한 것이 아닐까. '나'는 오류를 교정하기 위해서 글을 쓰지 않을 수 없다. 알다시피 「매잡이 1」과 「매잡이 2」의 차이는 곽 서방을 죽음에 이르게 하는 원인에 관계된 것이기 때문이다. '나'와 민태준의 두 글은 모두 체험을 근거로 한 것이지만, '나'는 매잡이에 대한 이야기를 매잡이 자신이 아니라 모두 중식 소년에게서 전해 들었다. 매잡이 곽 서방이 모든 이야기를 한 사람은 민태준이었다. 그들은 동류이므로 소통이 가능했을 것이다. 그랬기 때문에 곽 서방은 민태준이 떠난 뒤 죽음에 이르기 위한 단식과 더불어 침묵을 고집한다. 곽 서방이 '나'에게 한 말은 죽기 직전에 남긴 단 한마디뿐이었다. "자신이 가장 긴 이야기를 나눴던 민태준은 알 것이다. 그에게 내 이야기를 전해 달라."

곽 서방의 유언은 민태준에게 자신의 이야기를 전해 달라는 것이다. 이야기를 전해 달라는 말은 자신에 대한 이야기의 형상화를 의미할 것이다. 하지만 민태준은 곽 서방이 짐작한 대로 그 이야기를 듣지 않고도 이미 알고 있다. 그래서 그는 매잡이에 대한 글을 완성한 뒤, 매잡이와 같은 유언을 남기고 매잡이와 같이 죽는다. 그가 언제 매잡이와 같은 유언을 남겼나? 민태준은 '나'를 통해 자신이 이야기 속의 인물로 형상화될 것임을 알았다. 그가 '나'를 산골로 보내 「매잡이 2」를 쓰게 하고 자신도 직접 「매잡이 1」을 쓴 것이 그 증거라 할 수 있다. '나'는 민태준이 '나'와 같은 제목으로 글을 썼다는 사실을 알게 되면서, 두 글의 차이점과 더불어 민태준, 바로 그에 대해서 말하지 않을 수 없다. 이것은 이야기의 원재료가 이야기꾼에 따라 다르게 형상화된다는 사실을 보여 주는 동시에 이야기꾼은 다음 이야기꾼을 통해서만 이야기 속으로 들어갈 수 있음을 보여 준다. 이청준은 이것을 『인문주의자 무소작 씨의 종생기』에서 '지우기'로 표현한다. 이왕 이청준의 다른 소설을 언급했으니 「매잡이」와 깊은 관련이 있어 보이는 「병신과 머저리」도 살펴보자.

「매잡이」는 「병신과 머저리」와 『인문주의자 무소작 씨의 종생기』

를 잇는 중간 단계의 작품으로 여겨진다. 「매잡이」와 「병신과 머저리」는 구조적으로 동일하고, 「매잡이」와 『인문주의자 무소작 씨의 종생기』는 모두 이야기 속으로 걸어 들어간 이야기꾼에 대한 소설이다. 「매잡이」에서 화자인 '나'는 민태준의 행적과 그가 쓰는 소설의 내용을 전달하지만, 「병신과 머저리」의 동생처럼 결정적인 부분에서 오류를 범한다. 동생이 김 일병 살해에 대해 형과 다른 결론을 내리듯이 '나'는 곽 서방의 단식에 대해 민태준과 다른 결론을 내린다. 동생이 형을 대신해 형의 소설에 잘못된 결말을 지었듯이 '나'는 「매잡이 2」에 잘못된 결말을 내린다. 소설이라기보다는 자서전을 쓰고 있던 형이 결말을 바로잡듯이 민태준은 「매잡이 1」로 '나'의 오류를 수정한다. 형이 죽은 오관모를 살려 냄으로써 비로소 자서전이 아니라 소설을 완성하고 다시 살 힘을 얻듯이 민태준은 「매잡이 3」의 인물이 됨으로써 부활한다.

민태준은 '나'에게 유품을 남겼다. 그의 유품은 소설이 되기 이전 상태의 비망록과 소설 한 편이다. 비망록도 그렇지만 소설은 말로 이루어진다. 그의 진정한 유언은 그의 소설일 것이다. 곽 서방의 유언은 민태준에게 자신의 이야기를 전해 달라는 것이었다. 그것은 민태준이 곽 서방을 '이야기화'하는 것에 해당한다. 민태준은 곽 서방을 '이야기화'한 소설 「매잡이 1」을 쓰고, 그것을 다시 유언으로 남김으로써 스스로 매잡이가 되어 자신을 이야기화할 것을 '나'에게 요구한다. 민태준이 곽 서방이 죽기 전에 '나'를 그곳에 보낸 것은 곽 서방을 통해 바로 자신을 이야기화할 것을 요구한 것이다. 「매잡이 1」을 통해 곽 서방이 그랬듯이, 민태준은 「매잡이 3」을 통해 이야기 속으로 들어간다.

매잡이와 구전 이야기꾼이 같다면 매잡이의 매는 구전 이야기꾼에게 무엇일까. 여기서 독자는 「매잡이 3」에 유일하게 삽입된 「매잡이 1」의 한 부분을 상기하게 된다.

— 당신은 매를 아끼고 있습니까?

— 아끼고 있습니다.

— 그렇다면 매의 운명에 대해서 생각해 본 일이 있습니까?

— …….

— 이상하군요. 학대와 굶주림과 사역이 당신이 매를 생각하는 방법의 전부라는 것은. (132쪽)

학대와 굶주림과 사역. 매잡이의 매에 대한 태도는 어디선가 본 듯하다. 그것은 연작 소설 '언어사회학 서설'에서 말을 부리는 소설가들의 태도가 아닌가! "그들의 입술 위에서 그것은 차라리 말의 혹사였고 말의 학대라고까지 할 수 있었다."(「떠도는 말들」) "그리고 자신들(말들)이 당해 온 학대와 사역에 대한 무서운 복수를 음모한다."(「자서전들 쓰십시다」) "그것은 말들의 지나친 혹사와 학대로부터 비롯된 마지막 배반 현상이었다."(「지배와 해방」) "그것은 참으로 무서운 말의 사역이요 학대였다."(「가위 잠꼬대」) 취할 수 있는 예문은 이 밖에도 많다. 이제 분명하다. 매잡이의 매는 소설가에게는 말이다(기막히지 않은가! 이청준의 상징망에서 '새'는 대부분 '말'이다). 한 가지 다른 것은 매잡이가 학대와 사역에 지친 매를 날려 보낸 데 반해 말들은 스스로 소설가들을 떠난다는 점이다. 소설가라기보다 구전 이야기꾼에 가까운 민태준은 매잡이의 매와 이야기꾼의 말이 같은 운명을 겪을 수밖에 없음을 안다. 그렇기 때문에 민태준은 구전 이야기꾼으로 죽고, '언어사회학 서설' 연작에 나타나는 이 시대의 소설가들은 살아남는다. 매잡이가 '매를 부리는 사람'이라면 구전 이야기꾼은 '말을 부리는 사람'이다. 곽 서방이 매잡이라면 민태준은 말잡이인 것이다.

「매잡이 1」의 대화 이후 곽 서방은 말을 잃은 채 죽음을 향한 단식에 들어간다.

> 그는 그때부터 갑자기 벙어리가 된 것처럼 누구의 말에도 일절 대답을 하는 일이 없었고 혼자 말을 하는 일조차 없어져 버렸기 때문이다. (중략) 확실하게 변한 것은 그가 말을 잃고 말았다는 것뿐이었다. (114~115쪽)

말은 세상과의 소통 수단이다. 자발적으로 말을 잃는다는 것은 세상과 단절하겠다는 의지와 같다. 곽 서방은 말을 잃음으로써 세상과 단절을 시작하고 단식을 통해 그 단절을 완성한다. 그는 스스로 목숨을 버림으로써 세상에서 영원히 나간다. 이 소설에서 말을 잃은 벙어리는 현실과의 소통 불가능을 뜻한다. 중식 소년은 애초에 벙어리였고, 말이 정처 없이 떠도는 시대에 이야기꾼 역시 벙어리일 것이다. 그래서 중식과 민태준도 또한 곽 서방처럼 세상에서 나갈 수밖에 없다.

4.

이청준의 많은 소설 속 인물들은 끊임없이 자기 실종의 욕망에 시달린다. 자기 실종의 욕망은 현실에서 자기 소재를 지워 없애려는 욕구다. 그들이 그런 욕망에 시달리는 것은 현실이 살 만하지 않기 때문이다. 단식은 자기 실종의 욕망이 표출된 가장 기초적인 형태라 할 수 있다. 어떤 인물들은 실제로 죽을 수 없어서 단식 같은 상징적인 죽음을 택하기도 하지만 민태준이나 곽 서방처럼 자살하는 인물들도 있다. 중요한 것은 두 사람의 죽음이 그저 죽음으로 끝나지 않았다는 점이다. 그들의 삶은 「매잡이」를 통해 이야기 예술이 되었다. 특히 이야기꾼 민태준은 이 세상에서 나가 자신이 수행하는 예술 속으로 들어갔다. 구전 이야기가 사라진 풍속이 된 시대에 민태준은 소설 「매잡이 1」을 완성한다. 하지만 그의 소설은 「매잡이 3」을 통해 구전 이야기로 전달된다. 민태준은 이 시대에 말이 매와 같은 운명을 겪을 것이고, 자신도 매잡이와 같은 처지임을 예견하고 자살한다. 그런데 그는 자살함으로써 이야기 속으로 걸어 들어가 이야기의 인물이 된다.

자기 실종의 욕구는 현실이 살 만하지 않다는 증언인 동시에 더 나은 세상에 대한 갈망의 표현이기도 하다. 현실에서 나가는 사람들이 그저 사라지기만을 원하지는 않을 것이다. 그들은 구원을 꿈꾼다. 그들은 살 만한 세상, 이상향, 유토피아에서 부활하고 싶다.

> 그야 민 형은 자신의 소설에서 매잡이 곽 서방을 그의 풍속으로 돌아가게 해준 사람이기는 했다. 그는 곽 서방에게 자신의 풍속으로 돌아가 그의 풍속의 유물이 되게 해주고 있었다. 곽 서방에게 그것은 그의 참담스러운 생존의 실상으로부터의 소중한 승리이자 구원일 수 있었다. 하나의 풍속이란 그것 밖의 사람들의 외연적 기명(記名)일 뿐 그것을

직접 살아내는 사람들에겐 그의 삶의 보편적 질서인 것이라면, 적어도 그것을 뒤에서 바라보며 풍속을 말하는 사람들에게는 그렇게 보일 수 있었다. 그러나 그것은 곽 서방에게나 가능할 일이었다. 그것은 매잡이 곽 서방의 풍속일 뿐 민 형 자신의 풍속은 아니었다. (135쪽)

'나'는 민태준이 「매잡이 1」을 통해 곽 서방을 구원했음을 인정한다. 그런데 이어지는 '나'의 단언과 달리 민태준도 곽 서방처럼 구원된다. '나'는 그에 대한 이야기인 「매잡이 3」을 쓸 수밖에 없었고, 그는 '나'의 「매잡이 3」을 통해 자신의 예술 속으로 들어감으로써 멋지게 부활한다. 민태준뿐만이 아니다. 이청준의 소설 속에서 소리꾼은 소리가 되고, 화가는 그림이 되고, 사진가는 사진이 된다. 그들은 모두 자신의 예술 속으로 들어감으로써 부활한다. 그들에게는 예술이 자기 구원과 동의어다.

「매잡이」는 이야기와 이야기꾼에 대한 소설이다. 수정 불가능한 닫힌 텍스트인 소설은 이 기묘한 소설 「매잡이」에서 이야기꾼에 따라 변하는 열린 텍스트가 된다. 민태준의 「매잡이 1」은 '나'라는 이야기꾼을 통해 전체가 아니라 줄거리를 포함한 부분만 취사선택되어 전달된다. 마찬가지로 '나'의 「매잡이 2」는 이청준의 「매잡이 3」에 의해 취사선택되어 전달된다. 「매잡이 1」과 「매잡이 2」는 이야기꾼이 이야기를 변형하듯이 변형되어 전달된다. 세 「매잡이」는 공통되는 부분과 다른 부분이 있다. 우리에게 일부분만 전해지는 「매잡이 1」과 「매잡이 2」는 구전 이야기에 가깝고, 완성된 형태의 「매잡이 3」만 소설이라 할 수 있다. 이청준의 표현을 빌리자면 「매잡이 1」과 「매잡이 2」를 지우고 「매잡이 3」이 탄생하는 것이다. '나'는 그렇게 탄생한 「매잡이 3」에서 민태준이 들려준 이야기를 그 이야기꾼에 대한 이야기와 함께 전한다. 이처럼 비망록에 있는 다른 이야기들의 원재료들도 민태준이 이야기로 만들고 다른 이야기꾼이 그 이야기를 전달하면 어떻게 될까? 많은 「과녁 1, 2, 3……」과 「줄광대 1, 2, 3……」 등이 존재할 수 있다. 그런 과정에서 이야기꾼은 이야기의 인물로 부활할 것이다. 우리는 「매잡이」에서 다시 한 번 '자기 실종의 욕망'과 '예술을 통한 구원'이라는 이청준의 불변하는 핵을 만난다.

제4장
자기 실종의 황홀한 욕망에서 신화적 부활로

그림 I 김선두 / 당신들의 천국(부분)

자기 실종의 황홀한 욕망에서 신화적 부활로

이방 체험담이 전래 이야기가 되는 과정
—『인문주의자 무소작 씨의 종생기』

머리말

작중 인물들이 끊임없이 자기 실종의 욕망에 시달리는 이청준의 소설들, 그들의 자기 실종의 욕망은 현실에서 자신의 소재를 지워 부재하려는 욕망이다. 그들은 왜 그런 욕망에 시달리는 것일까? 답은 분명하다. 현실은 살 만하지 않기 때문이다. 작품마다 여러 형태로 변주되어 나타나는 폭력 때문에 현실은 그들이 견딜 수 없을 지경으로 훼손되었다. 그래서 그들은 폭력에 물들기 이전의 이상 세계를 꿈꾼다. 그곳은 이 세계를 지워 버리고 창조의 원점으로 돌아가면 만날 수 있을 것이다. 그곳은 분별과 차별이 생기기 이전의 무구하고 순수한 시원의 세계인 안과 밖의 구분이 없이 하나 된 세계, 자연과 사람이 조화롭게 공존하는 세계, 딱딱한 형태 이전 물질의 세계다. 그곳은 어떤 폭력도 억압도 없어서 온갖 상상력이 허용되는 곳으로 동물이 말을 하고 날개 달린 인간이 하늘을 나는 신화의 세계다. 그곳은 신이 인간을 창조하고 지배하는 그런 신화의 세계가 아니라, 인간이 신과 사이좋게 어울려 함께 살며 오로지 자유로 지배되는 신화의 세계다. 이청준의 인물들은 현실을 지우고 현실에 신화의 세계를 복원하려고 한다. 그들의 자기 실종 욕망은 이처럼 황홀하지만 신화 속의 황금시대는 사라지고 없다. 그런 세상은 더 이상 존재하지 않는다. 그곳은 현대인이 잃어버린 낙원, 어디에도 없는 왕국, 그래서 갈 수 없는 나라다.

현실에서 자신의 소재를 지워 버리려는 자기 실종의 욕망은 이제 어디에도 없는 곳에 도달하려는 욕망, 무구한 세계를 창조하려는 욕망이 된다. 그 욕망은 현실에서 이루어질 수 없다. 「시간의 문」을 다룬 '자기 실종의 황홀한 욕망'에서 보았듯이 마르트 로베르는 위대한 소설가들에게 나타나는 이런 욕망을 절대를 추구하는 상식을 벗어난 욕망이라고 했다. 절대를 추구하는 이루어질 수 없는 욕망에 시달리기는 작중 인물이나 작가 이청준이나 마찬가지다. 이청준은 「지배와 해방」에서 작가인 작중 인물 이정훈(이청준)의 입을 통해 작가를 현실에서 패배할 수밖에 없는 이상주의자로 규정한다.

그(작가)는 다만 그 독자들로부터 자신이 부여한 고유한 질서로 새로이 창조해 낸 세계에 대한 동의와 승인을 기대할 뿐, 그 자신은 그러한 세계의 실현에 참가하여 그 세계나 그의 질서에 공감하고 동참해 오는 사람들을 실제로 지배하지는 못합니다. 그가 지향해 찾아낸 새로운 세계의 문이 그의 독자들에게 승인되고 현실로 바뀌는 순간에 그는 다시 그 현실로부터 패배할 수밖에 없으며, 그곳에는 이미 그가 서 있을 자리는 사라져 버린다는 것을 알기 때문입니다. 그는 그가 힘을 다해 새로운 세계로의 출구를 열어젖힌 순간에 그것을 그의 독자들에게 내맡기고 자신은 또 다른 세계를 꿈꾸기 시작하는 것입니다. 그런 의미에서 작가는 당연히 이상주의자일 수밖에 없는 것이지요. 그리고 또 예술가로서의 작가는 당연히 이상주의자여야 하는 것이구요. (126~127쪽)

이청준에 따르면 작가는 현실에서 이상향을 지향하기 때문에 늘 실패할 수밖에 없는 사람이다. 그런 작가관을 가진 이청준은 낭만적인 성향의 작가다. 낭만적인 성향이란 무엇인가. 돌이킬 수 없이 훼손된 이 세상에서 나가 다른 세상으로 가겠다는 갈망이다. 하지만 살과 피로 된 인간인 그에게 그것은 이루어질 수 없는 갈망이다. 그래서 그는 지금, 여기에서 나가기 위해 상징적인 죽음을 선택한다. 이청준은 자신이 수행하는 예술 속으로 들어가는 상징적인 죽음을 통해 불가능한 욕망을 완성한다. 우리는 그 죽음을 '신화적 자살'로 부르겠다. 왜 '신화적'인가? 자신의 예술 속으로 사라진 예술가가 궁극적으로는 현실이 아니라, 자유로 지배하는 그 예술 속에, 그 예술로 재생하기 때문이다. 여기서 죽음은 '죽었다 다시 살기'라는 신화 탄생의 전제 조건이다. 이 문제는 뒤에 좀 더 자세히 다룰 것이다. '신화적 자살'이라는 명칭의 의미 또한 이 글의 끝에서 더욱 잘 드러날 것이다.

이청준은 『인문주의자 무소작 씨의 종생기』 이전의 작품들에서 자기 실종의 황홀한 욕망에 무게 중심을 둔다. 거기에서 작중 인물들은 자기 실종 직전의 힘겨운 싸움을 벌이거나 아주 드문 경우 간신히 이 세상에서 나간다. 우리는 사라진 그들의 뒷모습을 간직하고 있을 뿐이었다. 그런데 『인문주의자 무소작 씨의 종생기』에서 무게 중심이 이동한다. 이 작품을 통해 사라진 사람들이 복귀한다. 이제 중요한 것은 실종이 아니라 귀환이다. 우리는 『인문주의자 무소작 씨의 종생기』에서 예술로 죽었다가 예술로 다시 살기라는 신화 탄생의 과정을 본다.

1. 소설과 전래 이야기

『인문주의자 무소작 씨의 종생기』에서 무소작은 답답한 현실을 벗어나 이방을 떠돌다 결국 자기 이야기 속으로 사라져 이야기 속의 꽃씨 할머니로 재생한다. 무소작이 꽃씨 할머니가 되는 과정, 즉 작중 인물의 자기 실종의 황홀한 욕망이 신화적 자살을 거쳐 신화적 부활로 나아가는 과정은 이야기의 차원에서 볼 때 개인의 이방 체험담이 공동체의 전래 이야기가 되는 과정과 같다. 그래서 『인문주의자 무소작 씨의 종생기』는 그 과정의 기록이라 할 수 있다.

작가가 분명한, 기명(記名)의 개인 저작물인 소설은 하나의 완결되고 고정된 텍스트다. 그렇기 때문에 독자의 무한한 해석 가능성에도 불구하고 소설은 닫힌 체계이며 텍스트 자체는 불변한다. 이때 문학작품의 생산과 수용 과정을 이루는 '작가–텍스트–독자'의 전통적인 3항 중 변화 가능한 것은 독자의 해석뿐이다. 물론 작가가 텍스트를 개작할 수도 있다. 그렇다 하더라도 텍스트는 특정한 개인의 특정한 작품이라는 테두리를 결코 벗어나지 못한다. 닫힌 체계이기는 마찬가지다. 그에 비해 독자는 계속 변하며 작품에 자기만의 해석을 내릴 수 있다. 독자의 해석 덕분에 작품은 풍요로워지고 새로운 의미망이 형성된다. 물론 누구에게나 단일한 의미를 전달하는 투명한 3류 작품이 아니라 흔히 말하는 걸작일 경우에 그렇다. 걸작이란 시간의 덫을 뚫고 끊임없이 재해석을 요구하는 불투명한 존재다. 뛰어난 독자들의 뛰어난 해석들에도 불구하고 여전히 불가해하게 여겨지는 뛰어난 작품인 걸작은 무수한 해석의 층에 덮여 지속적으로 변화하는 것 같다. 하지만 변하는 것은 변하는 독자의 해석일 뿐이다. 두꺼워지는 것은 해석의 층일 뿐 텍스트는 다시 원점으로 돌려져 새로운 해석을 기다린다. 소설 텍스트는 변하지 않는다.

전래 이야기는 다르다. 전래 이야기는 최초의 지은이가 누구인지 알 수 없이 구전되다가 문자로 정착된다. 작가를 알 수 없는 것과 작가의 익명성은 다르다. 전래 이야기는 익명의 개인의 저작물이 아니라 기명의 무수한 개인들의 저작물이다. 하나의 전래 이야기가 처음 나타났을 때, 그것은 특별한 체험을 한 어떤 개인의 이야기였을 것이다. 어떤 사람이 자신이 속한 집단원 누구나 일상적으로 겪는 체험을 다른 사람들에게 말할 경우 그것은 이야기가 아니라 일회적인 대화의 범주를 벗어나지 못한다. 하나의 이야기가 듣는 사람 다수의 관심을 모으며 구술되려면 반드시 신기함과 재미의 요소를 갖고 있어야 한다. 청자들은 그들이 겪지 못한 낯선 경험에 대한 이야기에 호기심을 갖기 마련이다.

그래서 어떻게 되었는데? 듣는 사람들은 호기심을 충족시킨 뒤 비로소 이야기에서 자기 나름의 교훈(해석 행위)을 얻을 수 있으며, 그 이야기를 듣지 못한 다른 사람에게 전달할 수 있다. 일단 해석 행위를 거친 뒤 전달되는 이야기는 앞의 이야기와 전적으로 같을 수 없다. 이야기는 한 번의 변형을 거친다. 두 번째 이야기꾼은 자신이 얻은 교훈을 듣는 사람도 얻을 수 있는 방향으로 이야기를 끌어가게 된다. 그것은 설득 행위다. 또한 어떤 방식으로든 이야기꾼은 이야기를 통해 청자에게 힘을 행사하려 한다. 그것은 지배의 행위다. 특별한 체험을 한 어떤 개인은 결코 자신의 신원을 숨기며 이야기하지 않았을 것이다. 그럴 필요가 없기 때문이다. 하지만 그의 이야기를 들은 사람들 중 하나가 다른 사람들에게 그 이야기를 들려줄 때, 처음 이야기꾼의 신원은 그다지 중요하지 않다. 전래 이야기에서 이야기꾼과 그의 이야기는 소설가와 그의 소설처럼 불변하는 것이 아니기 때문이다. 전래 이야기의 구전 과정을 이루는 '이야기꾼-이야기-듣는 사람'에서 변하지 않는 것은 없다. 최초 이야기꾼의 이야기를 들은 사람은 자신이 이야기꾼이 되어 들은 이야기를 다른 사람에게 전하고, 그 사람은 앞의 과정을 반복한다. 이때 이야기는 항상 같은 것처럼 보인다. 하지만 문자가 아니라 말로 전달되는 이야기는 전달하는 사람에 의해 변형될 수밖에 없다. 각자의 세계관을 지닌 개인들은 하나의 텍스트에 대해 나름대로의 해석 행위를 하기 때문이다. 전래 이야기는 어떤 이야기(개인의 이방 체험담)가 듣는 사람의 세계관에 의해 변형, 수정되어 다른 사람에게 전해지는 과정의 무수한 반복에 의해 탄생한다. 그래서 전래 이야기는 이야기의 이상형에 가깝다.

이제 우리는 전래 이야기가 기명의 무수한 개인의 저작물이라는 말을 이해한다. 그 말은 전래 이야기가 이야기의 전파에 참여한 이야기꾼들이 저마다 앞선 이야기꾼과 그의 이야기라는 씨앗에서 꽃피워 낸, 공동체의 삶과 꿈이 깃든 이상적 이야기라는 의미다. 전래 이야기는 매번 앞선 작가와 텍스트가 지워지면서 탄생하는 새로운 텍스트, 이야기의 이상향에 근접한 열린 텍스트라고 할 수 있다. 그것은 독자가 완결되고 고정된 텍스트를 자신의 해석에 따라 능동적으로 수정, 변형하는 작가의 기능을 함께 수행함으로써 가능하다. 다시 한 번, 어째서 이야기의 이상향인가. 수많은 개인의 밀실의 기억을 간직한 채 공동체의 광장으로 나온 이야기이기 때문이다. 이청준이 말하는 존재적 삶과 관계적 삶은 그 이야기 안에서 조화롭게 공존한다.[1] 그것은 『인문주의자 무소작 씨의 종생기』의 화두인 '안과 밖이 하나 되기'와 통한다. 이 작품에서 '안과 밖이 하나 되기'는 다양하게 나타나는데 그중 가장 큰 범주가 이방 체험담이 전래 이야기가 되는 것이다. 이방 체험담이 전래 이야기가 되는 과정을 보여 주는 『인문주의자 무소작 씨의 종생기』는 또 다른 인문주의자의 탄생기이기도 하다. 그런데 인문주의자란 도대체 어떤 사람을 말하는가.

1) 밀실, 광장과 관련하여 이청준의 소설 전체를 대상으로 자서전→소설→전래 이야기의 형태 변화를 살펴야 한다. 자서전은 한 개인의 삶을 사실 그대로 기록하는 것이다. 거기에는 변형 가능한 것이 없다. 사실을 사실대로 기록하지 않는다면 그것은 이미 자서전이 아니다. 거짓으로 꾸민 자서전은 허구, 소설이 된다. 사실을 사실대로 기록하더라도 자서전 집필에서 조심해야 할 것이 있다. 바로 취사선택의 문제다. 자서전을 집필하는 당사자가 사건들, 상황들, 인물들 따위, 삶을 구성하는 제요소들 중 자신에게 유리한 것만 취사선택한다면 그 자서전은 거짓으로 대필된 것과 같다. 그렇기 때문에 자서전에서도 역시 모든 글쓰기의 첫 번째 원리라고 할 수 있는 '진실이 실려야 한다'가 가장 근본 원칙이다. 자서전을 왜 쓰는가를 생각할 때 자서전이 소설이 되는 것은 부정적이지 않다. 자서전은 자신을 극복하기 위해 소설로 변해야 한다. 그것은 있는 그대로의 자신의 참모습을 확인하고 긍정한 뒤 다음 단계로 나가는 것이다. 자서전이 소설이 될 때 밀실의 기억은 공동체의 장으로 한발 나서게 된다. 그것은 개인의 체험이 그 원형을 간직한 채 공동체로 나오는 첫걸음으로, 안과 밖이 하나가 되는 첫걸음이기도 하다. 이 글은 이후 소설이 전래 이야기가 되어야 하는 것에 대해서 다룬다.

우리는 『인문주의자 무소작 씨의 종생기』를 읽기 전에 제목뿐 아니라 본문에서 분리된 매우 의미심장한 한 구절에 주목한다. "새는 둥지에서 노래하지 않는다."

텍스트에서 떨어져 나온 제목과 이 의미심장한 구절에서 의문이 솟는다.

인문주의자는 누구인가?

왜 새는 둥지에서 노래하지 않는가?

두 의문에 대한 답은 다음에서 차례로 모색될 것이다.

2. 인문주의자는 누구인가

무소작은 이야기꾼이다. 이야기의 씨앗을 뿌리고 자신의 이야기 속으로 사라진 이야기꾼 무소작, 그를 그린 소설의 제목은 '이야기꾼 무소작 씨의 종생기'가 더 어울릴 법하다. 그런데 이청준은 이야기꾼 대신 인문주의자를 선택했다. 한 사람의 정체성을 압축하고 있는 단어를 작가가 그리 쉽게 선택하지는 않았을 것이다. 더욱이 인문주의자(~주의자!)는 이야기꾼보다 낯설게 여겨진다. 어린 시절 들었던 이야기의 이야기꾼인 어머니나 할머니처럼 이야기꾼은 얼마나 정겨운가. 그렇듯 친근한 이야기꾼의 자리에 작가가 인문주의자를 대체한 데는 그럴 만한 이유가 있을 것이다.

무소작은 이청준과 너무 많이 닮았다. 무엇보다 그는 이야기꾼이고 어린 무소작은 어린 이청준이 하는 일만 반복한다.[2] 그래서 우리는 첫 장 「씨앗의 꿈」을 읽으며 어린 무소작이 장차 이야기꾼, 소설가가 될 것임을 알 수 있다. 이청준은 아마 이야기꾼 무소작을 인문주의자로 정의함으로써 소설가가 누구여야 하는지, 소설 쓰는 일이 무엇이어야 하는지 말하고 싶었던 것 같다.

이야기꾼은 인문주의자다. 물질의 대량 생산과 속도의 시대에 너무 낡아 아무 감동도 주지 못하고 그 어떤 쓰임새도 없을 것 같은 단어 인문주의, 인문주의자. 이청준이 말하는 그것은 대체 무엇일까.

인문주의는 무엇보다 현실태가 아니라 정신태다. 인문주의자는 글을 읽는 사람(이야기를 듣는 사람), 나아가 글을 쓰는 사람(이야기를 하는 사람)이기 때문이다. 글을 읽고 쓰는(이야기를 듣고 하는) 사람은 다음 단계로 글(이야기) 속에서 인간다운 삶에 대한 도리를 배우고 잃어버린 마음을 찾아 그것을 글(이야기)로 전파한다. 우리가 잃어버린 마음과 인간다운 삶에 대한 도리는 전래 동화 같은 글 속에 가장 많이 남아 있다. 전래 동화는 그것이 전해 내려오는 공동체의 이상과 보편적 인륜을 담고 있기 마련이다. 그래서 우리는 이청준이 쓴 판소리 동화집[3]의 부제(副題)들을 통해 그가 생각하는 인간다운 삶에 대한 도리가 무엇인지 알 수 있다.

---

2) 짧은 소설 『인문주의자 무소작 씨의 종생기』에서 어린 무소작이 하는 일은 집 지키기, 동냥아치들 맞이하기, 콩싹 뽑기, 낚시질하기다. 그런데 이런 것들은 바로 어린 이청준이 했던 일들이다.(이청준, 『오마니』, 문학과 의식, 1999, 134~135쪽)

3) 이청준, 『재미있는 판소리 동화』(1, 2, 3, 4, 5), 파랑새어린이, 2005.

1. 『수궁가—토끼야, 용궁에 벼슬 가자』 : 세상살이는 어떤 모습인가?

2. 『옹고집 타령—옹고집이 기가 막혀』 : 사람에 대한 이해와 나눔의 의미

3. 『심청가—심청이는 빽이 든든하다』 : 사람다움을 표현하는 첫 번째 도리

4. 『흥부가—놀부는 선생이 많다』 : 사람 마음씨의 두 모습

5. 『춘향가—춘향이를 누가 말려』 : 약속을 믿음으로 지키는 길

이 모든 것은 글(이야기)을 통해서, 다시 말해 정신의 활동, 상상력을 통해서 이루어진다. 뒤에 무소작의 이야기를 듣는 마을 사람들이 사람살이는 다 똑같다고 말할 때, 그 모두 같은 사람살이의 근간을 이루는 것이 이야기를 하고 듣는 과정에 작용하는 인문학적 상상력이다.

어린이에게 전하는 말 : 잃어버린 마음을 찾아 드립니다.[4)]

한 가지 덧붙이고 싶은 것은, 요즈음처럼 시청각 영상물과 인쇄물들이 홍수를 이루는 시대에서도 문자로 된 '이야기 책'을 읽는 것은 여전히 유익하고 보람이 큰 일이라는 점이다. 우리가 어떤 예술 작품을 감상하는 것은 그 예술 고유의 매체를 통해 자신의 상상력을 움직여 가는 과정이라 할 수 있는데, 이 문자야말로 어떤 다른 예술 전달 매체보다 추상적이고 투명하여, 우리의 상상력을 가장 자유롭고 활발하게 해주기 때문이다. 훈련만 쌓아 가면 이 문자 예술의 세계는 그 상

4) 이청준, 『이청준 선생님의 한국 전래 동화2』, 파랑새어린이, 1997, 서문의 제목.

상력만큼 넓고 풍요롭고 아름다워질 수 있기 때문이다. 우리 삶의 아름다움이란 어찌 생각하면 바로 그 상상력에서 태어나는 것이라 할 수도 있으니까.[5]

우리 삶의 아름다움은 상상력이 허용될 때 그 상상력에서 태어난다. 폭력과 억압에서 벗어난 상상력의 세계에는 어떤 권위도 지배자도 부재하여 신조차 인간과 함께 웃고 우는 세계다. 우리의 삶은 그 상상력에 의해 현실의 질곡에서 해방되고 자유를 얻을 수 있다. 상상력이 탄생시키는 세계는, 현실을 벗어날 수 없는 인간의 육체가 현실 속에서 지닌 이상향이다. 우리는 상상력으로 인해 현실과 이상이 함께 존재하는 차원에 살 수 있다.

이상향은 특별한 곳이 아니다. 바로 인간다운 삶에 대한 도리가 지켜지는 세상이다. 그래서 인문주의는 모든 집단적 권위와 폭력에 맞선다. 집단은 집단의 이익을 위해서 구성원 개인의 인간적 존엄성을 인정하지 않는다. 집단 속의 개인은 하나의 창조적인 소우주가 아니라 기계의 나사처럼 집단의 일부분을 구성하는 부품으로 존재한다. 그것은 기명성과 익명성의 차이이기도 하다. 이 시대에는 창조적인 작업을 수행해야 하는 작가들조차 종종 익명성에 저항하지 않는다. 그런 작가들은 이미 작가가 아니다. 이청준과 나눈 대담에서 정현기는, 이청준이 지적 생산인 창작이 아니라 유통적 생산으로 본 작가들의 글쓰기를 익명화 현상으로 표현한다. 익명화는 전체화,

---

5) 이청준, 『선생님의 밥그릇』, 다림, 2000, 5쪽, 작가의 말.

획일화로 통한다. 익명의 존재들은 모두 같다. 너와 나의 구분이 없다. 하나의 부품이 망가지면 다른 부품으로 교체하면 된다. 중요한 것은 전체의 이익이다. 창조적 개인은 집단의 일사불란한 움직임을 교란시키는 매우 위험한 존재다. 그런 개인에게 집단은 폭력을 행사할 수밖에 없다.

인문주의는 우리가 거대 사회를 구성하는 부속품이 아니라 각자 창조적인 소우주들로 존재하고 마주치는 것이다. 거기에서 우리는 사람과 사람으로 만나고 존재와 존재로 만나서 공동체를 구성한다. 그런 공동체는 구성원 각자를 집단의 이익에 봉사하는 도구로 보지 않는다. 당연히 개인을 억누르는 집단의 권위나 폭력적인 힘도 없다. 인문주의는 개인과 공동체가 조화를 이룬 삶을 꿈꾼다.

따라서 인문주의는 서로를 존중하는 인륜의 질서를 바탕으로 인간에 대한 지배가 아니라 인간의 해방을 지향한다. 겸양과 도리의 정신인 인륜의 질서에 의해서 사람과 사람 사이에는 친화력이 생기고 서로를 억압하지 않는다. 모두가 잘난 사회의 사람들은 고독하다. 그들은 서로의 위에 군림할 생각만 한다.

이청준 : 우리 고향 동네에 '청관산'이라는 산이 있는데 가끔 가다 어떤 놈이 자기 이름이나 호를 '청관'이라고 해보소. 모두 '에이이 썩을 놈아!' 하지요. 그 산, 비록 거기서 내가 났다는 것만으로 감히 어떻게 함부로 그것을 호로 쓰겠어요. 거기에 수많은 우리 선조들이 살아왔어도 아직 '청관'을 호로 썼다는 말을 못 들었는데, 지금 인문주의가 사라졌다는 게 바로 그거예요. 지금은 수많은 '청관인'들로 넘쳐나요.[6]

자기를 낮춤으로써 화해와 공생을 낳는 사람과 사람 사이의 친화력은 너와 나 사이뿐 아니라 세대와 세대 사이를 넘어 개인적 욕망과 사회의 공의 사이, 추상적 관념과 구체적 현장 사이, 하늘과 땅, 꿈과 현실, 밝음과 어둠, 천국과 지옥, 웃음과 울음, 성냄과 화해의 두 몸짓 사이, 혹은 감성적 언어와 공리적 소설 언어 사이로 확산되어야 한다. 한마디로 안과 밖이 서로 친화해 하나가 되어야 한다. '안과 밖이 하나 되기', 그것은 『인문주의자 무소작 씨의 종생기』의 화두다.

범박한 예로, 우리의 삶의 가치의 통합과 융화는 다만 '이곳'과 '저곳'뿐만 아니라 필경엔 우리 삶의 내면세계와 외면 세계, 이기성과 이타성, 개별성과 공리성 등등의 수많은 문제들을 동반하게 마련이다.[7]

인문주의는 유아독존식의 단절이 아니라 융합이다. 그래서 이청준에게 인문주의는 함께 아파하고, 대신 아파하는 '측은지심'과 개인이 존재의 뿌리를 잃지 않고 공동체에 통합되는 일종의 끝없는 입사, 통과의례 과정과 흡사한 '시골적 삶'으로 요약된다. 인문주의적 상상력은 이청준이 시골적 삶의 세계와 깊은 관련을 두는 존재론적인 것으로 자유와 이상을 지향한다. 그런 인문주의를 이야기꾼인 무소작은 언어로 표출할 수밖에 없다. 무소작이 언어로 형상화하는 인문주

---

6) 이청준, 「이청준의 생애 연표를 통해서 본 인문주의적 사유와 새로운 교육 문화를 위한 이야기들」, 『오마니』, 128~129쪽. 예문의 '청관'은 '천관'의 오기로 여겨진다. 이청준의 고향 장흥에 있는 산은 '천관산'이다.

7) 이청준, 앞글, 196쪽.

의는 개인 언어를 구축한 뒤 그것과 공동체 언어의 조화와 통합을 꾀한다. 개인 언어는 시골적 삶과 통하는 실체를 지닌 존재적 언어인 반면 공동체의 언어는 도회적 삶과 통하는 관계적 언어라 할 수 있다. 그렇기 때문에 이야기꾼 무소작이 개인 언어를 구축하려면 무엇보다 그의 이야기에 자기 존재의 진실을 담아야 한다. 여기에서 체험의 중요성이 나온다.

3. 편력에 나서는 개인

무소작은 떠돌이다(「떠돌이 무소작」). 끊임없이 떠도는 사람이다. 그래서 우리는 먼저 무소작에게서 다음이 궁금하다. 그가 그렇게 떠돌다 결국 이르는 곳(것)은 어디(무엇)일까? 이 질문에 대한 답은 '무소작'이라는 이름에 이미 담겨 있다.

'무소작.' 매우 특이한 이 이름을 토대로 몇 가지 가능한 해석을 취해 보자.

'무소작'은 물질이 아니라 삶의 자유를 무엇보다 귀한 덕목으로 여기는 자유주의적 경향의 정신주의인 인문주의를 지향하는 사람인 만큼 어디에도 집착하지 않는 자유로운 정신태로 볼 수 있다. 그럴 때 무소작은 '무소착(無所著)'이라는 불교 용어에 근접한다. 특히 '떠돌이 무소작'에게서 직접 연상되는 것은 불교의 '무소착'이다. '부처님은 진염(塵染)에 집착하지 않는다'는 말인 무소착은 일반적으로 어디에도 집착하지 않는 것을 의미한다. 그런데 무소착을 글자 그대로 풀이해 보면 어디에도 다다르지 않음을 뜻하며 '무소', 즉 어디에도 없는 곳에 이르는 것이다. '어디에도 없는 곳(le nulle part)'인 '무소'는 서양 문학에서 낭만주의적 경향을 지닌 작가들이 도달하고자 목표로 삼았던 이상향을 뜻한다. 또한 그곳은 현대 소설이 아니라 옛날이야기(독일의 메르헨) 속에 구현된 곳으로 지상에서 사라진 곳이다. 결국 무소작은 현실 어디에도 이르지 못하고 현실 어디에도 없는 정신 속 근원에 이르는 것이다.

다음에 '무소작'은 이야기꾼으로 이야기의 밑재료를 가지고 열심히 이야기를 꾸미는 사람이다(「이야기 장수 무소작」). 그때 '무'는 '務', '소작'은 '小作', 즉 '小說'이 될 것이다.

끝으로 '小作'을 '小說'로 이해할 수 있다면, '務' 대신 '無'를 상정할 수도 있어 '無小作'은 '無小說'이 된다(「이야기 속으로 사라진 무소작 노인」). 이야기가 없음을 뜻하는 '無小說'은 이야기와 이야기꾼의 지워짐을 뜻할 것이다. 그것은 아무 데도 집착하지 않고 안과 밖의 경계가 사라져 어디에도 이르지 않는 '無所著'과 통한다.

이런 가정들을 하나로 묶어 보면 '무소작'은 이야깃거리가 될 만한 것으로 이야기를 열심히 꾸민 뒤 이야기를 지우고 그 자신은 현실 어디에도 없는 정신 속 근원인 이야기 속으로 사라져 버린 사람임을 알 수 있다.

그런데 무소작은 왜 떠도는가. 그가 붙박이의 삶을 사는 일반인들과 달리 편력자가 되는 이유는 무엇인가. 우리는 그것이 진실이 담긴 이야깃거리, 즉 개인 언어의 탄생을 위해서라고 생각한다.

이야기의 시원에는 개인의 체험이 있어야 한다. 이야기와 이야기꾼이 지워지려면 무엇보다 먼저 이야깃거리가 있어야 하고 거기에서 이야기가 탄생해야 하기 때문이다. 일상의 익숙한 풍물과 삶은 이야깃거리가 되지 못한다. 그래서 낯선 곳의 사람들과 사물의 체험을 가능하게 하는 편력은 이야기가 탄생하기 위한 필수 조건이다. 하지만 아무나 편력자가 되는 것은 아니다. 편력자가 되는 사람은 결핍 때문에 지금, 여기에 있기 힘든 사람이거나, 억압이나 이상의 추구 때문에 지금, 여기에 있을 수 없는 사람이다.

한 개인이 편력에 나서려면 그는 집(둥지, 고향)을 떠나야 한다. '새는 둥지에서 노래하지 않는다'는 '새는 둥지를 벗어나지 않는 한 노래할 수 없다'와 같은 의미다. 모든 사람이 집을 떠날 수 있는 것은 아니다. 이렇게 말해도 괜찮다면 문제적 개인, 즉 자신이 몸담고 있는 둥지에서 무엇인가 결핍을 느껴 둥지 밖의 세상에 대한 누를 수 없는 호기심에 사로잡힌 개인만 둥지를 떠난다. 그로 인해 서사가 탄생한다. 둥지를 떠나는 것은 미지의 엄청난 위험을 감수하는 것이다. 넓은 세상으로 나가기란 시련을 예비하는 것이기 때문이다. 그것을 상징적으로 보여 주는 것이 어느 순간 문득 허공 높이 스쳐 오르는 거친 바람결에 그 연과 연실을 함께 띄워 보내기다. 거친 바람결에 띄워 보낸 연은 둥지를 떠나는 새의 변형이다. 이제 서사가 탄생하기 위해 무소작–새의 편력이 시작된다. 『인문주의자 무소작 씨의 종생기』의 「씨앗의 꿈」과 「떠돌이 무소작」은 이야기꾼 무소작이 탄생하기 위해 무소작이 편력에 나서서 이야깃거리가 생성되는 부분이다.

「씨앗의 꿈」과 「떠돌이 무소작」에서 우리는 편력에 나서는 문제적 개인인 무소작, 즉 둥지를 떠나는 새를 여러 곳에서 볼 수 있다. 무소작이 문제적 개인임을 알려 주는 대표적인 표지가 바로 답답함, 마음의 부름 소리이며, 그것을 느꼈을 때 그는 머지않아 둥지를 떠나게 된다. 다시 말해 그 표지들은 무소작이 편력에 나서게 될 뚜렷한 징후가 된다. 편력자(미래의 이야기꾼)의 기질(이야기꾼이 반드시 지녀야 하는 기질)을 지닌 무소작에게 한곳에 붙박여 있기란 몹시 고통스러운 일이다. 그는 당연히 답답함을 느낀다. 그에게 답답함은 갇혀 있음에서 오는 고통의 느낌이다. 그 고통을 이겨 내려는 소망이 마음의 부름 소리로 나타난다. 그것은 그가 갇힌 곳의 외부, 낯선 밖에서 그를 부르는 소리다.[8) 「씨앗의 꿈」에서 처음 답답함과 마음의 부름 소리는 집 안에 갇힌 무소작 개인의 고통으로 나타난다.

> 무소작에겐 그런 하루하루가 더없이 지루하고 답답할 수밖에 없었다. 어두컴컴한 집 안이나 볕발 가득한 앞마당, 이웃집까지 모두 들일을 나가 버린 괴괴한 마을 전체가 지루하고 답답하다 못해 더러는 까닭

---

8) 문학 웹진 「inswords」 2001년 2월호에 이청준의 대담이 실렸다. 거기에서 그는 왜 소설가가 되었느냐는 물음에 자신이 삶에 대한 정보가 부재하는 시골 출신이기 때문이라고 답한다. 그도 무소작처럼 자신이 갇힌 곳의 외부에 대한 호기심, 보이는 현상 너머 세계에 대한 호기심을 품고 그것을 알고 싶어 한다. 하지만 그는 무소작과 달리 편력자가 되지 않는다. 아니, 그도 편력자가 된다. 그는 책을 통해 현상 너머의 세계와 삶의 의미를 읽고 자기식으로 해석하고 완성해 간다. 한마디로 그는 책을 편력함으로써 세상을 학습하고 그 학습의 결과를 다시 책으로 만드는 소설가가 된다. 그는 앞서 우리가 정의한 인문주의자(글을 읽고 글을 쓰는 사람. 글 속에서 인간다운 삶에 대한 도리를 배우고 그것을 글로 전파하는 사람)에 정확히 일치한다. 이청준을 무소작으로 대체해도 결과는 마찬가지다. 마음의 부름에 응답한 무소작은 책이 아니라 실제 체험을 통해 삶의 의미, 세계를 읽고 자기식으로 해석하고 완성해 간다. 그는 그렇게 학습한 결과를 이야기로 꾸며 들려주는 이야기꾼이 된다. 그런 그는 인문주의자다.

없이 소름이 끼치기까지 했다. (12쪽)

그러다가 「떠돌이 무소작」에서는 집 안이 땅속으로, 다시 물속과 마을 안, 군대로 확산되다가 결국 이들 전체를 포함하는 나라 안으로 확대된다.

① 그 아빠의 무심스러운 대꾸에 소작은 잠시 자신이 그 어두운 땅속의 씨앗처럼 답답한 느낌이 들었으니 말이다. (21쪽)

② 소작은 이번에도 그 아저씨의 설명에 자신이 물속에 갇혀 사는 물고기처럼 답답한 생각이 들었다. (24쪽)

③ 땅속이나 물속, 하늘 세상까지는 그만두고라도, 그가 한 해와 달을 이고 함께 살아가는 이웃 산 너머 일마저 깜깜 모르고 지내온 셈이었다. 그리고 그렇듯 다른 세상일을 전혀 모르고 지내온 자신이, 소작은 마치 땅속 어둠에 묻혀 움이 돋을 날을 기다리는 씨앗처럼 어디엔가 답답하게 갇혀 살고 있는 느낌이었다. (29~30쪽)

④ 연병장이나 야전 훈련 때는 물론 먹고 입고 자는 일 모두가 한결같은 규율과 간섭투성이인 데다, 달이 바뀌고 철이 바뀌어도 변하는 것이라곤 아무것도 찾아볼 수 없는, 언제나 그날이 그날 같은 무심한 세월과 상투성이 그에겐 유난히 더 답답하고 지겨울 수밖에 없었다. (37쪽)

⑤ 제대를 하고 나서 한동안 잠잠해 있던 옛 고향시절부터의 마음속 부름 소리가 그 모래 벌판 사업장(중동) 근로자 모집 광고를 본 순간 다시 귀청을 울려 대기 시작한 때문이었다. (38쪽)

무소작은 고향인 참나뭇골, 더 나아가 나라 안에 있을 때 답답함을

느끼며 이방으로 향하는 마음의 부름 소리를 듣는다.[9)]

둥지(안)를 벗어나 비상(밖)하는 새는 『인문주의자 무소작 씨의 종생기』에서 '안과 밖이 하나 되기'의 대표적 상징물 역할을 하는데 꽃씨와 물고기도 새와 유사한 의미를 지닌다. 안과 밖이 하나가 되려면 안과 밖을 가르는 경계가 극복되어 사라져야 할 것이다. 그 경계가 극복되려면 무엇보다 둘을 이어 주는 매개체가 필요하다. 새는 땅과 하늘을 잇고, 꽃씨는 땅을 경계로 그 아래와 위를 잇고, 물고기는 물을 경계로 그 아래와 위를 잇는다. 세상을 형성하는 흙과 물과 공기는 세 가지 상징들로 인해 하나가 된다. 하지만 새와 꽃씨와 물고기가 작품 안에서 동일한 비중을 갖지는 않는다. 「씨앗의 꿈」의 한 부분에서만 언급되는 물고기는 물속과 물 밖을 이어 주는 단일한 기능을 할 뿐이다. 그에 비해 꽃씨는 땅속과 땅 밖을 이어 주는 식물적 상징물에 그치지 않는다. 그것은 『인문주의자 무소작 씨의 종생기』의 시작과 끝에 등장하여 작품의 시종을 이어 줌으로써 이야기(여기서는 『인문주의자 무소작 씨의 종생기』)의 순환과 재생을 보여 준다. 또한 이야기라는 장르의 순환 구조와 직접적으로 연결되어 이야기

---

9) 현대 소설에서 편력은 구전 이야기 시대와 많이 달라졌다. 그것은 이제 정신의 편력이나 사랑의 편력, 그에 따른 파란으로 대체된다. 그렇기 때문에 끝없이 여성 편력에 나서는 남자도 무소작이 편력에 나서는 것과 같은 관점에서 볼 수 있다. 이방을 돌아다니는 것과 낯선 이성을 탐하는 것은 본질적으로 하나다. 한 대상을 향한 변함없는 사랑 이야기가 지루한 것은 거기에 편력이 결핍되었기 때문이다. 남녀의 사랑 이야기에도 편력은 서사 탄생의 필수 조건이다. 사랑의 대상이 변할 수 없다면 그 대상을 사랑하는 과정에 무수한 방해꾼이나 장애물이라도 있어야 한다.

꾼이 뿌리는 이야기의 원형, 또는 그 이야기 자체를 의미하기도 한다. 이때 비로소 꽃씨가 『인문주의자 무소작 씨의 종생기』뿐 아니라 전래 이야기의 순환 구조를 상징하게 된다.

이청준은 서사의 탄생을 위한 편력과 서사의 순환을 통한 부활을 위해 새와 꽃씨, 두 상징을 사용한다. 꽃씨는 스스로 다닐 수 없지만 새는 혼자 날 수 있고, 새는 죽으면 그만이지만 꽃씨는 꽃으로 다시 피기 때문이다. 따라서 서사의 순환, 재생을 상징하는 꽃씨는 작품의 앞뒤에서 언급되고, 편력에 나선 개인을 나타내는 새는 전편에 골고루 등장할 수밖에 없다. 하지만 새는 앞에서 보았듯이 꽃씨와 같은 의미를 형성하는 상징이기도 하다. 꽃씨가 땅속과 땅 밖을 이어 주려면 싹으로 땅을 뚫고 올라와야 하듯이 새가 땅과 하늘을 이어 주려면 둥지를 떠나야 한다. 새에게 둥지는 무엇일까. 그것은 꽃씨에게 땅속과 같다. 꽃씨가 개화하려면 땅속에서 충분한 기다림이 필요하듯이 새가 비상하려면 둥지에서 충분한 휴식을 가져야 한다. 꽃씨는 땅으로 귀환한다. 그것은 꽃씨의 죽음이다. 그 꽃씨의 죽음과 같은 것이 무소작의 막연한 나라 안으로의 귀향이 아니라 참나뭇골로의 귀향이다. 참나뭇골은 무소작-새의 진정한 둥지이며 그는 그곳에 귀환함으로써 다시 날지 못할 것이다. 이처럼 꽃씨와 새는 유사한 상징적 의미를 지닌다.

둥지 속의 새, 땅속의 꽃씨 상태의 무소작을 그린 「씨앗의 꿈」은 꽃씨-콩싹, 옥수수싹-물고기-큰산 바라기, 포구 동네(어둠 속의 씨앗)-큰산 오르기(싹 틔우기)의 다섯 부분으로 구성된다. 꽃씨와 물고기는 무소작을 나타낸다. 새는 둥지에서 노래하지 않고 꽃씨는 땅속에서 개화하지 않는다. 무소작은 아직 뒷산 너머 큰산을 바라기만

할 뿐이다. 그렇기 때문에 큰산으로 오르기의 의미는 각별하다. 그것은 오르는 것, 땅속에서 땅 위로 솟아나는 것, 싹 틔우기, 개화를 의미한다. 큰산에 올랐을 때 비로소 무소작은 답답한 느낌을 지나 마음속의 부름 소리를 처음 듣는다. 큰산에 오르기는 둥지 속의 새가 넓은 세상으로 나가는 비상의 첫 날갯짓이다.

> 그리고 그 광활한 세상 먼 산줄기들 너머 어디선가 어렴풋이 그를 부르는 소리를 들었다.
>
> 우르르르…… 우릉…… 우르르…….
>
> 그것은 먼 산봉우리들을 감싸 흐르는 구름장들의 마른 뇌성 소리만은 아니었다.
>
> 그 산줄기들이 그를 손짓해 부르는 듯싶어 가만히 귀를 기울이다 보니 그 소리는 자신의 마음속에서도 함께 울려나오고 있었다. 우르르르…… 우르르…… 우릉……. (33쪽)

넓은 세상에는 반드시 무수한 시련이 예비되어 있다. 그렇기 때문에 싹은 그 자체가 이미 온갖 비바람과 더위와 추위와 벌레 등 시련의 예비이며 더 나아가 죽음-낙화의 전제 조건이 된다. 아버지가 큰산에 오른 무소작을 달가워하지 않은 이유가 바로 그것이다. 둥지 속 새의 비상인 큰산에 오르기는, 앞에서 보았듯이 거친 바람결에 연과 연실을 함께 띄워 보내는 것이다. 거친 바람결은 다가올 시련을 암시하고 초점은 거기에 맞춰져 있다. 결국 씨앗은 넓은 세상의 풍성한 기억을 간직한 채 땅속으로 돌아올 수밖에 없고, 그 과정은 반복, 순환될 것이다.

비상한 새 무소작을 그린 「떠돌이 무소작」은 편력(육로-물길-나라 안)-고향으로 가는 길-사라진 고향으로의 귀향, 이렇게 세 부분으로 구성된다. 「떠돌이 무소작」은 전형적인 오디세이 구조로 되어 있다. 토도로프는 『산문의 시학』의 「원초적 이야기」 편에서 『오디세이』에 대해서 이렇게 말한다.

율리시스가 귀향에 그렇게 시간이 걸린 것은, 그의 진짜 욕망이 귀향이 아니기 때문이다. 그의 욕망은 서술자의 욕망이다(율리시스의 허구를 말하는 자는 율리시스인가 호머인가?). 서술자는 말하기를 열망한다. 율리시스는 이야기가 계속될 수 있도록 이타카로 귀환하기를 원하지 않는다. 『오디세이』의 주제는 율리시스의 이타카로의 귀환이 아니다. 거꾸로 그의 귀환은 『오디세이』의 죽음이며, 끝이다. 『오디세이』의 주제, 그것은 『오디세이』를 형성하는 이야기들이며, 『오디세이』 자체다. 그런 이유로 율리시스는 귀향하면서 고향을 생각하지 않고 그것을 기뻐하지도 않는다. 그는 오직 '건달들의 이야기들과 허구들'만 생각한다. 다시 말해, 그는 『오디세이』를 생각한다.[10)]

이 문장을 다시 써보자.

무소작이 귀향에 그렇게 시간이 걸린 것은, 그의 진짜 욕망이 귀향이 아니기 때문이다. 그의 욕망은 서술자의 욕망이다(무소작의 허구

10) Tzvetan Todorov, *Poétique de la prose*, 30쪽. 필자 번역.

를 말하는 자는 무소작인가 이청준인가?). 서술자는 말하기를 열망한다. 무소작은 이야기가 계속될 수 있도록 참나뭇골로 귀환하기를 원하지 않는다. 『인문주의자 무소작 씨의 종생기』의 주제는 무소작의 참나뭇골로의 귀환이 아니다. 거꾸로 이 귀환은 『인문주의자 무소작 씨의 종생기』의 죽음이며, 끝이다. 『인문주의자 무소작 씨의 종생기』의 주제, 그것은 『인문주의자 무소작 씨의 종생기』를 형성하는 이야기들이며, 『인문주의자 무소작 씨의 종생기』 자체다. 그런 이유로 무소작은 귀향하면서 고향을 생각하지 않고 그것을 기뻐하지도 않는다(그는 죽기 위해 귀향한다. 그런데 그 고향마저 이미 사라졌다니!). 그는 오직 '이방인들의 이야기들과 허구들'만 생각한다. 다시 말해, 그는 『인문주의자 무소작 씨의 종생기』를 생각한다.

오디세이 구조의 핵심은 '귀향은 서사의 죽음'이라는 것이다. 그렇기 때문에 오디세이 구조의 이야기에서 고향은 가장 멀고 낯선 곳, 이야기의 끝에서야 갈 수 있는 곳이다. 그것을 잊지 말고 새가 나는 행로를 따라가 보자.

무소작은 마음속 소리가 부르는 곳이면 어느 곳이나 찾아가 가지가지 사람살이 풍물을 보고 겪는다. 그는 사막, 아프리카, 유럽, 남북아메리카, 베링 해, 남태평양 사모아, 지브롤터, 라스팔마스를 두루 거쳐 글자 그대로 지구를 한 바퀴쯤 돈다. 그러던 무소작에게 황혼기가 찾아오고 마음속 부름 소리가 잠잠해진다. 그때 그는 마음의 날개를 꺾어 접은 것처럼 보인다. 하지만 그에게는 아직 늙고 지친 심신을 차분히 깃들일 영원한 둥지가 없다. 무소작이 나라 안에 있는데 마음의 부름 소리가 잠잠할 때, 그는 낯선 곳으로 비상할 수 있는 마음의 날개를 꺾어 접은 상태로 휴식을 취하고 있다고 할 수 있다. 실제로 곧 부름 소리가 다시 들리고 그것은 더 큰 비상, 최후의 비상을 예고한다. 이번의 부름 소리는 마지막 안식처를 향해 가는 부름 소리일 것이다. 그 영원한 둥지는 아직 가봐야 할 곳, 그러니까 가장 멀고도 낯선 곳, 맨 끝에 돌아가야 할 곳, 바로 고향이다.

> '그렇구나, 참나뭇골이야말로 세상에서 내가 가장 알지 못한 곳이었구나. 그래서 언젠가는 내가 다시 찾아가야 할 마지막 동네로 남아 있다 비로소 나를 부른 것이었구나.' (50쪽)

무소작이 국내로 귀환하여 참나뭇골로 가기로 결심했을 때 그는 죽으러 간다. 그 중간에 있는 두 번의 귀국은 그가 참나뭇골로 가지 않기 때문에 영구 귀환이 아니다. 그런데 지친 새를 품어 줄 영원한 둥지이자 꽃의 삶을 끝낸 꽃씨가 돌아가 묻힐 땅인 참나뭇골은 사라지고 없다. 결국 무소작은, 이제는 이야기로 전해지는 사라진 고향으로 들어갈 수밖에 없다.

삶을 사는 과정에 있는 동안 창작이 가능할까? 이 작품은 『오디세이』가 그렇듯이 이야기와 이야기꾼에 관한 이야기다. 그렇기 때문에 삶을 사는 과정에 있는 동안 창작은 가능하지 않다. 이야기가 생성되려면 삶을 사는 과정, 즉 편력, 체험이 반드시 있어야 하지만 그 자체가 이야기가 될 수는 없다. 이야기의 기원은 하루 이야기를 남에게 들려주기다. 편력 과정인 삶에 대한 체험은 형상화, 이야기 꾸미기로 이어지고 이야기 텍스트는 청중, 독자에게로 간다. 그때부터 텍스트는 자족 자생적 존재이자 무한한 해석을 위해 던져진 존재가 된다.

그러니까 편력은 서사의 탄생의 조건이고 귀향은 서사의 죽음의 조건이다. 이야기꾼은 그의 삶을 이야기로 형상화한다. 그는 자신의 삶인 이야기를 다 끝내고 나면 죽기 마련이다. 더 이상 이야기로 형상화할 삶이 없기 때문이다. 그에게 삶은 이야기이고 이야기는 곧 삶이다. 여기서 안과 밖이 하나 되기의 핵심에 도달한다. 땅속과 땅 밖을 이어 주는 꽃씨, 물 안과 물 밖을 이어 주는 물고기, 땅과 하늘 그리고 나라 안과 나라 밖을 이어 주는 새처럼, 이야기꾼의 죽음 자체가 안과 밖을 이어 주는 하나 되기라는 점이다. 이야기꾼이 살아 있을 때 이야기꾼은 이야기 밖에 있고 그가 죽었을 때 비로소 이야기 안으로 편입된다. 이야기꾼의 죽음은 이야기의 안과 밖을 하나로 만든다. 그것은 내용과 형식, 사실과 허구, 삶과 죽음이 하나 되기다. 이제 문제는 체험한 삶의 내용(개인 언어)을 어떻게 이야기로 꾸미는가, 하는 것이다.

4. 서사의 탄생 : 이방 체험담

『인문주의자 무소작 씨의 종생기』의 「이야기 장수 무소작 씨」는 이야기의 재료가 되는 삶의 내용을 가지고 이야기를 꾸미기, 다시 말해 체험의 예술적 형상화에 대한 본격적인 논의를 하고 있다고 할 수 있다. 「이야기 장수 무소작 씨」는 두 부분으로 나뉜다. 개인의 체험이 이야기로 형상화되는 부분과 개인 언어가 공동체 언어와 조화, 통합되는 부분, 즉 이방 체험담이 전래 이야기가 되는 부분이다. 두 부분을 가르는 전환점은 무소작의 이야기를 듣던 사람들이 사람살이는 세상 어디나 같다는 것을 깨닫는 곳이다.

먼저 개인의 체험이 이야기로 형상화되는 부분을 살펴보자. 앞에서도 말했지만 소설의 기원은 하루 이야기를 남에게 들려주기다. 말하는 사람에 따라 내용이 동일한 하루 이야기라도 어떤 순서로, 무엇을 삭제하고 무엇을 강조하여 들려줄 것인가가 결정된다. 이것이 바로 이야기의 형식의 문제로, 중요한 것은 형식의 문제가 이야기꾼의 세계관과 밀접한 관련을 맺고 있다는 점이다.

하루 일을 끝내고 모여 앉았을 때, 한평생의 편력을 끝내고 고향에 돌아왔을 때 이야기는 탄생한다. 그렇기 때문에 삶이 곧 이야기의 내용이다. 이야기 장수 무소작은 떠돌이 무소작이 체험한 내용(story)을 가지고 이야기를 꾸민다(plot). 따라서 「이야기 장수 무소작 씨」는 「떠돌이 무소작」의 사실-내용의 반복인 동시에, 예술적으로 형상화되어 형식이 완전히 다른 부분이다.

「이야기 장수 무소작 씨」에서 사실을 가지고 이야기를 꾸밀 때 처음 제기되는 문제가 '언어'의 자의성이다. 언어에 대한 문제는 소설, 또는 이야기라는 예술의 매체에 관한 문제다.

> 「육지부 사람들은 하나같이 우리가 말하는 뿔게를 꽃게라 부르고 이곳의 쭉지미는 주꾸미라 하지요. 이곳의 새고막도 새고막이 아닌 피조개로 부르는 판이고.」 (67쪽)

무소작은 하나의 '대상'을 지칭하는 언어의 다양함에 대해 이야기한다. 대상이 동일해도 대상을 지칭하는 언어가 달라지면 대상의 맛(쓰임새) 또한 달라진다. 잘 알려진 대로 언어와 대상은 필연적으로 연결되어 있지 않다. 둘의 연결은 자의적이다. 언어가 달라진다 해도 대상의 실체는 달라지지 않는다. 그렇기 때문에 창조적인 이야기를 꾸밈에 있어, 오랜 관습 등에 의해 낡아 버린 언어 대신 비유, 상징 등의 갱신을 포함하는 새로운 언어로 대상을 지칭하는 것은 꼭 필요하다.

무소작은 언어의 자의성에 대한 성찰 이후 이야기를 시작한다. 사막나라 배신극, 지상낙원 이야기에 이어지는 해석은 이야기의 기능이 자기반성에 있다는 점을 보여 준다. 그것은 이야기가 하루 일을 끝내고 난 뒤 탄생한다는 점에서 당연한 것이다. 이야기는 이미 살았던 삶을 다시 사는 것이다. 그렇기 때문에 이야기꾼이 이야기를 모두 끝내면, 즉 삶을 처음부터 다시 살고 나면 남는 것은 죽음이다. 이야기는 삶의 모든 행로가 끝났을 때 탄생하고 그 삶을 정신적으로 다시 사는 이야기가 끝나면 이야기꾼은 사라질 수밖에 없다. 이야기는 이야기꾼이 삶의 행로를 마치고 아무 일도 할 수 없을 때, 듣는 사람들이 하루 일을 끝내고 아무 일도 하지 않을 때 탄생한다.

> 이젠 더이상 육신의 일을 할 수 없는 그의 남은 노년이 지나간 시절의 반추처럼 다시 거두고 감당해갈 또 다른 새 종생의 길, 바로 다름아닌 늙은 이야기 장사꾼 길의 시작이었다. (61쪽)

듣는 사람들이 다시 삶의 현장으로 돌아가면 이야기는 끝난다. 달리 말해, 이야기가 끝나면 듣는 사람들은 삶의 현장으로 돌아가고 이야기꾼은 죽는다.

자기반성을 통해서 알 수 있는 것은 낯선 나라의 이야기가 모두 우리 이야기라는 점이다. 그 뒤에 이어지는 혈연 지상주의, 죽은 조상 섬기기, 족보 받들기, 기괴한 고려장에 관한 이야기들도 마찬가지다. 무소작의 이야기를 듣는 사람들은 처음에 생소한 내용들에 매료되지만 곧 그 내용들이 우리 이야기라는 점을 깨닫는다.

「똑같아. 사람 사는 일이란 알고 보면 어디나 속이 똑같아!」(96쪽)

무소작의 신기한 이야기들의 전언은 다른 것이 아니다. 사람 사는 일은 한 가지로 똑같다.

이제 듣는 사람들은 무소작이 어떤 기이한 이야기를 해도 재미있어하지 않는다. 그들은 중동 지역의 한 척박한 나라 식사 풍습에 관한 이야기에도 동질성에 대한 익숙한 공감을 표시한다. 무소작의 이야기 꾸미기는 이 지점에서 '낯설게 하기'의 위기를 맞는다. 슈클로프스키(V. Chklovski)의 용어인 '낯설게 하기'는 문학 작품을 문학 작품이게끔 하는 '문학성'에 대한 탐구와 연결된다. 그것은 일상어와 문학어의 구분에서 출발하여 스토리와 플롯의 구별 같은 형식적인 측면에 주목한다. 스토리가 이야기의 원재료라면 플롯은 작가가 그 재료를 갖고 꾸민 이야기, 즉 스토리를 낯설게 재배열한 이야기다. 낯설게 하기는 독자가 오직 플롯을 통해서만 이야기의 의미를 산출할 수 있기 때문에 중요하다.

'낯설게 하기'의 위기는 문학성의 위기라 할 수 있다. 좀 더 색다른 이야기에 대한 듣는 사람들의 주문은 새로운 문학의 창조를 요구하는 것이다. 이제 무소작의 이야기 꾸미기는 전환점에 섰다. 지금까지 그의 이야기가 사실의 충실한 전달에 중심을 두었다면 이후의 이야기는 사실의 변형이 될 것이다. 무소작은 내용이 아니라 형태에 주목해야 한다. 이야기의 예술성은 형태에 의해 결정된다. 인간의 삶에서 아직 이야기되지 않고 남아 있는 새로운 것이 있겠는가. 과거에서 미래의 인간까지 그들의 삶의 내용은 동일하다. 삶을 내용으로 하는 이야기의 생명은 싱싱한 생기인데, 그것은 형태에서 온다. 그런데도 무소작은 아직 그것을 깨닫지 못한다. 그가 이방의 장례 풍습에 대해서 말했을 때 듣는 사람들의 반응은 그래서 냉담하다. 그들은 무소작이 무슨 신기한 이야기를 해도 그것을 자신들의 경험과 삶 속에 동질화시켜 버렸다. 그들은 어째서 이방의 낯선 이야기들이 우리 이야기와 같으냐는 무소작의 질문에 간단히 답한다.

「우리 생명의 생성과 소멸을 이어 가는 자연순환의 이치로 인해서지요.」 (102쪽)

소설도 마찬가지다. 낡은 소설의 죽음이나 새로운 소설의 탄생이 있는 것이 아니다. 오직 소설의 소설에 의한 쇄신만 반복, 순환될 뿐이다. 이야기꾼은 하나의 이야기(text)를 하고 사라진다. 이제 텍스트에 의미를 부여하는 것은 독자다. 독자는 해석을 통해서 텍스트의 의미망을 풍요롭게 한다. 그런데 문자화된 소설에 대한 해석의 경우 하나의 해석은 텍스트의 의미망을 풍요롭게 하면서 그것 자체로 완결되고 텍스트는 다시 시원으로 돌아가 새로운 해석을 기다린다. 하지만 구전되는 전래 이야기의 경우 하나의 해석은 텍스트의 의미망을 풍요롭게 하면서 텍스트 자체를 변형시켜, 이야기는 매번 새롭게 창조된다.

독자가 텍스트에 의미를 부여할 때, 독자는 광의의 작가 기능을 수행한다. 텍스트가 자족 자생적인 존재, 무한한 해석을 위해 던져진 존재가 되면서 다양한 독자의 해석을 거치는 텍스트의 편력이 시작된다.

이야기에는 진실이 실려야 한다는 점에서 체험의 중요성이 나온다. 하지만 실화를 바탕으로 해도 이야기는 허구다. 이야기 꾸미기는 체험을 통해서 알게 된 사실의 혼돈된 세계에 질서를 부여해서 새로운 세계를 창조하는 작업이다. 그렇게 창조된 세계는 허구의 세계다.[11] 꾸며진 이야기를 전해 들은 사람은 이제 앞선 이야기꾼을 지우고 이야기꾼-작가가 되어, 자신이 체험을 통해 얻은 세계관을 그 이야기에 투영해서 이야기를 변모시킨다. 벤야민의 말처럼 이야기에는 매번 이야기를 하는 사람의 흔적이 남는다. 그래서 이야기 꾸미기와 전달은 끝없는 수공업의 연쇄로 이루어진다.

> 오랫동안 번성하였던 얘기 그 자체는 이를테면 의사소통의 수공업적 형태이다. 얘기는 정보나 보고처럼 사물의 순수한 '실체'를 전달하려고 하지 않는다. 얘기는 보고하는 사람의 삶 속에 일단 사물을 침잠시키고 나서는, 나중에 가서 다시 그 사물을 그 사람으로부터 끌어낸다. 그래서 얘기에는 그 얘기를 하는 사람의 흔적이 남아 있기 마

---

11) '자서전이 소설이 되다.' 자서전이 소설이 되는 것은 자신이 체험한 삶을 재구성하여 다시 살아 본 뒤(반성) 잘못된 곳을 고치고(오류 수정) 부끄러운 자신을 극복하여(자아 갱신) 허구를 통하여 자신이 생각하는 이상적 세계를 그리거나 그 세계로 나가도록 방향성을 부여하는 것이다.

련이다.[12]

벤야민은 이야기하는 기술을 수공업적 기술, 이야기하는 것을 하나의 수공업적 작업으로 부르는데, 그 작업은 이야기가 이야기꾼의 세계관에 의해서 걸러지는 여과 과정과 그의 삶 속에 녹아 숙성되는 발효 과정으로 이루어질 것이다.

이야기가 탄생하려면 최초의 이야기꾼이 고향으로 돌아와 서사가 종결되어야 한다. 귀향은 시간을 되접고 공간을 폐쇄하는 것이다. 이방을 떠돌던 개인이 귀향했을 때, 남은 것은 그가 체험을 이야기로 풀어 놓는 것이다. 그는 체험담을 다 말한 뒤 죽거나 사라져야 한다.

---

12) 발터 벤야민, 반성완 편역, 『발터 벤야민의 문예이론』, 민음사, 2000(11쇄), 175쪽.
이청준은 앞서 예를 든 웹진 「inswords」에서 소설을 삶과 세계에 대해서 몰라서 헤매는 것, 그래서 삶에 대한 정보 생산으로 정의한다. 이때 정보 생산은 벤야민이 말하는 수공업적 생산과 동일하다. 소설＝삶에 대한 정보 생산은 삶이 육화된 1차 생산이다. 그의 견해에 따르면 지금은 패러디나 복합 모방 등 소설 자체의 정보를 유통적으로 재생산하는 시대이다. 삶이 육화되지 않은 정보는 삶에 육화되지 않고 정보 자체로 돌아다닌다. 그런 정보는 어쩔 수 없이 과잉 생산되어 인간의 삶을 해체하고 억압한다. 정보 자체의 확산이 강한 시대에 삶이 실린 진짜 정보를 조직화하기란 거의 불가능하다.
이청준은 요즘 소설은 정보가 조직화된 느낌을 주어 정보 냄새만 날 뿐 잘해야 거기에 허덕이는 작가의 삶만 보인다고 말한다. 그가 생각하는 지금 바람직한 소설 형태는 자신의 삶으로 돌아가서 그것을 실어 내는 것이다. 소설은 정보물신주의에 편승해 정보 자체를 유통 재생산하는 것이 아니다. 소설은 작가 자신의 삶과 더 나아가 이웃의 삶을 실어 내야 한다. 그런 소설이 삶에 대한 진짜 정보를 줄 수 있다.

고향으로 돌아온 그에게 더 이상의 서사는 없다. 그렇다고 귀향이 서사의 죽음에 그치는 것만은 아니다. 귀향이 없다면 서사는 이어지겠지만 그것을 하나의 예술로 구조화할 기회 또한 없다. 귀향은 서사의 죽음이지만 이야기 예술이 탄생하기 위한 전제 조건이기도 하다. 하지만 개인의 이방 체험담은 그것이 개인에게 머무를 때 변형 불가능한 하나의 완성된 이야기, 닫힌 구조일 수밖에 없다. 자신의 삶으로 이야기를 짠 개인이 그것을 공동체에 풀어 놓은 뒤 사라졌을 때 비로소 이야기는 스스로의 생명력을 얻게 된다. 그때 이야기는 끝없이 열린 구조가 되며 이후 펼쳐지는 것은 이야기의 흥미진진한 편력 과정이다. 그것은 개인 언어인 이방 체험담이 공동체 언어인 전래 이야기가 되는 과정과 같다.

이야기꾼이 자신의 체험담을 전달하는 데 그치지 않고 그것을 수정, 변형하여 새로운 이야기를 꾸미고, 뒤이어 그 이야기를 들은 사람이 이야기꾼이 되는 것은 개인 언어가 공동체 언어에 통합되는 첫 단계라 할 수 있다. 무소작은 자신의 신기한 체험담을 모두 그들의 삶의 이야기로 이해하는 사람들 앞에서 하나의 깨달음을 얻는다. 이야기는 체험과 그것을 바탕으로 한 허구의 조합이라는 것이다.

「그래, 보고 듣고 겪은 것만으로 부족하다면 그것을 더 재미있게 꾸며 보자!」

두드리면 열린다듯이 긴 시간 고심을 하다 보니, 이야기라는 것은 굳이 실제의 체험에서만이 아니라 그 체험을 바탕으로 한 새로운 꾸밈이나 순전한 상상 속에서도 얻어질 수 있다는 데까지 생각이 미치게 된 것이다. 그리고 그런 사실이야말로 소작 씨에겐 참으로 그 이야기에 대한 전혀 새로운 발견, 지금까지와는 차원이 다른 새 이야기길의 발견으로 여겨진 것이었다. (110~111쪽)

무소작은 편력의 끝에 사람살이는 모두 같다는 것을 깨닫는다. 듣는 사람들도 이야기의 편력 끝에 사람살이는 모두 같다는 것을 깨닫는다. 그렇게 되면 문제는 예술의 형식으로 귀착한다. 무소작이 내용뿐 아니라 형태의 문제에 눈을 뜨는 이때 비로소 예술가가 탄생한다. 이야기를 어떻게 꾸밀 것인가 하는 형태의 문제는 장차 무소작의 이야기를 들은 사람들의 연쇄인 모든 이야기꾼과 관련을 맺는다. 무소작의 체험을 원내용으로 하는 무소작의 이야기는 무소작이 이야기를 꾸미기로 작정한 순간부터 수많은 이야기꾼들의 끝없는 내용의 수정과 그에 따른 형태 변화를 거쳐 하나의 보편적인 이야기로 자리 잡을 것이다. 내용의 수정은 사실 미미할 것이다. 이야기꾼이 된 청자는 자신이 들은 이야기를 모태로 필요하다고 생각될 경우에 한해서 내용의 일부를 삭제하거나 비슷한 다른 것을 대체하거나 덧붙일 것이다.

그런데 무소작은 이야기 꾸미기에서 중대한 깨달음을 얻었음에도 불구하고 듣는 사람들의 호기심을 유발하기에 실패한다. 마을 사람들은 그가 꾸민 허구의 이야기인 희한한 버스 이야기를 듣고서 신기해하기는커녕 여전히 자신들의 삶의 이야기와 동일시해 버린다. 그뿐 아니라 그 이야기 속의 사람살이가 거짓 삶인 것까지 안다. 무소작의 이야기에는 진실이 아니라 과장과 지나친 꾸밈만 있었기 때문이다.

그렇다면 이야기는 어떻게 해야 제대로 꾸며지는 걸까. 『인문주의자 무소작 씨의 종생기』에 제시된 대로 정리해 보자.

① 형식의 문제 : 방법이 달라야 한다.
② 내용의 문제 : 진실이 실려야 한다.
③ 경계다운 경계 설정 : 안과 밖이 있어야 한다.
④ 경계 허물기 : 안팎이 서로 하나가 되는 감동이 있어야 한다.

②와 ③의 전제 조건은 제 안에 삶의 뿌리를 지니는 것이며, '낯설게 하기'는 이야기의 안과 밖의 경계 설정에 다름 아니다. 안팎의 경계가 확실히 선 이후에야 둘이 하나 되는 감동도 가능하다. 이야기 꾸미기에 있어서 무소작은 이 과정 중 ①에만 주목했을 뿐이다.

「이야기의 방법을 달리해 꾸미려고만 했을 뿐 그럴수록에 그 속에 담아야 할 진심을 담지 못했기 때문이지요. 당신의 마음이 여기서도 늘 먼 바깥세상을 떠돌 뿐 지금 이곳엔 뿌리다운 뿌리를 지니지 못했으니까. 진실이 실리지 못한 이야기는 꾸밈이 많을수록 더 허황한 거짓, 그래서 서로 경계다운 경계를 찾아 안팎으로 합해질 수가 없는 부질없는 거짓만 낳을 뿐이지요. 그 거짓 세상 거짓된 이야기에서 어떤 놀라움이나 감동, 안과 밖이 서로 하나 되고 넓어져가는 충만스런 지혜를 만날 수가 없지요…….」(114쪽)

무소작은 안팎의 경계 설정에 실패했고 이제 남은 해결책은 이야기꾼이나 듣는 사람 모두, 또는 어느 한쪽이 바뀌는 길뿐이다.

그렇듯 그는 원체 제 안을 지니지 못한 채 바깥세상만 떠돌다 온 떠돌이였다. 애초에 제 안이 없는 떠돌이, 안과 밖의 경계를 지니지 못한 떠돌이 처지였다. 안과 밖의 경계조차 분별할 수가 없었다. 그 경계를 알 수 없으니 그것을 다시 분명히 할 수도 없었고, 그 경계선 바깥의 다른 새 이야기를 찾을 수도 없었다. 이야기를 하는 사람이 그 아닌 다른 사람으로 바뀌거나 하다못해 이야기를 듣는 쪽이 다른 사람들로 바뀌지 않는 한 그것은 불가능한 일이었다. (106쪽)

이야기를 하는 사람과 듣는 사람이 바뀌면서 새로운 이야기꾼이 등장한다. 새로운 이야기꾼은 듣는 사람, 즉 지금까지 이야기를 듣고 해석하던 사람이다. 두 형제 이야기는 이야기를 하는 사람과 듣는 사람의 자리가 어느새 반대로 바뀌어 탄생한 새로운 이야기다. 이제 이야기는 새로운 이야기꾼들에 의해 끝없이 의미가 부여되는 열린 공간이 된다. 열린 공간은 닫힌 공간이 아니므로 당연히 안과 밖이 통한다. 이야기는 수많은 이야기꾼과 듣는 사람들의 대화의 공간이 된다.

그런데 안과 밖의 경계 설정에 실패한 무소작이 마지막으로 꽃씨 할머니 이야기를 생각해 낸다. 그것은 그가 떠돌기 이전의 거짓 없는 그 자신의 이야기이므로 그의 삶의 뿌리이자 이야기의 뿌리라 할 수 있다. 무소작은 비로소 진실이 실린 이야기를 찾은 것이다. 그 이야기를 통해 무소작은 자신의 안을 찾아 갖게 될 것이고, 안과 밖의 경계 설정에 이어 둘이 하나되는 감동을 맛볼 것이다.

5. 서사의 죽음, 재생, 순환 : 전래 이야기

모든 이야기꾼은 꽃씨 할머니인 동시에 그가 뿌리는 꽃씨다. 이야기의 시원은 하나로 이야기를 전하는 이야기꾼에 대한 이야기, '꽃씨 할머니 이야기'가 그것이다. 다른 것은 이 원형의 변주라 할 수 있다. 앞 장에서 보았듯이 이야기는 앞의 것을 지우면서 탄생하는데, 그 안에는 하나의 원형이 존재하며, 이야기는 늘 그 원형으로 회귀한다. 이야기꾼은 꽃씨들을 뿌리기도 하지만 마지막에는 스스로 꽃씨가 된다.

「이야기 속으로 사라진 무소작 노인」에서 이야기꾼 무소작은 마침내 이야기가 되어 버린다. 이야기꾼의 원형인 꽃씨 할머니는 곧 무소작 자신이며, 이야기를 다 마친 무소작은 꽃씨가 되어 꽃으로 피어난다. 무소작은 자신이 그 꽃씨를 뿌리고 다니는 할머니로 변하여 자신의 이야기 속으로 사라져 간 셈이다. 그렇게 사라져 간 그가 그 이야기 속의 할머니와 함께 세상에서 모습이 사라져 간 곳에는 필시 그 자신이 어떤 꽃으로나 피어났을 법하다.

이제 이청준이 이 짧은 소설의 끝에 굳이 어떤 이야기 공부꾼 하나를 등장시킨 이유를 알겠다. 이 작품은 이야기꾼과 이야기에 대한 이야기이기 때문이다. 모든 이야기꾼은 앞의 이야기와 이야기꾼이 사라진 데서 탄생한다. 그것은 한없는 연쇄이자 순환이다. 그것이 이야기와 이야기꾼의 삶이다. 무소작이 말한 이야기와 무소작에 대한 이야기는 새로운 이야기꾼인 어떤 이야기 공부꾼 하나에게로 이어져 새로운 이야기를 낳는다.

이야기꾼을 지우는 것은 이야기꾼이 이야기 속으로 사라지는 것이다. 이것은 벤야민이 말하는 이야기꾼의 기본 두 타입이 상호 결합하는 것, 즉 이방 여행담이 전래 이야기가 되는 것으로 안과 밖이 하나가 되는 것이다. 이야기를 지우는 과정은 결국 이야기의 두 타입이 하나가 되는 것이다. 이것 역시 안과 밖이 하나가 되는 것이다.

이야기꾼과 이야기가 지워지는 데서 새로운 이야기가 탄생한다는 명제로부터 화자(이야기를 하는 이야기꾼)와 작가(그 이야기꾼의 이야기를 하는 이야기꾼)에 대해 생각해 보자.

무소작의 허구들(체험 포함)을 말하는 자는 무소작과 이청준이다. 무소작은 자신이 보고 겪은 일들을 밑재료로 1차적인 변형을 하여 이야기를 만든다. 그가 이야기를 어떻게 꾸몄는지 독자는 알 수 없다. 독자가 접한 것은 『인문주의자 무소작 씨의 종생기』이기 때문이다. 독자는 그 속에서 이야기꾼 무소작이 이야기를 한다는 것과 그 이야기의 내용을 개략적으로만 알 뿐이다. 궁극적으로 『인문주의자 무소작 씨의 종생기』는 이청준의 작품이다. 그런데 중요한 것은 『인문주의자 무소작 씨의 종생기』는 이야기를 하는 이야기꾼에 관한 이야기라는 점이다. 따라서 『인문주의자 무소작 씨의 종생기』의 이야기는 세 층위로 이루어진다.

① 무소작이 들려주는 자신의 체험담에 근거한 꾸며 낸 이야기(이야기의 밑그림). 여기에서 이미 무소작은 자서전을 소설화해서 허구를 끼워 넣는다.
② 이야기를 들려주고 이야기 속으로 사라진 이야기꾼 무소작에 관한 이야기.
③ 1과 2를 하나의 이야기로 구조화한 소설 『인문주의자 무소작 씨의 종생기』.

우리는 세심히 살피지 않아도 이 모두가 작가 이청준이 들려주는 이야기라는 것을 알 수 있다. 앞에서도 말했지만 무소작의 원체험 내용은 알 수 있어도 그가 마을 사람들에게 들려준 그 체험의 형식은 알 수 없다. 왜냐하면 『인문주의자 무소작 씨의 종생기』는 이야기꾼 무소작이 이렇게 저렇게 이야기를 들려주었다더라, 라는 또 다른 이야기, 즉 다른 이야기꾼 이청준이 꾸민 이야기꾼 무소작에 관한 이야기이기 때문이다. 떠돌이 무소작의 내용을 가지고 소설을 꾸미는 것은 소설 속 무소작의 입장일 뿐 「떠돌이 무소작」은 이청준이 만든 플롯의 일부다. 『인문주의자 무소작 씨의 종생기』 자체는 무소작(이야기꾼)이 사라진 뒤 이야기꾼 무소작에 관한 이야기까지 이야기로 화해서 생긴 이야기다. 이야기는 어떤 식으로든 이야기꾼의 영향을 받을 수밖에 없다. 이야기꾼은 하나의 이야기를 할 때, 취사선택을 하고 순서를 정하며 무엇을 강조할 것인가 하는 강약 등을 결정한다. 그렇기 때문에 그가 전하는 이야기를 들은 다른 이야기꾼이 앞선 이야기꾼의 이야기를 완전히 재생하기란 불가능하다. 결국 하나의 이야기와 이야기꾼이 지워져야 새 이야기가 탄생하지만 새 이야기는 앞의 이야기에서 탄생하며 그것이 없으면 불가능하다. 여기에서 하나의 이야기꾼과 이야기가 지워진 데서 새로운 이야기가 탄생한다는 말의 한 갈래를 이해할 수 있다. 그 말은 두 갈래로 이해되어야 한다. 이야기꾼이 지워지는 갈래와 이야기가 지워지는 갈래가 그것이다. 지금 우리는 이야기가 지워지는 갈래를 이해할 수 있다. 이야기의 재료이자 씨앗인 무소작의 체험은 무소작이 하는 이야기로 탄생하고, 이야기꾼 무소작의 이야기는 다시 이청준의 『인문주의자 무소작 씨의 종생기』로 탄생한다. 하나의 이야기가 지워지는 것은 그것이 완전히 사라지는 것이 아니라 그 이야기가 씨앗이 되어 그것을 포함하는, 또는 그것을 원형으로 하는 다른 이야기로 개화한다는 의미다. 꽃씨의 상징은 그래서 적절하다. 꽃씨는 만개했던 꽃의 기억을 품은 채 땅속으로 들어갔다가 다시 꽃으로 피어난다. 이런 식으로 이야기는 원형을 간직한 채 끝없이 변형되어 순환, 반복된다.[13)]

그런데 이야기꾼의 이야기가 끝없이 청자들을 사로잡아 이야기가 끝나지 않는다면? 그 이야기꾼에 관한 이야기는 있을 수 없다. 토도로프는 세이렌이 부르는 노래의 마력에서 벗어나 살아 돌아온 율리시스가 아니라면 세이렌은 영원히 알려지지 못했을 것임을 지적한다.

> 세이렌의 노래는 세이렌에 관한 노래가 태어날 수 있기 위해 멈춰져야 한다. 율리시스가 세이렌에게서 벗어나지 못했다면, 그가 그녀들의 바위가에서 죽었다면, 우리는 세이렌이 부른 노래를 알지 못했을 것이다. 세이렌의 노래를 들었던 사람들은 그로 인해 모두 죽어서 그 노래를 재생할 수 없었다. 율리시스는 세이렌의 생명을 빼앗음으로써 그녀들에게 호머라는 중개자를 통해 불멸성을 주었다.[14)]

---

13) 한 작가의 모든 작품도 이런 식이 아닐까. 한 작가의 작품들은 형태나 다룬 주제 등이 조금씩, 또는 완전히 달라 보여도 하나의 원형을 간직한 변형된 이야기들이 아닐까. 그 원형, 핵, 뿌리가 없는 작가들은 진기한 소재나 낯선 형식 실험에 기대 몇 작품을 발표하고 명성을 얻을 수 있다. 그러나 곧 한계가 드러난다. 그때 그들은 자기 베낌을 포함한 표절의 유혹에 빠질 것이다.

14) 토도로프, 앞의 책, 26쪽.

노래를 하는 세이렌에 관한 이야기, 이야기를 하는 이야기꾼에 관한 이야기, 새로운 이야기가 탄생하려면 누군가 그 이야기꾼을 죽여야 한다. 아니면 이야기꾼 스스로 이야기를 멈추고 이야기 속으로 들어가야 한다. 이야기꾼이 살아 있을 때 이야기꾼은 이야기 밖에 있고, 그가 죽었을 때 비로소 이야기 안으로 편입된다. 분명한 것은 이야기꾼에 관해서 이야기하려면 이야기꾼이 이야기 속의 인물이 되어야 한다는 점이다. 우리는 이제 이야기꾼이 지워지는 갈래를 이해하면서 『인문주의자 무소작 씨의 종생기』의 화두와 같은 안과 밖이 하나 되기에 주목하게 된다.

맺음말

『인문주의자 무소작 씨의 종생기』는 본질적으로 허구인 소설이다. 벤야민이 말하는 소설의 특징을 들지 않더라도 소설의 독자는 이야기의 청자와 다르다. 또한 소설의 작가도 이야기꾼과 다르다. 소설은 본질적으로 고독한 작업으로 세계와의 불화 속에 탄생한다. 독서도 마찬가지다. 소설 쓰기는 고통스럽다. 지금 "우리는 구전적 전통에서 벗어나 있고 또 여러 번 반복해서 되풀이되는 얘기의 층으로부터 완전한 얘기가 어떤 방식으로 생겨나는가를 가장 구체적으로 보여 주고 있는, 천천히 서로 엇갈리면서 전개되는 엷고 투명한 층의 짜임을 더 이상 용납하지 않는 단편 소설의 생성을 체험하고 있는 것이다."[15] 이야기는 소설과 다르다. 이야기꾼과 듣는 사람들, 거기에서 구연되는 이야기는 본질적으로 화합하는 공동체의 장을 필요로 한다. 그 이야기는 세계와 인간이 아직 조화롭던 시절, 황금시대의 기억을 간직하고 있다. 지나가 버린 황금시대의 낙원은 우리가 사는 철의 시대와 대비해 볼 때, 성의 구분도 시간의 법칙도 없는 상태다. 그 속에서 인간은 불사(不死)이며 신과 대등한 존재다. 황금시대는 모든 것이 가능한 지복의 시대다. 그렇기 때문에 이야기 속에서는 모든 것이 가능하다. 이야기를 말하는 것은 고통스럽지 않다. 구전되는 전래 이야기는 소설-책과 다르다. 하나의 이야기꾼에서 다른 이야기꾼으로, 또 다른 이야기꾼으로 전해지는 전래 이야기에서는 듣는 사람이 잠재적 화자가 된다. 새로운 이야기꾼이 말하는 앞의 이야기꾼은 자연스럽게 이야기 속의 인물로 변한다. 꽃씨 할머니는 이야기 속의 인물이 되어 버린 이야기꾼의 보통 명사이며 꽃씨 할머니 이야기가 상징하는 것은 체험담이 전승되는 과정이다. 따라서 이야기꾼의 성별은 문제되지 않는다.

구전되는 이야기에서 듣는 사람은 이야기꾼과 직접 대면하여 이야기의 생성에 능동적으로 개입한다. 그로 인해 일회적인 것, 개인에게 국한된 밀실의 닫힌 세계인 이방 체험담이, 순환하는 것, 보편 질서를 획득한 광장의 열린 세계인 전래 이야기가 된다. 신기하고 낯선 이방 체험담이 익숙하고 친근한 전래 이야기로 바뀌는 것이다.

완결, 고정된 텍스트는 기계 공업적이다. 수공업적 작업에는 기계 대신 장인의 숨결이 들어가게 된다. 이야기꾼이 말하는 이야기에 똑같은 이야기는 없다. 이야기는 매번 다르다. 그러나 문제는 수공업적 이야기조차 고정, 완결된 텍스트로 유통된다는 데 있다. 이제는

15) 벤야민, 앞의 책, 176~177쪽.

원체험 자체가 가상 체험인 시대다. 최초의 이야기꾼의 실체험이 아니라 가상 체험, 수많은 정보로 만들어진 이야기는 가짜다. 이 시대에 작가는 무엇을 할 수 있는가? 거기에 대한 이청준의 대답은 진지하면서도 가능한 유일한 대답처럼 보인다. 그는 우리 판소리를 전래동화라는 이름으로 다시 쓴다. 그것은 그가 구전 이야기꾼 역할을 하겠다는 의미로 보인다.[16] 소설을 이제 축제의 장인 전승의 차원으로 올려서 개인의 삶의 기억을 간직한 공동체의 장으로 만들겠다는 의미 말이다.[17] 그러니 이청준의 이상대로라면 이제 우리는 그를 지우고 그의 이야기도 지워야 한다.

---

16) 벤야민은 구전되는 이야기와 소설을 같은 차원에서 다루지 않는다. 그는 이야기의 몰락의 징후가 '책'에 의존하는 소설의 발흥으로 예고되었다고 한다.(벤야민, 앞의 책, 170쪽) 그런데 이청준은 『인문주의자 무소작 씨의 종생기』라는 소설을 통해 소설에서 거꾸로 전래 이야기로 나가려는 것 같다.

17) 여기서 잠시 새와 나무에 대한 작가의 말을 생각해 보자. 작가는 존재적 언어와 관계적 언어 질서가 조화롭게 통합된 총체적 언어(삶) 질서를 나무와 새에 관한 꿈이라고 한다. 이때 존재적 삶을 표상하는 나무는 관계적 삶의 표상인 새의 자유와 사랑과 새로운 비상의 터전이 된다. 작가가 생각하는 관계다운 관계는 자신의 자리와 얼굴 모습이 뚜렷한 인간대로 살며 조화를 이루는 것, 즉 밀실과 광장이 조화롭게 통합되는 것이다. 그것은 손상되지 않고 원형으로 남은 개인의 이방 체험담이 공동체의 장에서 끝없이 순환됨으로써 보편적 질서를 담은 전래 이야기가 되는 것과 본질적으로 같은 것이다. 그것은 이야기꾼이 말한 이야기를 들은 사람들 중 한 사람이 이야기꾼이 되어 그 이야기를 전달하는 과정의 반복이다. 그 과정에는 다음 이야기꾼이 되는 청자의 해석이 필연적으로 실리게 되며, 그로 인해 이야기는 수정, 변형을 겪을 수밖에 없다. 이청준이 이상으로 삼는 것은 개개인의 삶이 유지되며 공동체를 형성하는 것이다. 그것은 열린 공동체이다. 밀실과 광장의 조화 문제는 바로 존재적 삶과 관계적 삶의 조화 문제며 그의 전 작품에 대한 문제로 이어진다.

죽음을 삶에 대한 완벽한 자유의 메타포로 보는 이청준은 그렇기 때문에 죽음이 문학적 구원의 힘을 발휘할 수 있지 않을까, 조심스럽게 자문한다. 또한 그는 죽음에 대해서 어느 한쪽에 치우치지 않은 시각, 즉 죽음의 미학과 사회학을 동시에 고려하기를 요구한다.[18] 죽음을 삶에 대한 완벽한 자유의 메타포로 여기는 것 자체가 이미 사회학적 관점이라고 할 수도 있다. 하지만 이청준을 읽는 독자로서 늘 갖는 느낌, 현실은 언제나 당신들의 천국인 상태에서 죽음의 사회학적 무게는 얼마나 될까. 이런 상태에서 죽음의 사회학은 분명하고 단일한 의미를 지닐 수밖에 없는 것 같다. 마치 실존주의 문학에서, 죽음이 확실한 수학적 사실이라면 '자살'밖에 해결책이 없지만 그래도 살아야 한다는 논리와 동일하다고 할까.

언제나 당신들의 천국인 현실은 살 만한 가치가 없다. 순결한 영혼이 살기에는 너무 타락한 세상에 대한 답으로 제시된 죽음은 '자살'이다. 거기에는 이 세상은 살 만한 가치가 없다는 단일한 의미만 있다. 이런 자살을 '생물학적 자살'로 부르자. 이청준은 생물학적 자살을 지향하지 않는다. 그는 '신화적 자살'을 감행한다. 우리는 앞에서 돌이킬 수 없이 훼손된 '이 세상에서 나가기 위한 상징적인 죽음, 예술가가 자신이 수행하는 예술 속으로 들어가는 것을 '신화적 자살'이라 불렀다. 그것의 의미는 살 만한 가치가 없는 세상을 살 만한 곳으로 바꾸겠다는 의지다. 그 의지가 실현 가능한지는 문제되지 않는다. 그것은 현실에서 늘 패배하더라도 이상향을 지향하겠다는 의지로 세상을

---

18) 『시간의 문』에 대한 작가 노트, 245~246쪽.

다시 창조하겠다는 창조주의 욕구와 맞닿아 있다. '신화적 자살'은 이야기꾼이 이야기만 남기고 이야기 속으로 사라지는 것으로 순수 정신태로 환원되는 것이며 이야기를 사는 것이다. 이것은 소리꾼이 소리가 되는 것과 동일하며 사진 예술가가 사진 속으로 사라지는 것과 같다. 그것은 신화를 상상력으로만 인지하는 이원론적 삶(생활과 예술은 하나가 아니라 둘)을 벗고 신화를 (삶으로) 살겠다는 일원론적 삶(생활과 예술이 둘이 아니라 하나)을 실천하는 것이다. 그런데 예술가는 신화를 사는 데 그치지 않고 그 자신이 신화가 되기에 이른다. 소리꾼이 소리가 되고 그 소리가 황무지에서 학을 다시 날게 하고 이야기 속으로 사라진 이야기꾼은 이야기로 환생한다.

> 그러나 길을 더 멀리 떠나간 고을들에선 그 세상 이야기가 모두 진달래며 봉숭아며 해바라기 국화 같은 갖가지 고운 꽃의 전설로 변해갔고, 노인이 그 꽃의 전설을 전해주고 간 곳에선 그 전설들이 제각기 꽃씨로 변하여 해가 바뀌고 나면 이곳저곳 그 꽃들이 피어나는 이야기가 되었다. 그리고 다음으론 그 꽃전설을 전하고 다니는 노인의 모습이 웬일인지 할아버지에서 차츰 할머니로 바뀌었고, 그로부터 할머니는 아예 그 꽃전설 대신 이꽃 저꽃 씨앗을 뿌리고 다니는 이야기로 변해갔다. (125쪽)

꽃씨 할머니 이야기는 이 모든 것을 담은 이야기의 원형이다. 아이를 낳지 못하고 혼자 고단하게 살던 할머니는 세상을 보람 있게 살아갈 길을 알려 달라고 하느님께 빈다. 그러자 하느님은 이렇게 답한다.

> 너는 그럼 아이를 낳지 못한 대신 온 세상을 돌아다니며 아름다운 꽃씨를 뿌리고 다니거라. 그래서 세상을 온통 아름답고 즐거운 꽃낙원으로 꾸미도록 하여라. (14쪽)

꽃씨 뿌리기는 세상을 낙원으로 꾸미는 일이며 구원의 일로 아이 낳기와 등가를 이룬다. 그래서 꽃씨 할아버지는 꽃씨 할머니로 바뀌고, 꽃씨 할머니는 전래의 삼신할미의 속성을 지닌다. 뿐만 아니라 꽃씨 할머니는 꽃씨 뿌리기를 통해 탄생과 더불어 죽음, 재생, 그 과정의 순환을 보여 준다.[19]

신화를 살기 위해, 더 나아가 자신이 신화가 되기 위해 자신의 예술 속으로 걸어 들어가는 '신화적 자살'은 '자기 실종의 황홀한 욕망'

---

19) 꽃씨 할머니 이야기는 삼신할미뿐 아니라 더 나아가 꽃을 중심으로 탄생을 다룬 제주도 신화와 밀접한 관련이 있다. 제주도의 큰굿에서 행해지는 본풀이(서사무가) 중에 '할망본풀이'가 있다. 할망본풀이의 내용을 요약하면 다음과 같다. '맹진국 따님애기는 하늘에서 산신(産神)인 생불왕(生佛王: 생불은 곧 아기 잉태)을 뽑는데 땅을 차지한 지부사천왕에게 추천을 받아 올라간다. 이 따님애기는 하늘에서 동해용왕 따님애기와 꽃피우기를 통해 생불왕 경쟁을 벌인다. 동해용왕 따님애기는 검뉴울꽃(시드는 꽃)을 피워 내고 맹진국 따님애기는 사만 오천육백 가지의 번성꽃을 피운다. 그 결과 맹진국 따님애기는 생불할망이 되고 동해용왕 따님애기는 저승할망(구삼승할망)이 된다. 저승할망은 아이가 병들어 죽게 만드는 신이다. 생불할망은 옥황에게서 꽃씨와 해산을 돕는 가위, 실 등을 얻어 인간이 되어 지상으로 내려온다. 이후 석해산에 불법당을 마련하고 그곳의 서천꽃밭 오방(五方: 東, 西, 南, 北, 中央)에 꽃씨를 심는다. 생불할망은 여기에서 꽃을 따 생불꽃을 삼으며, 그 꽃을 갖고 다니면서 아이를 잉태시킨다. 태어날 아이의 운명은 꽃의 색깔과 오방 중 어디에 피었는지에 따라 결정된다.' 산신(産神)이 될 조건은 꽃을 잘 피워 내야 한다는

을 실현시키는 것으로 곧 '신화적 부활'이다.

이 세상에서 나가기는 몹시 어렵다. 이청준의 인물들은 결코 손쉽게 이 세상에서 나가기로 결정하지 않는다. 그들은 가능한 한 모든 노력을 동원해 이 세상에 몸담으려고 애쓴다. 그 모든 노력이 끝난 뒤 그들은 이 세상에서 나간다. 하지만 그것이 아무리 어렵다 해도 이 세상으로의 복귀가 따르지 않는다면 헛된 것이다. 실종은 성공적인 귀환에 의해 비로소 가치를 부여받는다. 예수의 죽음과 부활을 생각해 보자. 기독교에서는 부활이 없다면 예수의 죽음은 헛되다고 한다. 죽기 전의 사람과 부활한 사람은 같을 수 없다. 죽기 전의 예수가 인간이었다면 부활한 예수는 신이다. 죽었다가 다시 살아나기, 그것은 신화다. 그런 뜻에서도 부활하기 위한 죽음은 신화적 자살이다. 신화적 자살을 감행한 무소작은 '꽃씨 할머니 이야기' 속에 부활하여 새로운 삶을 살 것이다.

것이고, 아이를 점지하는 꽃이 바로 생불꽃인데 그 꽃은 서천꽃밭에 피어 있다. 생불할망은 아이를 점지, 잉태시키면서 출산과 양육을 담당하는 신이다. 따라서 꽃=생명=아기의 등식이 성립된다. 그런데 서천꽃밭에는 생불꽃만 피어 있는 것이 아니다. 그곳에는 인간의 탄생과 죽음, 재생을 담당하는 꽃이 모두 피어 있다. 생불꽃은 인간의 잉태와 탄생을, 악심꽃은 인간의 죽음을, 도환생꽃은 인간의 재생을 주관한다. 생불할망은 이 꽃들을 적절하게 뿌리고 다닌다.
우리는 꽃씨 할머니가 생불할망과 매우 유사함을 알 수 있다. 단지 꽃씨 할머니는 인간의 탄생을 주관하는 신에서 이야기를 뿌리고 다니는 이야기의 신으로 변했을 뿐이다. 그렇다면 인간의 삶과 이야기의 삶은 하나라고 볼 수 있다. 탄생, 죽음, 재생의 선조적 이어짐이나 순환의 측면에서 그렇고 더 나아가 삶을 산다는 점에서 그렇다.

넋의 문학

우리 마음속에 아기장수 기르기

—『신화를 삼킨 섬』

1. 언술의 확장

이청준은 굿을 우리 공동체의 질긴 결속력과 동질성을 유지해 나가게 해주는 현세 중심적인 것으로 보며, 그 굿 문화 속에 한 편의 부끄럽지 않은 소설을 꿈꾼다. 그렇게 해서 나온 소설이 『신화를 삼킨 섬』이다. 『신화를 삼킨 섬』은 제주도를 주무대로 이야기가 진행된다. 그래서 이 장편소설의 주제는 본토의 희생물 역할을 담당하는 제주도의 파란만장한 현실과 역사와 신화인 것 같고, 그 주 인물들은 제주도 사람들인 것 같다. 더욱이 『신화를 삼킨 섬』을 읽은 직후의 느낌은 주인공이 추만우나 연금옥 등 제주도 본토박이들이 아니라 반쪽만 제주도 사람인 고종민인 것 같다. 고종민의 섬에 대한 이해는 섬 사람들보다 더욱 냉철하고 객관적이면서도 학술적이기 때문이다. 무엇보다 고종민은 매우 유식해서 독자들은 그를 통해서 많은 정보와 깨달음을 얻게 된다. 하지만 『신화를 삼킨 섬』을 다시 읽고 조금 더 생각을 하다 보면, 처음의 이런 느낌이 타당한 것일까, 의

문이 생긴다. 정말 고종민이 중심 인물이라면 어째서 프롤로그와 에필로그를 제외한 첫 장과 마지막 장의 시점을 정요선이 담당했을까. 복수 시점을 사용하는 이 작품에서 시작과 끝을 담당하는 시점 인물은 매우 중요하다. 독자는 각 장을, 장마다 달라지는 시점 인물을 따라가 보지만 결국 소설 전체는 정요선을 매개로 종합하고 해석할 수밖에 없기 때문이다. 우리가 처음에 고종민을 주 인물로 생각하게 되는 큰 이유는 그가 여러 장의 시점을 담당하는 인물이면서 독자를 이끌어 가는 작가의 분신처럼 보이기 때문이다.

『신화를 삼킨 섬』은 프롤로그와 에필로그를 제외하면 일련 번호처럼 숫자가 붙은 열여덟 개의 장으로 이루어졌다. 하지만 숫자로 된 장들의 무게가 모두 같지는 않다. 프롤로그와 에필로그는 연극에서 빌려 온 용어다. 이 소설은 프롤로그 이후 본격적인 연극이 시작된다고 할 수 있다. 열여덟 개의 장들은 연극의 막과 장처럼 각각 그 무게가 다를 수밖에 없다. 예컨대, 시점 인물이 연금옥, 추만우, 고종민 세 사람으로 유일하게 변하는 13장은 짧은 장면들의 연속이라고 볼 수 있다. 아기장수 설화를 나누어 배치한 프롤로그와 에필로그가 소설 전체를 감싸는 격자라면, 그 안에 박아 넣은 이야기의 중심 인물은 처음과 끝, 글자 그대로 시종을 자신의 시점으로 전달하는 정요선이어야 한다. 신화를 삼킨 제주도의 이야기는 정요선의 이야기 속에 들어 있다. 『신화를 삼킨 섬』은 정요선이 이 소설의 제일 안에 들어 있는 신화를 삼킨 섬, 제주도에 들어갔다 나오는 이야기다. 소설 속에서 이처럼 어딘가 들어갔다 나오는 사람은, 고래 뱃속에 들어갔다 나온 요나처럼 같은 사람일 수 없다. 바닷속에 들어갔다 나오는 사람, 동굴 속에 들어갔다 나오는 사람, 깊은 지하실에 들어갔다 나오는 사람 등, 그들은 모두 다시 태어나는 사람, 새롭게 태어나는 사람이다.

제라르 주네트(Gérard Genette)는 「이야기의 담론」에서 『신화를 삼킨 섬』과 같은 복합 시점을 쓴 장편소설을 이해하는 데 유익한 단서를 제공한다.

> 모든 이야기는, 『잃어버린 시간을 찾아서』만큼 방대하고 복잡한 이야기일지라도 하나나 여러 사건들의 관계를 나타내는 언어적 산물이므로, 어떤 동사적 형태의 전개, 하나의 동사의 확대로 여기는 것이 타당하다. (중략) 『오디세이』나 『잃어버린 시간을 찾아서』는 그런 의미에서 '율리시스가 이타카로 돌아온다'나 '마르셀은 작가가 된다'는 언술의 지속적인 확장이다. (「이야기의 담론(Discours du récit)」, 『FiguresIII』, seuil, 1972, 75쪽)

『신화를 삼킨 섬』(1, 2)은 어떤 언술의 확장일까? 다음은 이 소설의 끝 부분이다.

> 무언지 벌써부터 알고 있었어야 할 말을 너무 늦게 들은 것 같은 덤덤한 느낌 속에 그 소록도 컴컴한 만령당 내벽을 가득 채우고 있던 수많은 위패열이 눈앞을 지나갔다. 그리고 그 동안 줄곧 그의 속을 부옇게 떠돌고 있던 그 뿌리를 알 수 없던 막연한 불안감과 의혹의 안개가 걷히고 그의 가슴속 어디로부턴지 서서히 자신의 모습이 떠오르기 시작했다. (2, 202쪽)

『신화를 삼킨 섬』은 '정요선은 자신의 모습을 찾는다'라는 언술의 확장이다. 이때 자신의 모습을 찾는 것은 무가의 일원이 됨을 뜻한다. 다시 말해 『신화를 삼킨 섬』은 '정요선은 무당이 된다'라는 언술의 확장이다. 『신화를 삼킨 섬』은 어떤 평자가 말했듯이 '절망적 환멸 체험기'가 아니라 정요선의 무가 입문기다. 제주도에 들어가기 전에는 무당인 어머니 유정남을 떠나려고 단단히 작정했던 정요선이 제주도에 들어갔다 나옴으로써 무업에 대한 이해를 얻고 무가의 일원이 되기로 작정하는 이야기다. 그렇다면 무업은 도대체 어떤 것이며, 그가 들어갔다 나온 섬은 어떤 섬인가. 우리도 한번 들어가 보기로 한다.

『신화를 삼킨 섬』은 선택적 전지적 시점으로 쓰인 글이다. 독자는 각장의 시점 인물이 누구냐에 따라 그가 생각하고 인지하는 것만 알 수 있으며, 마찬가지로 각 시점 인물은 자신이 담당한 장에서만 독자에게 심리 상태를 포함한 모든 것을 공개하게 된다. 독자는 장에 따라 시점 인물이 아닌 인물들에 대해서는 시점 인물이 전하는 것을 뺀 나머지는 전혀 알 수 없다. 시점 인물이 전하는 것 또한 모두 사실인 것은 아니다. 그가 관찰하는 것이 객관적인 사실이 아니라면 일정 부분 그의 추측, 판단, 예상을 인정해야 한다. 그렇기 때문에 독자들의 보다 세심한 해석이 필요하다. 예컨대, 『신화를 삼킨 섬』과 같은 선택적 전지적 시점이며 주제에 있어 일정 부분을 공유하고 있는 『당신들의 천국』의 3부는 이정태가 시점 인물이다. 따라서 이상욱이나 조백헌에 대한 최종 판단은 이정태가 보는 객관적인 사실의 여백을 잘 살핀 뒤 독자들이 내려야 한다. 3부의 시점을 이상욱이나 특히 주 인물인 조백헌이 담당했다면 『당신들의 천국』은 훨씬 밀도가 떨어지는 소설이 되었을 것이다. 이상욱이 끝까지 버리지 못하는 회의와 냉소, 조백헌의 실패한 동상에의 욕망 등이 시점 인물의 고백을 통해서 그대로 독자들에게 전달되었을 테니까 말이다. 그런데 18장에 걸쳐 시점이 바뀌는 『신화를 삼킨 섬』은 1, 2, 3부로 세 번 시점이 바뀌는 『당신들의 천국』과 달리 처음과 마지막의 시점을 고종민이 아니라 주 인물인 정요선에게 할애했다. 만일 그러지 않았다면 독자들은 그의 입문기를 환멸 체험기로 잘못 이해했을 것이다. 그만큼 제주도의 실체를 전달하기 위해 고종민이 맡은 장들은 방대하고, 그 내용 또한 충격적이다. 더욱이 고종민은 정요선과 달리 제주도의 실체에 대해서 객관적인 사실에 근거해 학술적이고 논리적인 접근을 한 뒤 나름대로의 해석을 곁들인다. 사실 고종민을 통해서 드러나는 제주도의 현실과 역사와 신화는 다른 해석의 이론을 제기할 여지가 없는 기지의 사실이 많다. 그렇기 때문에 그는 제주도의 실체(섬 사람들, 섬의 문화, 섬의 역사 등)를 전달하는 데 누구보다도 믿을 만한 인물이다.

1장의 시점 인물인 정요선은 외지인으로 제주도에 대해서 전혀 각성되어 있지 않다. 그가 제주도에 대해서 갖는 생각은 『당신들의 천국』의 조백헌 원장과 동일하다. 조백헌 원장 역시 소록도와 무관한 외지인으로 섬 전체가 제법 커다란 공원 같다고 말한다. 그렇기 때문에 그는 도시 이런 곳을 빠져나가려고 하는 자들의 속셈을 이해할 수 없다. 정요선 역시 이처럼 좋은 섬을 두고 무엇 땜에 한사코 뭍으로만 나가려 하는지 알 수 없다고 토로한다. 처음 그들에게 섬은 아름다운 곳이다.

하지만 그 유채나 귤밭의 밝은 빛은 그저 차창 밖 야지만 스쳐 가고 있는 게 아니었다. 그 벅차게 노란 빛들이 언제부턴지 요선의 가슴속에 또 하나 환한 등불을 밝히고 있었다. 게다가 흰 눈을 장식한 한라산 정봉은 늘 창밖으로 그를 내려다보고 있었고, 중산간을 넘어가는 찻길 어디에서나 아득히 푸른 바다와 해안선이 그에게 다정한 손짓을 보내는 것 같았다. — 이 섬이 내게 엉뚱한 꿈을 꾸게 할 모양인가…… 도대체 이런 섬 어디에 생 떼귀신들이 떠돈다구? (1, 37쪽)

이제 막 섬으로 들어온 두 사람 모두 섬의 겉모습을 볼 수 있을 뿐이다. 그들은 섬의 실상을 알게 되면서 점차 변화하고 각성되지만 그들의 시점으로는 섬 사람들, 섬의 역사, 섬의 현실, 한마디로 섬의 모든 것을 드러내 밝힐 수 없다. 거꾸로 그들은 누군가에 의해서 섬을 알아가야 하는 인물들이다. 그런데 정요선은 그저 아름답게만 보이는 섬에서 제주도와는 전혀 다른 인상의 소록도를 연상한다.

그렇듯 이 며칠 간엔 그 섬 일과 만령당 원귀들의 일을 까맣게 잊고 (당연히!) 지내 온 요선이었다.

그런데 하루 사이에 일주를 끝내다시피 한 제주도가 어딘지 비좁은 느낌과 함께 그 음산한 소록도의 일이 떠올랐고, 거기 따라 이 섬이 더욱 답답하고 암울하게 다가들기 시작한 것이었다. (1, 44~45쪽)

독자는 소록도로 인해 제주도에 대한 자신의 느낌까지 영향을 받는 정요선의 변화에 관심을 갖게 된다. 두 섬은 특별한 인과 관계가 없어 보이며, 정요선의 감정 변화가 긍정적인 것에서 부정적인 것으로 급격하게 이루어지기 때문이다. 정요선과 소록도, 제주도와 관련된 1장의 이 장면은 정요선이 제 모습을 찾는, 앞에 예를 든 18장의 마지막 장면과 연결되어 그 비밀이 밝혀진다. 정요선은 제주도를 통해 무가에 입문하고, 자신의 아버지를 씻기기 위해 소록도로 들어간다.

『당신들의 천국』에서 섬의 잔인한 실체는 이상욱의 시점을 통해 독자와 조백헌에게 드러난다. 『신화를 삼킨 섬』에서는 그 일을 고종민이 맡는다. 고종민은 이상욱과 달리 섬에 대한 개인적 경험의 층이 없기 때문에 훨씬 객관적이다. 고종민은 제주도의 현실과 역사와 신화까지 모조리 보여 주어야 하기 때문에 몹시 바쁘고 유식하고 다변이다. 정요선이 제주도로 들어오는 1장에 이어 본격적인 제주도 이야기가 시작되는 2장의 시점 인물은 당연히 고종민이다.

『신화를 삼킨 섬』 각 장의 시점 인물은 다음과 같다.

프롤로그 – 1(정요선) – 2(고종민) – 3(추만우) – 4(정요선) – 5(고종민) – 6(정요선) – 7(고종민) – 8(추만우) – 9(고종민) – 10(고종민) – 11(정요선) – 12(고종민) – 13(연금옥/추만우/고종민) – 14(이 과장) – 15(정요선) – 16(고종민) – 17(고종민) – 18(정요선) – 에필로그

시점이 바뀌는 13장을 제외한 열일곱 장 중에서 고종민은 모두 여덟 장의 시점을 맡는다. 정요선이 여섯 장, 추만우가 두 장, 이 과장이 한 장인 데 비하면 매우 비중이 큰 것을 알 수 있다. 그만큼 그가 보여 줄 섬의 실체 또한 복잡하고 다양할 것이다. 하지만 한 가지 잊지 말아야 할 것은 『신화를 삼킨 섬』은 정요선의 무가 입문기라는 점이다. 고종민이 애써 전달하는 섬 또한 정요선의 입문을 위한 것으

로 이해해야 한다. 그런데 고종민을 통해서 드러나는 제주도의 실체는 어떤 것일까.

이제 고종민의 시점에서 서술된 2, 5, 7, 9, 10, 12, 16, 17장을 간단히 요약해 보자. 먼저 2장은 4·3 사건의 개요와 정부의 '역사 씻기기' 사업으로 인한 청죽회와 한얼 선양회의 대립을 보여 준다. 5장에서 그는 자신의 아버지를 통해 1950년 전쟁으로 인한 섬의 참사에 대해서 말한다. 7장에서는 섬의 심방가의 내력과 전설이 소개된다. 9장은 섬의 무당과 무굿이 어떤 의미를 지니는가를 나름대로 해석하는 장이다. 이어서 그는 10장에서 섬 사람들에 대해서 묘사하는데, 그가 보기에 그들은 특유의 고적기, 고립감을 지니고 있다. 12장은 국가 이데올로기와 그로 인해 억압받는 민중에 대한 본격적인 성찰의 장이다. 제중일보 문정국 기자의 기사와 『국가와 시의 충동』이라는 책의 내용이 길게 인용된다. 16장은 큰당집이 주관한 '역사 씻기기' 사업의 일환으로 벌어지는 합동 위령제를 보여 준다. 그는 합동 위령제를 가려진 연극이요, 희극으로 규정한다. 지금까지 섬의 어두운 실체를 속속들이 보여 준 그가 17장에서 비로소 씻김굿이 무엇인지, 무당이 누구인지를 말하며, 그것이 이 땅에서 갖는 의미의 깊이를 감동적으로 토로한다. 이어서 시점은 제주도를 나서는 정요선으로 넘어가고 바로 그가 그 의미 깊은 무가의 정식 일원이 되는 것이다.

우리는 고종민이 아니라면 제주도에 대해서 이처럼 잘 알 수 없었을 것이다. 제주도의 무굿이나 심방들, 당골들에 대해서는 더욱 그렇다. 고종민은 외지 무가인 유정남 일가나 제주 토박이들은 할 수 없는 일을 하고 있다. 그런 그가 '역사 씻기기'에 대한 제주도 사람들과 심방들의 태도에 강력한 의문을 갖는다.

어찌 보면 이 섬 사람들이나 섬 전체가 그걸 원치 않은 탓일 수도 있었지만, 그보다는 도대체 이 섬 심방들이 그 굿을 맡고 나서기를 꺼려하는 탓이랬다. 종민으로서는 작지 않은 큰당집의 지원과 배려에도 불구하고 굿판을 생업으로 살아가는 섬 심방들이 이번 일에 그토록 마음들을 사리는지 좀체 그 까닭을 알 수 없었다. (1, 69쪽)

고종민의 이런 의문은 정요선의 의문이기도 하다.

무엇보다 요선은 굿심방이고 기주고를 가릴 것 없이 자신들에 대한 섬 사람들의 한결같은 외면에 놀랐고, 섬엘 들어가면 육지부 못지않은 성업을 이루리라던 큰당집 사람의 장담과는 판이한 그 섬 사람들의 '역사 씻기기'에 대한 무관심에 놀랐다. (1, 113쪽)

고종민은 '국가적 행사'인 '역사 씻기기' 사업에 대한 섬 사람들의 무관심과 그에 따른 침묵에는 분명 '숨은 곡절'이 있음을 감지한다. 이청준은 섬과 같은 어떤 운명 공동체가 특정한 상황이나 인물에 대해서 집단적으로 보여 주는 침묵과 무관심을 여러 작품들에서 표현하고 있다. 그 작품들을 살펴보면 이들이 보여 주는 침묵과 무관심이 무엇을 뜻하는지 알 수 있다.

「용소고(龍沼考)」에는 털보라는 인물에 대한 마을 전체의 침묵과 무관심이 나타난다. 그는 한때 그 마을을 폭력으로부터 해방시켜 준 구원자로 여겨졌었다. 그런 그를 가겟거리 사람들이 무관심한 침묵, 바다 속처럼 무거운 침묵으로 대하는 이유는 무엇일까.

> 털보는 오랫동안 이 동네 어려움을 지켜 주신 어른이란 말야. 당신네 들 같은 못된 건달이나 깡패들에게서 이곳을 보호하고 세상살이가 고단한 사람들의 꿈이 돼주고……. (262쪽)

그 이유는 다른 것이 아니다. 마을 사람의 말을 통해서 알 수 있듯이 침묵과 무관심은 배반당한 꿈에 대한 공동체의 대응 방식이다. 그것은 가짜 구세주에 대한 사람들의 저항이기도 하다. 이 같은 침묵과 무관심의 의미는 『당신들의 천국』에서 조백헌 원장에 대한 소록도 나환자들의 태도를 보면 더욱 확실해진다. 소록도 환자들의 운명 공동체는 조백헌 원장의 낙원에 대한 약속에 '침묵의 벽'으로 대응한다. 그들은 이미 밖으로부터 주어지는 낙원에 대한 약속이 가짜임을 알고 있기 때문이다. 그들의 침묵은 약속이 가짜로 드러날 때 맛볼 배반과 환멸에 대한 방어이자 자신들의 운명 공동체에 속하지 않는 외부인과의 소통에 대한 거부이기도 하다. "말을 해라, 말을!" 조백헌 원장이 아무리 절규해도 그들의 침묵과 무관심은 견고하기 그지없다. 마찬가지로 『신화를 삼킨 섬』에서 제주도 사람들이 '역사 씻기기' 사업에 침묵과 무관심으로 일관하는 것은 그 사업에 대한 불신을 나타내는 동시에 그로 인해 맛볼 배반과 환멸에 대한 대응 방식인 것이다. '국가적 행사'인 '역사 씻기기' 사업은 한 운명 공동체 내부에서 자생적으로 싹튼 구원의 약속이 아니라 외부에서, 그것도 신군부 세력으로 대변되는 폭력적 지배 이데올로기로부터 주어진 것이기 때문이다. 그들은 이미 국가의 권력이 자신들을 지배하기 위해 내세웠던 내일에의 구원의 약속이 가짜인 것을 알고 있다. 그들의 현재의 삶은 그 약속으로 인해 늘 억압되고 희생을 강요받았다.

지배 체제가 바뀌거나 약속의 방식이 달라져도 지배 이데올로기의 속성은 마찬가지다.

> 한 국가나 역사의 이념은, 실은 그 권력과 이념의 상술은 항상 내일에의 꿈을 내세워 오늘의 땀과 희생을 요구하고, 그 꿈과 희생의 노래 목록 속에 오늘 자신의 성취를 이뤄가지만, 오늘의 자리가 없는 인민의 꿈은 언제까지나 그 성취가 내일로 내일로 다시 연기되어가는 불가항력 같은 마술을 느끼지 못할 사람은 없지요. 국가의 본질이 그렇고 이 섬의 운명이 그럴진대 어느 누가 친체제 반체제 혹은 친정권 반정권 어느 쪽에 서느냐는 결국 별 뜻이 없는 거겠지요. (2, 78쪽)

> 내일의 꿈을 오늘 미리 가불해 주고, 그 가상의 현실을 당장 오늘의 그것으로 착각하고 즐기게 하여 진짜 현실의 갈등을 잠재워 버리는 말의 요술은 이 섬을 다스려 온 사람들의 해묵은 수법이기는 하지만, 그러나 오늘의 삶이라는 것이 늘 힘겹고 짜증나는 사람들에게는 그야말로 지극히 손쉽고 효과적인 지배술의 하나였습니다. (『당신들의 천국』, 413쪽)

『당신들의 천국』에서 윤해원이 단종 수술을 원하는 것도 후손의 이름을 빌린 미래를 구실로 하여 현재가 다스려지고 있다는 생각 때문이다. 그런 지배 아래서 섬의 현실은 실패할 수밖에 없다. 그의 반발은 현실이 미래로 인해 속고 있다는 생각, 그러나 사실 이 섬에선 미래보다도 현실이 더욱 중요하다는 생각에서 기인한다.

사람들이 외부적인 어떤 지배 체제 아래서도 오늘의 자리를 찾을 수 없다면 구원은 자생적인 힘의 탄생에 의해서만 가능할 것이다.

'역사 씻기기' 사업에 대한 섬 사람들의 침묵과 무관심은 어느 쪽 권력권에 서려 했든지 결국은 이 섬 전체가 국가 권력의 한 희생 단위로 처분되곤 했기 때문이다. 그들은 지배 이데올로기가 무엇이었든지 간에 진짜 이 섬의 역사적 운명을 함께 살아온 한 생존 단위의 공동 운명체 백성들이다. 그들에게는 이제 밖으로부터 주어지는 구원에 대한 약속, 오늘의 희생을 담보로 하는 내일의 약속이 아니라 자생적인 힘에 의한 현세적 구원이 필요하다.

2. 사실의 드러남과 비극의 완성

섬 사람들에게 중요한 것은 내일이 아니라 오늘이며 오늘을 구원할 수 있는 자생적인 힘이다. 밖이나 위로부터 주어지는 일방적인 구원의 약속, 권위적인 힘이 내세우는 오늘을 담보로 하는 내일의 행복은 가짜다. 섬 사람들에게는 국가, 종교, 아버지, 그 이름이 무엇이든 권력에 의한 수직적 지배가 아니라 모두들 동등하게 하나가 되어, 신조차 그들의 처지로 내려와 함께 일구어 나가는 오늘의 행복이 필요하다. 그런 뜻에서 그들에게는 현세의 희생을 통해 내세의 영원한 구원을 약속하는 외래 종교 또한 권위적 지배 이데올로기와 다르지 않다.

> 때마침 그의 여관 숙소 창문 너머론 일요 예배를 알리는 교회당 종소리가 한동안 그악스럽게 울려 퍼지고 있었다. (1, 150쪽)

외래 종교의 교회당 종소리는 구원의 종소리가 아니다. 그렇기 때문에 섬의 비극적 역사의 그늘과 영웅적 다툼의 빈 명분만을 지고 간 무고한 섬 백성들, 아기장수의 꿈을 떠올린 뒤, 섬을 다 알고 말겠다고 결심하며 굿판을 기다리는 고종민의 귀에 교회당 종소리는 "그악스럽게" 울려 퍼질 수밖에 없다. 외래 종교처럼 외지인들 또한 섬 사람들의 구원자가 될 수 없다. 그들은 아무리 비범할지라도 섬 사람들에게 가짜 구세주들이다. 제주도 심방가의 두 줄기 내력과 관련하여 전해 내려오고 있는 김통정과 김방경 설화는 그 점을 잘 보여준다.

육지부 과수댁이 지렁이와 통정하여 낳았다는 김통정은 태어날 때부터 비범함을 드러냈다. 아기의 온몸에 번쩍번쩍 비늘이 덮여 있고, 양쪽 겨드랑이 밑에선 조그만 날개들이 돋아나고 있었다. 바로 이 나라 곳곳에 전해 온다는 아기장수의 모습 그대로였다. 그런 그가 고려시대 도탄에 빠진 백성을 구하려는 삼별초의 우두머리로 자라서 제주도까지 쫓겨 들어온 뒤에는 한 마을의 당신이 되는 것은 어찌 보면 당연하다. 사실상 아기장수 이야기를 포함한 모든 설화는 어느 시대 어느 곳을 막론하고 바로 그런 이야기를 엮어 전해 가는 그 지역 사람들의 삶의 소망과 비원이 담기기 마련이었기 때문이다. 하지만 김통정은 섬 사람들과의 동질적 좌절에 대한 공감에도 불구하고, 또 다른 부류의 섬 사람들이 설화 속에 내세운 김방경에 의해 배척을 당한다. 그렇다고 그것이 김통정을 부인하고 김방경을 받드는 선택적 갈등은 아니다. 김방경 역시도 함께 부인당해야 할 양비론적 대립의 길이다. 그들은 모두 이 섬 사람이 아닌 외래 지배자, 섬 사람들과는 운명을 같이할 수 없는 외래 장수로서 그 섬과 섬 사람들을 다스리는 지배 권력자였기 때문이다.

요컨대, 김통정과 김방경의 대립 갈등상 속에 투영된 이 섬 사람들의 의식은 표면적으로는 두 경향으로 이분되어 있는 듯이 보이지만, 근본적으로는 두 인물을 모두 부인하는 전면적 부정의 정서가 깔려 있는 것이었다. 그리고 그것은 표면에선 청죽회와 한얼회 두 단체 사람들이 제주도 사람들의 정서적 편향을 대표하고 있는 듯 보이면서도 정작에 이들이 주도해 추진하려는 '역사 씻기기' 사업의 위령굿에는 아무도 동조하려는 기미가 없는 데에서 그 진면목을 읽을 수 있었다. 이를테면 청죽회나 한얼회 일 역시도 섬 사람들은 이 섬과는 상관없는 육지부 세력과 그를 대신하고 나선 일부 섬 유력자들의 제 편 힘불리기 놀음쯤으로 아예 상관을 하려 들지 않고 있는 분위기 같았다. (1, 197쪽)

섬의 역사는 반정권 세력화의 길 또한 또 다른 상대적 권력의 추구라는 것을 보여 주고 외래 지배 권력에 대한 전면적인 부정으로 이어진다. '역사 씻기기' 사업에 대한 섬 사람들의 무관심은 한얼회나 청죽회 사람들까지 포함하여 모두들 이 섬의 역사적 운명을 함께 살아온 한 생존 단위의 공동 운명체에 대한 각성의 결과라고 할 수 있다. 이처럼 운명을 같이할 수 없는 외래 지배 권력에 대한 양비론적 부정은 한 걸음 더 나아갈 때, 폭력적 국가 권력에 대한 망명과 같은 전면적 거부와 저항으로 이어진다. 문정국 기자의 입을 빌려 펼쳐지는 한 작가와 모국과의 공동 운명론과 그에 이은 '망명론'은 우리로 하여금 국가 권력에 대해서뿐 아니라 문학과 작가에 대해 보다 깊은 성찰을 하게 한다. 조국 앞의 문학적 혹은 실제상의 자결의 뜻인 '망명'은 온몸을 내던지는 저항으로 자신과 권력의 공동 부정의 길 이외에 어떤 다른 저항의 몸짓도 그 권력과의 상대적 공생 관계를 이루는 자기 생존 전략에 불과하다는 것을 보여 주기 때문이다.

우리는 문학이 오늘의 꿈이 되기를 바란다. 우리는 문학이 망명정부가 민족의 생존과 삶의 꿈을 담보하듯, 우리에게 아기장수의 꿈이 될 수 있기를, 이 현실을 견디며 싸워 이겨 내게 하는 전략과 힘이 될 수 있기를 바란다. 그러기 위해서 자생적인 힘, 운명 공동체 속에서 자생적으로 태어난 구세주에 대한 소망을 살펴볼 필요가 있다.

『신화를 삼킨 섬』에서 외래 지배자가 아니라 자생적인 구세주에 대한 꿈은 아기장수 설화와 깊은 관련을 맺는다. 아기장수 설화는 알다시피 프롤로그와 에필로그로 나뉘어 작품 전체를 감싸는 격자 역할을 한다. 『신화를 삼킨 섬』은 어떤 평자의 말처럼 "아기장수의 신화적 비전을 현실화하기"에는 "이미 불모성의 박토"나 "폭력적 이데올로기의 옥토"로 변질되어 버린 현실을 보여 주는 "절망적 환멸 체험기"가 아니다. 이 작품에서 아기장수 설화가 궁극적으로 말하고자 하는 것은 아기장수의 죽음에 이은 부활의 꿈이기 때문이다. 사람들은 아기장수가 죽었음에도 불구하고 다시 태어나기를 기다린다. 그것은 바로 자생적인 구세주에 대한 꿈이다. 현실은 분명 폭력적 이데올로기의 옥토로 변질되었지만, 그래도 사람들을 살게 하는 아기장수의 꿈, 그 아기장수가 본질은 변하지 않은 채 모습을 달리하여 이청준의 다른 작품들 속에도 나타난다. 예를 들면, 『당신들의 천국』의 이상욱, 「비화밀교」의 종화(種火), 「목포행」의 육촌 형이 그 변형들이라고 할 수 있다.

아기장수에 대한 기다림은 지배 이데올로기의 폭력과 억압에 지친 사람들이 꿈꾸는 새로운 세상에 대한 소망이다. 그 소망은 세상 어느 곳에서보다 일본인 원장의 지배 아래 중노동을 강요당하던 소록도 나환자 집단에게 더욱 크고 강할 수밖에 없다. 그들의 세계에서는 생명의 탄생과 양육은 물론 잉태조차 금기다. 그렇기 때문에 『당신들의 천국』에서 이상욱은 어느 한 부부의 자식에 그치지 않는다. 그의 잉태는 모든 원생들의 두려운 희망 같은 것이어서, 금기를 범한 부부 두 사람의 비밀은 어느새 섬 전체 원생들의 비밀이 되고, 섬에선 그 설명이 불가능한 수수께끼 같은 일이 실현될 수 있었다. 섬 전체가 한 생명을 잉태하고 그 생명을 당국의 눈을 피해 자기들끼리 은밀히 길러 내기 시작한 것이다.

> 아이는 그를 낳은 한 쌍의 사내와 여인에 의해서가 아니라 섬 전체가 마음을 합해 함께 길러 나간 것이다. (142쪽)

이상욱은 당국에 발각되면 죽음을 면치 못할 운명이었다. 그만큼 나환자들에 대한 당국의 통제와 감시는 점점 심해지고 있었다. 그가 살기 위해서는 섬을 나가는 수밖에 없었고, 결국 이상욱의 아버지는 지나가는 고깃배를 불러들여 아들을 섬에서 내보내는 데 성공한다. 이상욱은 섬 전체가 잉태와 탄생, 양육의 전 과정에 은밀하게 참여한 아기, 그리고 마침내 섬에서 내보냄으로써 언젠가 다시 오리라는 부활의 꿈이 된 아기, 한마디로 모든 원생들의 두려운 희망, 바로 그들이 기다리는 아기장수다. 『당신들의 천국』에서 그 아기의 꿈을 배반하는 사람은 아기장수 설화에서처럼 아비인 이순구다. 이순구로 인해 아기장수는 가짜 구세주가 되고 만다. 하지만 섬 사람들은 이순구의 비밀을 말함으로써 그를 단죄할 수 없다. 이순구의 비밀을 말하는 것은 이미 이순구 개인의 비밀이 아니라 섬 사람 전체의 금기가 된 지 오래였기 때문이다. 또한 이순구의 비밀을 말하는 것은 그의 배반에도 불구하고 여전히 버릴 수 없는 아기장수에의 꿈을 버리는 것이기 때문이다. 섬 사람들이 아기장수의 꿈을 버리지 않았기 때문에 그 이상욱이 정요선으로 돌아온다. 미감아(未感兒)로 소록도를 나갔던 이상욱이 무당이 되어 소록도로 돌아온다. 돌아온 그가 처음 할 일은 아비를 씻기는 일이다.

> 녹동행이라면 다시 소록도를 찾는다는 뜻이었고, 소록도행이라면 전날 그곳을 다녀 나오며 한 말대로 그 사내의 혼백을 씻어 주겠다는 소리였다. (2, 200쪽)

이상욱은 정요선이 되어 그 아비를 씻기기 위해 소록도를 찾는다. 우리 소설사에서 이처럼 황홀한 인물의 귀환이 또 있을까. 소록도의 아기장수 이상욱은 『신화를 삼킨 섬』의 마지막 장에서 비로소 그 길고 긴 회의와 경계와 의심의 눈을 풀고, 아버지를 '용서'하기로 한다.

> 아, 이것이구나. 이것이 한국의 굿이구나! 죽은 사람은 죽어서나마 이승의 한을 풀고, 산 사람은 산 사람대로 그 가슴 아픈 망자의 짐을 벗고 다시 제 고난스런 삶의 자리를 찾아 돌아가는 재이별의 자리. 그 서럽고도 아름다운 영별 의식, 그것이 이 한국의 굿이구나. 그래서 한국 사람들은 그 굿을 하며 살아왔고, 굿이 있어 그 삶이 다시 일어서 이어질 수가 있었구나……. (2, 15쪽)

이상욱(정요선)이 소록도로 돌아오는 것은 바로 죽은 아버지에 대한 용서와 화해의 굿판을 벌이기 위해서다. 굿판이란 원래 망자뿐만 아니라 그 망자를 보내는 이승의 생자들을 위하는 일이기도 하였다. 그래서 굿을 통해서 망자는 그간의 한을 풀고 편안한 저승길을, 생자는 본래의 평상심으로 돌아가 이승의 삶을 다시 이어 갈 수 있어야 했다. 이상욱이 이순구를 씻길 때, 비로소 이상욱도 자유롭지 않겠는가. 그는 용서로 아버지를 씻긴 후에야 진정 자유로운 삶을 살 수 있을 것이다.

'소매치기, 글쟁이, 다시 소매치기' 연작의 두 번째 작품인 「목포행」에서 소설가의 육촌 형은 역사적, 사회적 큰 변란이 있을 때마다 희생되지만 매번 부활한다. 그는 수많은 죽음의 소식을 통해 죽음보다도 불사신처럼 다시 살아난다. 그래서 소설가는 삶에 지칠 때마다 육촌 형을 찾아 나선다. 육촌 형의 소식은 언제나 죽음뿐이었지만, 그는 늘 앞의 죽음에서 다시 살아나 있었다.

> 다시 말해 그 육촌 형의 죽음의 소식은 제게 있어서 그분의 새로운 탄생이며, 그래 그 죽음을 확인하러 간다는 것도 거꾸로 그분의 그 거인적인 불멸의 생존을 확인하러 가는 것이 되는 셈이지요. (142쪽)

부활은 죽음이 전제되어야 한다. 그의 죽음은 부활하기 위한 조건이다. 그가 죽지 않고 살아 있다면 부활은 있을 수 없다. 소설가는 육촌 형을 찾아 나설 때마다 자기 삶의 암울한 상실감 같은 걸 그럭저럭 씻을 수 있게 되었다. 그것을 그는 그 육촌 형의 불사신 같은 환상에서 큰 힘을 얻고 난 것으로 묘사한다. 아기장수도 마찬가지다. 아기장수를 위대하게 만드는 것은 그의 죽음과 그에 이은 부활에의 꿈이다. 사람들은 죽은 아기장수가 언젠가 다시 돌아오리라는 꿈에서 힘을 얻어 현실을 산다. 그래서 아기장수는 역사적, 사회적으로 큰 변란이 있거나 지배 권력의 폭정이 심해질 때마다 죽지만 그 부활의 꿈도 그때마다 더욱 커질 수밖에 없다.

「비화밀교」에서 섣달 그믐날 저녁 불놀이에 참가하는 사람들의 숫자는 사회가 어지럽고 변란이 나는 상황이면 늘어난다. 그들은 불놀이를 통해 힘든 현실의 삶을 살 수 있는 그 무엇을 얻고자 한다. 그들이 불놀이에서 얻어 한마음으로 간직하는 것은 '불씨'로, 그 '불씨'는 아기장수의 꿈에 다름 아니다. 한 마을이라는 운명 공동체 사람들이 오랫동안 마음속에 지녀 온 불씨, 종화(種火)는 바로 대대로 이어 내려가는 기다림과 소망을 나타내는 아기장수다. 그 소망의 불씨가 결국 그 운명 공동체 속에서 보이지 않는 힘을 탄생시킨다.

> 「이곳은 산 아래서 이루어지는 모든 세속의 질서가 사라지고 그저 한 가지 이 산 위에서만의 간절한 소망으로…… 나도 그것이 무엇인지는 확실히 말할 수가 없지만…… 하여튼 오직 한 가지 소망에로 자신을 귀의시켜, 그 소망으로 하여 모든 사람들이 한데 뭉쳐서 어떤 보이지 않는 힘을 탄생시키고, 그것을 지켜가는 숨은 근거지가 되고 있는 셈이지…….」(85쪽)

하나의 힘을 탄생시키는 것은 한 집단의 사람들이 "우리들끼리의 용서"를 통해 "누구와도 함께 하나가 되고", 모두 "함께 똑같은 소망으로 하나가 되는 것"이다. 그렇게 탄생한 힘은 가시적 현상 세계의 질서로서는 한 번도 떠올라 본 적이 없는 어떤 숨은 힘이다. 그러나 그 힘은 분명 존재한다. 보통 사람들의 아기장수에 대한 꿈, 소망, 기다림으로 이루어진 그 힘은 사회적 상황이 힘들수록 커질 수밖에 없다. 민속학자 조승호의 말처럼 사실의 신성성 자체는 증거의 여부에 좌우될 수 있는 것이 아니다. 그래서 우리의 삶을 형성하는 현상의 세계와 소망의 세계 중에 소망의 세계에 속하는 이 보이지 않는 힘은 그것을 드러내 증거하는 것보다 존재한다는 사실 자체가 더 중요한지도 모른다. 하지만 하나의 사실이나 힘의 질서라는 것은 그 증거의 길이 지나치게 억제될 때 그것의 존재나 질서 자체를 위험하게 할 수 있다. 더욱이 기다림이 응집된 숨은 힘의 존재, 사실은 드러나지 않으면 사실 그대로 남아 사실의 신성성은 지켜질지 몰라도 이야기의 세계는 없다. 이야기의 세계는 드러난 사실 이후에 시작되기 때문이다. 그래서 「비화밀교」의 작중 인물인 소설가는 이렇게 말한다.

> 내가 알고 있는 아기장수의 이야기는 사실이 드러남으로 인한 비극의 이야기였다. 비밀이 드러남으로 인한 비극이면서도 그것은 애초에 그 드러남의 비극이 전제되어 꾸며진 이야기였다. 그래 비극이 완성되려면 사실은 정체를 드러내야 했다. (125쪽)

> 저 드러남의 비극에 관한 아기장수의 이야기도, 사실에선 드러남이 곧 비극이지만—, 그러나 거기서도, 사실이 일단 비극으로 완성이 되고 난 다음에는 그것을 다시 만인의 삶으로 함께 완성시켜 나가는 이야기의 과정이 뒤따르는 형식이니까. (133쪽)

「비화밀교」라는 소설이 쓰일 수 있었던 것은 산의 능선을 따라 줄기줄기 횃불들의 행렬이 용암의 분출처럼 넘쳐 내려오는 사실의 드러남과 그로 인한 비극의 완성이 있었기 때문이다.

3. 이야기의 시작

아기장수는 죽었다. 하지만 아기장수는 다시 태어날 것이다. 사람들은 부활하는 아기장수의 꿈을 간직하며 삶을 살아간다. 죽어서 가짜 구세주가 된 아기장수는 부활의 꿈을 심어 줌으로써 이승의 삶을 구원해 주는 구세주가 된다. 아기장수가 죽었을 때 그를 태우고 가려던 용마 또한 사라져 버렸다. 하지만 사라진 용마가 제주도에는 여전히 살고 있다. 용마가 살아 있는 한 부활하는 아기장수의 꿈은 헛된 것이 아니다. 다시 태어날 아기장수가 아니라면 용마는 그 섬에 살아 있을 필요가 없기 때문이다. 용두암이 그렇고 섬의 심방이 그렇다.

> 뭍에서 제 주인을 잃고 이 섬까지 새 주인을 찾아 들어왔다는 검은 용마, 하지만 이 제주도에서도 번번이 제 주인을 잃는 비운 속에 끝내는 다시 이 해변으로 나와 뭍으로 돌아갈 날을 기다리고 있다는 용마바위, 그래서 항상 이 섬 사람들의 소망과 비탄기를 함께 해온 그 용두암이 왠지 이날은 그 만우 앞에 금세 힘찬 울음소리와 함께 홀연 하늘로 박차고 오를 듯 새삼스런 형상으로 비쳐 왔다. (2, 97쪽)

용마바위는 아기장수가 다시 태어나는 날, 그를 태우고 날아오를 것이다. 그러기 전까지 검은 용마는 그 자리에 그렇게 남아 아기장수를 기다릴 것이다. 섬 사람들의 소망과 비탄을 함께하는 용마가 있는 한 아기장수의 꿈은 그들에게 내세의 복락을 약속하는 것이 아니라 현세의 삶을 구원해 준다. 섬의 심방도 용두암처럼 아기장수를 태우고 갈 용마의 또 다른 이름이다. 용두마을의 섬 터주 당골 추(秋) 심방의 내력은 그것을 분명히 말해 준다. 추 심방의 어머니는 그가 심방이 되어야 할 필연적인 이유로 그를 잉태했을 때 꾼 흰 용마의 꿈을 든다.

— 내가 너를 가질 때 흰 용마가 날개를 접고 내 품으로 안겨드는 꿈을 꾸었더란다. 날개를 접은 용마였기 망정이지 날개를 펴고 나는 용마였다면 네가 제명에 못 죽을 큰 불행을 당할 태몽이었지 뭐냐. (1, 82쪽)

날개를 접은 용마는 아기장수가 태어나기를 기다리는 용마일 것이다. 아기장수는 태어나면 죽음을 당해야 할 운명이다. 그런 아기장수를 태우고 나는 용마 역시 제명에 죽지 못했을 것이다. 추 심방의 어머니는 날개를 접은 흰 용마의 꿈을 이야기하며 큰아들인 그에게 심방이 그의 운명임을 강조하지만, 그는 운명을 거부한다. 그러자 이제 그의 어머니는 작은아들에게 날개 접은 검은 용마의 태몽을 되풀이 말하면서 심방이 되기를 종용한다. 백마든 흑마든 용마가 바로 심방의 운명을 말한다면, 도대체 심방은 무엇인가.

추 심방이 푸는 무당 무(巫) 자에 따르면 무가의 하는 일이 하늘과 땅과 사람 삼자 간에 서로 편안한 조화를 얻어 지켜 나가려는 노릇이다. 심방은 오로지 자신이 모시는 당주 신령과 마을 사람들(당골)을 위해 온갖 노력과 정성을 바치며 살아갈 뿐 자신을 위해 사는 일이 없다. 제주도 사람들은 동네마다 당신을 모시는 그런 심방을 갖고 있다. 심방이 용마라면 그가 모시는 당신은 비운의 아기장수에 다름 아니다. 아기장수처럼 제주도의 당신들은 원래 천상이나 육지부에서 매우 비범한 능력을 지니고 태어난 신령들이었다. 하지만 그들은 자기가 난 세상에선 그 힘이나 뜻을 제대로 펼 수가 없었다. 그러기는커녕 남다른 능력이나 풍모 때문에 오히려 화를 입을까 두려워한 부모에게 죽임을 당하거나 버림을 받은 처지가 되어 간신히 이 섬 고을까지 쫓겨 들어온 처지들이었다. 섬 사람들은 그 신령들의 불운한 처지에 공감을 하고 더 나아가 그들로부터 삶에 대한 위로와 꿈을 얻는다. 그렇기 때문에 제주도에서는 신령들과 심방과 제주들과 망자들이 수직적인 지배 관계가 아니라 수평적인 시혜 관계를 맺는다. 그들은 굿마당에서 만나 무당을 매개로 서로 소통한다. 그러기 위해서 제주 심방은 굿마당을 우선 온갖 신령들을 모신 하나의 섭리정연하고 신성한 소우주로 조성한다. 사람들은 심방이 들려주는 본풀이를 통해 버림받고 불운한 삶을 사는 신령들에게 동질성과 일체감을 느낀다. 그런 신령들이 좌정한 굿마당에 온갖 사람들과 혼령들이 모인다. 심방은 중간자적 사제 역할을 하면서 생자나 망자 편에서 신령의 뜻을 청해 빌고, 그 신령의 뜻을 망자나 유족에게 대신 전할 뿐이다. 신령들과 죽은 자와 산 자가 동등하게 어울리는 제주 굿에서는 진혼 의식과 더불어 다양한 연극적 제차를 통해 새 생명의 잉태와 탄생의 순환적 운행이 이루어진다. 죽음과 함께 부활이 있는 굿, 그것은 신화의 재현이고, 그것이 바로 제주 굿이다. 무당은 사람이 죽었다 다시 살아나 전생과 다음 생이 달라지는 신굿을 받은 사람이다. 제주 굿에서는 무당을 통해 시공, 이승과 저승, 산 자와 죽은 자, 신령과 인간의 단절이 사라지고 마침내 죽음에서 새 생명이 탄생한다. 그가 바로 아기장수의 꿈을 나르는 용마가 아니겠는가. 사람 사는 동네마다 있는 당신과 심방, 그들과 마을 사람들이 어우러져 벌이는 굿마당이 제주도에서 신화가 살아서 숨쉬게 한다.

> 그 결과 내세와 현세, 이승과 저승 간에도 시공의 단절이 사라진 동시적 공간 속에 신령들과 인간들이 함께 어우러져 웃고 울고 춤을 추고 성내며 심지어는 서로 다투기까지도 하였다.
>
> 그것은 정녕 신화의 재현이었고, 그 자체로서 살아 있는 신화였다. 신화라는 말은 원래 그 신화적 사실의 죽음과 사라짐을 전제로 한 것이지만, 이 섬에서는 그 신화가 심방들의 굿을 빌려 생생하게 살아 전해지고 있음이었다. (1, 67쪽)

제주도는 정녕 신화를 삼킨 섬이다. 제주도는 다른 곳에서 이상향을 찾을 필요가 없는 섬이다. 제주도가 이어도를 삼켰기 때문이다. 제주도는 섬 안에 이상향을 간직한 섬이다. 제주도는 다른 곳과 달리 제주도라는 현실의 삶에 이어도라는 신화의 겹을 하나 더 가진 섬이다. 그렇기 때문에 「이어도」에서 보았듯이 이어도로 간 천남석이 죽어서 제주도로 돌아온 것은 당연하다. 그는 실제 이어도로 간 것이다.

『신화를 삼킨 섬』에는 제주도의 현재와 과거 역사가 무속 세계와 더불어 펼쳐진다. 제주도의 무속은 앞서 보았듯이 신화의 재현이었다. 이청준이 생각하는 우리의 현실적 삶과 역사와 신화는 어떤 것일까. 일간신문의 한 대담에서 취한 다음 예문은 『신화를 삼킨 섬』과 이청준의 문학관을 이해하는 데 매우 중요한 핵심을 보여 준다.

우리 현재의 삶을 이끌어 가는 원리가 있는데, 하나는 꿈이고, 다른 하나는 그 꿈을 실현하는 힘이겠지요. 꿈은 내일에 대한 이념이랄까요? 이것을 공적으로 실현하는 힘은 권력으로 귀착되는 것 같아요. 삶이 이렇게 진행된다면, 그것을 뒷받침해 주는 것은 정신인데, 그 정신이 태어나고 거(居)하는 곳은 우리의 역사지요.

우리는 지금까지 역사에 대한 논의를 수없이 해왔어요. 그렇지만 실제 우리 삶이 얼마나 행복해졌느냐, 값지게 살고 있느냐, 이런 문제로 들어가 보면 제자리걸음을 해왔다는 생각이 들어요. 뭔가 빠져 있고 겉돌고 있는 것 같아요. 이런 생각 끝에 우리가 태어날 때부터 유전적으로 가지고 나오는 어떤 심성, 즉 영적인 차원과 넋의 문제에 대한 천착이 결여되었었다는 생각을 하게 됐어요. 그 부분을 빼놓고 역사의 차원, 과거 경험의 차원에서만 소설을 써서는 안 되겠다, 더 깊은 근원을 찾아야겠다고 생각하게 되었는데 그게 바로 신화의 세계죠. 그 가운데 우리가 가장 잘 알고 있는 게 우리의 무속이죠. 그 무속 혹은 신화에 우리들이 이어 온 넋의 요소가 가장 많이 내포되어 있지 않았느냐 하는 이야기입니다. (대한매일, 2003. 8. 8)

우리의 현실적 삶이 육체라면 역사는 정신이고 신화(무속)는 넋이다. 현실은 내일에 대한 이념인 꿈과 그 꿈을 공적으로 실현하는 힘인 권력이 이끌어 간다. 정신이 태어나고 거하는 역사가 주관하는 것은 여기까지다. 바로 『당신들의 천국』이 묘사한 세계다. 고종민의 성찰처럼 이 땅에서 권력 놀음은 저주스러운 비극이자 희극이다. 하지만 이 땅에는 그 권력 놀음의 희생자들과 그 삶을 끊임없이 씻겨내는 사람들이 있다. 그들의 염원은 그 희생자들의 혼령과 생자들의 삶을 위로하고 그 지난한 역사로부터, 그 일방적인 이념의 역사와 억압의 굴레로부터 이 땅과 이 땅의 사람들을 다시 일으켜 꿋꿋하게 살아가게 하는 것이다. 그들, 무당들은 굿을 통해 쑥물과 향물과 맑은 물로 망자들과 함께 생자들의 삶도 씻겨서 삶을 다시 살 수 있게 한다. 굿의 세계는 정신을 넘어서는 넋의 세계로, 우리라는 운명. 공동체의 사람들이 말 그대로 "피의 흐름"으로 아는 세계다. 제주도는 그런 신화(무속)가 사람들의 삶에 생생히 살아 숨 쉬는 곳이다. 그곳은 다시 태어날 아기장수를 태우고 갈 용마가 마을마다 건재한 곳이다. 그래서 정요선은 그 세계로 들어갔다 나온 뒤 무가에 입문한다. 우리는 정요선으로 인해 아기장수의 꿈이 섬을 나와 만인에게 확산되기를 바란다.

하지만 지금 우리는 어떤가. 무속을 그저 미신으로 여기고 무당과 무굿을 낡은 풍속의 유물로 취급하는 시대는 신화가 사라진 시대다. 신화가 사라진 시대에 문제는 다시 글쓰기다.

신화는 사실에서 사실성이 제거되었을 때 가능하다. 신화라는 말은 원래 그 신화적 사실의 죽음과 사라짐을 전제로 한 것이기 때문이다. 드러난 사실의 비극 이후에, 사실을 신화의 세계로 편입시키는 것이 바로 글쓰기다. 이야기는 사실을 드러내어 사실에서 사실성을 제거함으로써 꿈의 영역으로 편입시키는 것이다. 아기장수와 육촌형의 죽음이 부활의 전제이듯이, 용암의 분출 이후 남는 것은 불씨의 부활이다. 그것을 가능하게 하는 것이 이야기다. 이청준의 말처럼 이야기는 드러난 사실의 비극을 만인의 삶으로 확산시키는 것이다. 못 속의 용은 한 번 물 위로 정체를 드러내면 그 물을 떠나 사라져야 한다. 바로 「용소고(龍沼考)」에서 말하는 용의 승천이다. 하지만 승천한 용은 이후 이야기를 통해 사람들의 마음속에 다시 숨은 둥지를 틀고 들어앉게 된다. 우리들은 누구나 "제 일에 길운을 열고 흉변을 피하기 위해", 그러니까 현실적 삶의 위안을 위해 연못의 물속이 아니라 자신의 마음속에 용을 기르고 있는 것이다.

아기장수는 죽었지만 사람들은 그 이야기 속의 꿈과 기다림이 없이는 아무래도 세상을 살아갈 수 없기 때문에 그가 다시 태어나기를 기다린다. 그래서 아기장수의 꿈을 믿는 것은 소설적 허구인 밤길의 선행자를 믿는 것이다. 무서운 밤길을 자기보다 조금 앞서 간 선행자 이야기는 그 선행자의 존재를 믿는 만큼 후행자에게 삶의 위안과 안도감을 준다. 아기장수의 부활과 선행자의 존재를 믿지 않는 삶은 얼마나 끔찍한가.

밤길의 선행자 이야기는 본질적으로 허구다. 그리고 그것은 소설의 허구와도 매우 밀접하게 맞닿고 있음을 보게 된다. 소설도 일테면 그 밤길의 선행자처럼 현실 부재의 삶을 이야기하고, 거기에서 실제의 삶에 대한 지혜와 위로와 용기를 구하고자 노력한다. 따라서 독자 또한 그 허구를 얼마나 진실되게 믿고 받아들일 수 있느냐 없느냐에 따라 그로부터 자기 삶의 위로와 지혜를 얻어 누릴 수 있는 정도가 결정된다 할 것이다. 그것이 소설적 허구 혹은 문학적 허구의 한 본질적 조건이다. (「비화밀교」 작가 노트, 135쪽)

우리 삶의 모든 비밀과 비의가 발가벗겨진 시대에 아기장수의 꿈과 선행자의 존재를 믿지 않는다면, 우리는 우리 삶의 행로인 어둡고 무서운 밤길을 혼자서 가야 한다. 한번 물 위로 모습을 드러낸 용은 승천하여 사라져야 하지만, 우리는 이야기를 통해 또 다른 용을 물속에, 우리 가슴속에 기른다. 드러나 비극으로 완성된 사실은 이야기화됨으로써 비로소 꿈과 소망과 기다림이 된다.

> 내가 「눈길」을 쓸 때까지 마음속 어머니는 계속 추운 길목에 서 계셨어요. 그 작품을 쓴 뒤 비로소 어머니를 집으로 돌려보냈지요. 문학은 그런 거라고 생각합니다. (경향신문, 2003. 7. 28)

「눈길」을 쓰기 전까지 작가는 추운 길목에 그대로 서 계신 어머니와 함께 고스란히 아픔을 견뎌야 한다. 「눈길」을 쓰는 과정은 작가가 매듭을 풀고 자신을 씻는 과정이다. 그가 자기 삶의 아픔을 견디고, 그 아픔을 작품으로 풀어냈을 때 비로소 어머니를 집으로 돌려보낼 수 있었다. 이후 작가의 아픔앓기는 작품 「눈길」로 인해 만인의 아픔앓기로 변한다. 집으로 돌아간 어머니는 「눈길」을 읽는 수많은 독자들, 그 이야기를 듣는 수많은 청자들, 추운 겨울 새벽길을 떠나는 수많은 자식들과 더불어 오늘도 눈길을 걷고, 배웅하고, 돌아선다. 문학은 그런 것이다. 우리가 힘들고 지칠 때마다 그 어머니와 길을 떠날 수 있는 것은, 그 어머니가 드러난 사실의 비극성 너머 꿈과 소망과 기다림의 영역으로, 다시 말해 신화의 영역으로 들어가 매일 새벽 부활하기 때문이다. 그 어머니가 있어 우리의 삶은 신화를 삼킨 삶이 되고, 저 무서운 삶의 길, 어두운 새벽길, 어두운 밤길에 든든한 동반자를 만난다.

비상학, 부활하는 새, 다시 태어나는 말

초판 1쇄 인쇄일 · 2005년 5월 20일
초판 1쇄 발행일 · 2005년 5월 25일
지은이 · 이윤옥
펴낸이 · 임성규
펴낸곳 · 문이당

등록 · 1988. 11. 5. 제 1-832호
주소 · 서울시 성북구 동소문동 4가 111번지
전화 · 928-8741~3(영) 927-4990~2(편)
팩스 · 925-5406

홈페이지 http://www.munidang.com
전자우편 webmaster@munidang.com

ISBN 89-7456-274-X 03810

값은 뒤표지에 표시되어 있습니다.